수한용 선생님 惠存

2018. 10

박홍준 드림

르네상스, 그 화려한 부활

르네상스, 그 화려한 부활

박충훈 장편소설

도화

차 례

■ 책머리에

문학예술은 모름지기 인간의 머리에서 창조된다

14~15세기 르네상스예술은 인간의 손에 의해 창조된 예술이다. 건축·미술·조각·전쟁의 승리에 이르기까지 인간의 손으로 창조되었다. 인간의 손은 무섭도록 위대하다. BC2925년경부터 상이집트와 하이집트가 통일되며 이집트 문명이 절정에 이르게 되는데, 역사가들은 이 시기를 이집트 고왕국시대라고 말한다. 고왕국시대가 계속되는 BC332년까지 이어진 시대에 피라미드가 건축되었다.

그 시대의 엄청난 건축과 조각품들이 인간의 손에 의해 창조되었다. 가공할 건축물들의 이면에는 수많은 인간이 독재에 의해 희생되며 이루어졌다. 그러므로 르네상스시대의 건축·조각예술과 이집트시대의 피라미드 건축·조각예술은 차원이 다르다고 볼 수 있다. 르네상스예술은 살아있는 자를 위한 예술이지만, 피라미드 건축예술은 죽은 자를 위한 예술이다. 하여 두 나라의 건축·조각예술은 시대도 많이 다를뿐더러 현대 인간의 눈으로 보아도 시각적, 감각적, 감정적으로도 다른 느낌으로 다가온다.

14세기 서양의 르네상스시대가 열리며 동양의 중국과 조선에도 르네상스시대가 열린다. 중국의 원나라 멸망과 명나라건국(1368) 시기가 그러하고, 고려가 멸망하고 조선이 건국되는(1392) 시기가 그러하다. 명나라 제3대 황제 영락제(1360~1424)는 수도를 난징에서 베이징으로 천도하고, 1406년부터 자금성을 짓기 시작하여 1420년에 완공하며 르네상스시대를 열었다. 영락제의 뛰어난 치세로 명나라는 건축예술뿐만 아니라 금속예술에서도 찬란한 전성기를 맞게 된다. 자금성은 현대에도 세계 최대의 궁궐이다.

조선은 세종시대에(1418년) 이르며 르네상스시대가 열린다. 세종이 장영실과 이천 등 천체과학자들을 만나며 르네상스시대의 꽃이 피어난다. 이 시기 명나라와 조선의 건축·금속조각예술 역시 인간의 손에 의해 창조되었다. 그러나 단 하나 그 시대 문화 창조의 꽃인 『훈민정음』 창제는 인간의 머리에서 창조되었다. 훈민정음은 14세기 르네상스시대의 동서양을 막론하고 어느 창조와 창작보다 위대하다.

현대의 건축·문화예술은 인간의 머리에서 창조된다. 인간이 달나라에 가고, 하루가 멀다 하고 발전하는 AI 역시 인간의 머리에 의해 창조된다. 공포감이 느껴질 정도로 발전하는 인간 머리의 한계는 그 끝을 가늠할 수 없다. 장난 같은 말이지만 가공할 그 머리도 문학을 창조하지는 못한다. 르네상스시대의 그 찬란한 건축·미술·조각예술을 창조한 예술인들도 문학을 창조하지는 못했다. 르네상스예술을 꽃피운 이탈리아 피란체공화국 정치가이며 시인이던 로렌초 데 메디치(1449~1492)의 시가 현대에 전해질 뿐, 인간의 손에 창조되는 예술이 너무 찬란하여 머리로 창조되는 문학은 소외되었을 것이다.

세상이 아무리 발전하고 천지개벽이 되어도 인간의 머리로 창조되는 문학예술은 영원하다. 인간의 머리는 타고난 기질이 다르기 때문이다. 문학예술인들을 사랑하는 도서출판 도화의 르네상스적인 발전을 기대한다.

동양의 르네상스 시대

르네상스 예술은 비잔틴 양식과 고딕 양식을 거쳐 발전했음을 역사적인 기록을 통해 알 수 있다. 그 과정을 보면 기초형성의 조기 르네상스시대(1300~1400)와 예술의 틀이 잡히기 시작하는 초기 르네상스(1400~1500), 완성기로 일컫는 전성기 르네상스 (1500~1520년), 그 뒤에 새 경향이 나타나는 매너리즘, 즉 마니에즈모(1520~1600년)까지 4기로 나눌 수 있다.

르네상스 완성기는 이탈리아 피란체공화국 제3대 군주 로렌초 더 메디치에 의해 이루어졌다고 역사가들은 말한다. 메디치 가문은 독재정책으로 상업과 금융업을 일으켜 막대한 부를 축적하였다. 로렌초 더 메디치는 이를 바탕으로 유럽의 건축가, 화가, 음악가, 문인들을 초청하여 교류하고 전폭적으로 후원하였다. 이에 따라 전 유럽의 예술인들이 몰려들고 문화예술이 융성하며 절정기에 이르렀다.

르네상스시대는 조기인 1,300년부터 1,600년까지 300년에 걸쳐 일어난 문화운동으로서 동양적 표현으로는 '재생再生'을 뜻한다. 르네상스는 애초에 이탈리아의 미술에서부터 이루어졌다고 말하지만, 14세기의 이탈리아 시인 보카치오와 페트라르카 등은 잃어버린 고대의 문예와 예술을 재현한다는 의미인 '리나시타'라는 어휘를 써서 미술에서 비롯되었음을 강력히 부징하였다. 리나시타 역시 이탈리아어의 재생과 부활을 의미하는데, 15~16세기에 이르며 유럽의 문화현상을 폭넓게 아우르는 개념으로 르네상스(Renaissance)라는 어휘로 발전하기에 이르렀다. 그러므로 르네상스는 어느 시대나 재생 즉, 부활할 수 있음을 의미한다.

현대의 역사가들은 역사를 구분함에 있어서 호머시대, 페리클레스시대, 중세, 르네상스시대, 계몽시대로 역사의 시대를 구분한다. 역사가들은 이탈리아의 르네상스는 그러한 시대 중에서도 특별한 시대였다고 말한다. 1860년 스위스의 역사학자 야콥 부르크하르트가 쓴 문화사 『이탈리아에서의 르네상스 문화』는 그 시대를 주제로 삼은 저작이다. 이 책은 15세기 이탈리아에 초점을 맞추었기 때문에 이때 비로소 르네상스시대의 역사는 문명사 전반 토론의 주제가 되었고, 여러 방면에서 연구하기에 이르렀다. 그리하여 르네상스는 오랫동안 아니, 어쩌면 지금도 한 역사적 시대를 연구하는 데 있어서 안성맞춤의 장이 되고 있음을 부인하지 못할 것이다.

르네상스시대는 문화사상 처음으로 사람들이 시대의식에 눈뜬 시기였다고 역사가들은 말한다. 르네상스 이전 시대의 이집트인, 중세 유럽인들은 자기들이 특별한 시대에 살고 있다고는 의식하지 못했을 것이다. 르네상스시대에 지도자 위치에 있던 사람들은 모두가 자기들은 인간의 역사에서 전혀 새로운 시대, 그것도 정치적이나 종교적인 것이 아니라 문명을 이루는 시대에 살고 있다는 것을 의식적으로 느끼고 있었을 것이라고 역사가들은 말한다.

그것이 예술과 도덕에서 신앙의 불꽃으로 피었고, 로렌초 더 메디치에 의해 문화예술이 꽃으로 활짝 피어난 도시 피렌체에서 명성을 갈구하는 사람들이 전성기를 이루며 오늘날까지 찬란하게 빛나는 예술의 승리 르네상스의 걸작이 탄생했다. 전쟁과 정치에서는 전쟁에 승리하며 카니발 축제가 화려하게 벌어졌고, 새로운 인간관계와 휴머니즘이 형성되며 북방 르네상스시대로 이어졌다.

르네상스시대의 휴머니즘은 오늘날의 휴머니즘과 같을 수가 없다. 휴머니즘이란 미학美學에 관심을 두고 역사적 지식의 실용성을 인정하며, 그 시대의 삶을 구가하고, 사회에 이바지하도록 노력하는 인생관을 말한다. 곧 인간이 모든 것의 중심이 된다는 사상이다. 그것을 현대인들은 인본주의라고 말한다.

근대(近代: 중세와 현대의 중간시대. 우리 역사상 조선시대 후기)에 이르러 전제專制국가가 소멸한 뒤, 근대에 일어난 중앙집권 국가가 성립되며 민족통일, 자유평등, 입헌주의 주창에 의한 특징을 가지면시 휴머니즘은 인본주의에서 변질되고 있음을 여러 형태로 볼 수 있었다. 국가 간에 먹고 먹히는 수많은 전쟁에서 휴머니즘은 메말라갔고, 비 인본주의적인 탐욕과 잔인함으로 인간의 정서는 황폐해졌다. 그러나 다행으로 현대에 이르며 인간성 회복과 함께 휴머니즘이 회생되고 있음을 느낄 수 있다고 학자들은 말한다.

14세기 동양의 명나라와 조선에서도 르네상스시대가 열린다. 중국에서는 원나라가 멸망하고 명나라가(1368년) 건국되며 그러하고, 고려가 멸망하고 조선이 건국되는(1392년) 시기가 그렇다. 명나라 제3대 황제 영락제(1360~1424)는 수도를 난징에서 베이징으로 천도하고, 1406년부터 자금성을 짓기 시작하여 1420년에 완공하며 르네상스시대를 열었다. 영락제의 뛰어난 치세로 명나라는 전성기를 맞게 된다. 자금성은 현대에도 세계 최대의 궁궐이다.

조선 역시 조선건국으로 고려는 구시대였고 신생국 조선은 신시대였다. 태조 이성계와 태종 이방원이 개국의 기초를 닦았고, 그 기초 위에서 세종이 즉위하여(1418년) 장영실과 이천 등 천체과학자들을 만나며 르네상스시대가 열린다. 중국을 능가하는 천체관측기 혼천의渾天儀를 장영실이 만들고, 그림자로 시간을 재고 24절기를 나타내는 앙부일영仰釜日影이 그러하다. 특히 혼천의는 세계 최초로 만들어진 시계였다. 거론하자면 한이 없지만, 그 시대 절정 문화의 꽃은 훈민정음 창제다. 훈민정음은 15세기 르네상스시대의 동서양을 막론하고 어느 창조와 창작보다 위대하다.

뿐만 아니라 세종 이도李祹는 당대의 대표적인 휴머니스트였다. 그에 따라 그의 신료臣僚들 황희와 맹사성, 김종서, 허조, 사육신死六臣 등도 주군을 본받은 휴머니스트였다. 당시의 문학 역시 정인지의 용비어천가를 비롯하여, 세종이 지었다고 전해지는 월인천강지곡은 용비어천가와 같은 시기에 훈민정음으로 창작된 문학작품으로써 한자가 아닌 국문학적으로도 르네상스적인 문학예술이다.

세종시대의 르네상스는 세종 즉위년부터 문종 대(1453년)까지 35년간 이어졌다. 이탈리아의 전성기 르네상스가 1500년부터 1520년까지 20년에 비하면 세종시대의 르네상스는 15년간 더 찬란한 문화가 이루어졌음을 알 수 있다. 초기 르네상스시대라 일컫는 1400년경부터 명나라와 조선에서 일기 시작한 문화 예술은 이탈리아 피렌체의 그것과 결코 우연의 일치가 아님을 역사적 기록으로 알 수 있다.

그 이후 르네상스시대는 근대에 이르며 이탈리아를 비롯한 유럽에서만 소멸한 것이 아니라 동양의 조선과 중국에서도 그 빛이 바래지기 시작했다. 조선은 9대 임금 성종시대 이후부터 당쟁의 정치로 르네상스와 휴머니즘이 사라졌고, 중국은 당나라의 영향을 받아 찬란한 문화의 꽃을 피우던 명나라가 멸망하고 청나라가 건국되며 동양의 르네상스시대는 동양적 휴머니즘과 함께 빛을 잃었다.

*프롤로그 중 일부는 영국 르네상스 연구 역사학자 '존 R. 헤일'의 글에서 발췌했음을 밝힌다.

아름다운 추억의 슬픈 과거

1998년 10월 15일부터 이듬해 1월 10일까지 86일간 해군 순항훈련분대에 종군작가로 편승하여 동남아시아 10개국을 순방한 적이 있었다. 여섯 번째 기항국으로 브루나이에 상륙했는데, 의외로 베트남 사람들을 많이 볼 수 있었다. 비슷비슷한 용모의 동남 아시아계 사람들 중에서도 나는 베트남 사람들을 쉽게 알아보는 눈이 있다.

브루나이의 수도 반다르스리브가완시의 야야산 백화점에서 해군 장교들과 쇼핑을 하는 내게 50대 초반의 여자가 쭈뼛쭈뼛 다가와 반짝이는 눈으로 잠시 바라보다가 어눌한 우리말로 물었다. 갑자기 눈이 빛나는 것은 반가운 사람을 만났을 때나, 신기한 것을 보았을 때 순간적으로 일어나는 심리적인 현상이다.

"당신, 따이한?"

나는 머리가 서늘해지는 충격과 함께 마음속 깊은 곳에 잠재해 있던 그 얼굴이 해사하게 드러나며 순간적으로 당황해서 얼결에 그 여자의 손을 덥석 잡고 흔들었다. 물음도 그렇거니와 첫눈에도 베트남 여자였다.

"따이한, 맞습니다. 당신, 베트남?"

1971년 1월부터 72년 8월까지 1년 반 동안 월남전에 참전했던 나는 제3국에서 만난 우리말을 하는 베트남 여자가 마치 고향 사람을 만난 듯이 반가웠다. 찻집에 마주 앉은 그 여자도 나처럼 반가워하며 묻지도 않은 저간의 이야기를 하소연 섞어 늘어놓았다. 나트랑 한국군 백마부대에서 식당 노무자로 5년간 일했는데, 월남이 공산화되자 보복이 두려워 조국을 떠날 수밖에 없었다고 곧잘 우리말을 하며 끝내 울먹였다. 여자는 말을 하면서 잠시도 가만있지를 못하고 발로 바닥을 문지르거나 손을 오그렸다 펴기를 반복하며 바장댔다.

순간, 나는 그 여자의 얼굴에서 보았다. 당시 스무 살이 갓 넘었을 저 여자는 어떤 한국군 장교나 하사관의 꼬임에 넘어가 몸도 마음도 주었다는 것을……. 내가 근무하던 부대 사병 취사반에도 월남 여자들이 여남은 명 있었는데, 부식거리를 다듬거나 식사시간에 배식을 하는 일을 했었다. 그들 중에 얼굴이 반반한 여자는 현지 제대를 앞둔 병사나 전역이 가능한 하사관들이 가만 놔두지 않았다.

월남 현지에서 만기제대가 가능한 병사나 하사관은 월남 여자와 국제결혼을 하는 경우가 더러 있었기에 자연스러운 현상이기도 했다. 그러나 실제 이루어지는 경우는 드물었고, 앳된 이국 여자들은 결국 상처만 입고 만다. 그리하여 태어난 아이들이 소위 '라이따이한'이라 불리는 한국인 2세들이다. 그런 여인들이 월남이 공산화되면서 보복이 두려워 조국을 떠났다.

월남 패망 당시 조각배를 타고 바다를 떠돌던 난민들을 떠올리며 어쩔 수 없이 마음이 짠하게 아렸다. 그 애잔함은 여자가 안타깝기도 하지만, 내 가슴에 똬리처럼 틀고 앉은 여자도 이 여자처럼 난민으로 살고 있을지도 모른다는 궁금증으로 묻지 않을 수 없었다. 아득히 잊히던 월남 말을 섞어 얼버무리며 우리 부대가 주둔했던 퀴논 지역 사람들도 여기에 있는지 꽤 오랜 시간동안 자세히 설명하고 물었다. 그러나 그 여자에게서 내가 찾고 싶은 여자의 행방을 알 수는 없었다. 26년 전의 추억을 떠올리며 혹시나 하고 기대를 걸었지만 허사였다.

추억은 즐겁다. 그러나 추억에 따른 경험은 괴롭다. 나는 즐거움과 괴로움으로 26년간 냉·온탕을 오가듯이 살아왔기에 실망감이 컸다. 큰 기대를 하지 않았음에도 마음이 허전한 것은 그 여자 데오 레이가 여적 내 마음속에 생생히 살아 있음의 반증일 것이다. 당황하는 내 모습을 지켜보았는지, 여자는 이내 눈을 반짝이며 물었다. 그 표정은 말로는 형언할 수 없었는데, 어디서 본 듯한, 그러나 실제로 한 번도 본 적이 없는 생소한 표정인데도 나는 그 표정에서 단박 이 여자에게는 분명 라이따이한이 있다는 것을 알았다.

"당신도 퀴논에 사랑하던 꽁까이가 있었나요?"

순간, 나는 머리가 화끈해지는 충격을 받았다. '꽁까이……, 월남 처녀 꽁까이!' 오랫동안 잊혀졌던 말이 처음 듣는 듯 생경하게 들렸고, 꼭꼭 감춰두었던 소중한 것을 남이 느닷없이 덜컥 들어낸 듯이 당황스럽기도 했다.

눈을 동그랗게 뜨고 마주 보던 여자가 반지빠르게 덧붙였다.

"있었군요. 사랑하던 꽁까이가 있었군요."

얼결에 손을 내저으며 반박했다.

"아닙니다. 그게 아닙니다. 사랑했던 것은 아니지만 기억에 남는 꽁까이가 있어서 물었습니다."

여자는 그럴 줄 알았다는 듯 느긋하게 의자 등받이에 기대앉으며 차분하게 타이르듯이 말했다. 안타깝게 바장대던 행위도 이제는 하지 않는다. 내가 너를 제압했다는 승리감이 표정으로 드러난다.

"나는 처음부터 짐작하고 있었습니다. 당신이 사랑했던 그 여자에게도 라이따이한이 태어났을 겁니다. 그러나 이미 많을 세월이 흘렀습니다. 찾지 마세요. 서로 상처만 받을 것입니다."

얄밉도록 반지빠른 여자의 말을 듣기는 들었지만 내 귀는 껄끄러웠고, 마음이 받아들이지 않았다. 그러나 이상한 일이었다. 여자와 나 사이의 대화 갈피에서 26년 전의 내 과거가 얼핏얼핏 드러났다. 먼 옛날 일이 이렇게 별안간 눈앞에 확 다가올 때가 더러 있지만, 지금 막 일어나는 일처럼 느껴지기도 처음이라 당황스럽기까지 했다. 갑자기 여자가 부담스러워졌다. 이 여자와 길래 앉았다가는 라이따이한에 대한 원망이 내게 돌아올 것 같은 직감이 섬뜩하게 들었다. 어서 이곳을 빠져나가야 한다는 생각으로 일어섰다. 여자가 당황하는 몸짓으로 따라 일어났지만 나는 손짓으로 말로 저지했다.

"미안합니다. 동료들과 약속이 있어서 가야 합니다."

아니나 다를까, 분노한 얼굴로 주먹을 부르쥐고 꼬나보는 여자를 뒤에 두고 나는 쫓기듯이 찻집을 나왔다. 그 시간 뒤부터 브루나이에 머무는 사흘 동안 나는 월남전의 악몽에서 헤어날 수 없었다. 자칫 내 목숨과 맞바꿀 뻔하며 사랑했던 중국계 월남 여자 '데오 레이'도 분명 조국을 떠났을 것이다. 그렇다면 나트랑 출신 여자처럼 그 여자도 어느 하늘 아래서 고단한 난민의 삶을 살고 있을 것이다.

브루나이 군항을 출항하여 일주일간 남지나해를 항해하는 동안 나는 한 편의 소설을 구상하였고, 귀국하는 즉시 집필에 들어갔다. 그러나 머리에서는 술술 풀려나와도 가슴에서 곰삭아지지 않은 정서로는 마음에 드는 소설이 되지 않아 쓰다 말다 하면서 버려두다시피 했다. 어쩌다 번개처럼 스치는 영감이 떠올라 터를 잡고 앉으면 다시 스산하게 스러지고, 손가락으로 글자판만 찍다가 나앉기를 수십 번이었다.

그러나 애물단지가 되어버린 소설을 그래도 버릴 수 없어 2년 동안 응어리로 가슴에 안고 고심하다가 어쩔 수 없이, 정말이지 되돌아가고 싶지 않은 월남전으로 돌아가서 1년 반 동안의 내 자취를 갈피갈피 더듬어야 했다. 과거를 회상할수록 그 여자 데오 레이에게서 분명 내 첫 자식이 태어났을 것이라는 믿음이 나이가 들면서 짙어지기 때문이기도 했다. 아이가 태어났다면 스물여섯 살일 것이다.

브루나이 야야산 백화점에서 만난 이름 모를 그 베트남 여자가 내 가슴속에서 사그라지던 불씨를 살려 놓고 말았다. 나는 이제 목숨을 걸고 사랑했던 이국의 여자와 그 여자에게서 태어났을지도 모를 내 자식을 찾는 끝없는 여정旅情의 길을 떠난다. 르네상스의 화려한 부활을 꿈꾸며…….

되돌아가는 길

동남아시아 10개국 순방일정표를 살펴보던 나는 온몸에 화끈하게 열이 오르는 충격으로 비명처럼 외쳤다.

"아니, 브루나이……!"

이내 가슴이 '쿵!' 하고 울리는 둔중한 충격을 받으며 멍해졌다. 신상에 어떤 위험이 닥침을 느끼거나, 난데없는 일이 벌어질 때 순간적으로 가슴이 철렁 내려앉는 느낌을 받기는 했지만, 내려앉은 가슴에 덜컥 덧 얹히는 무형의 무게와 충격을 느끼기는 난생처음이었다. 나는 꽤 오래도록 가슴이 서늘하게 두근거림을 깨닫고는 얼른 딴전을 부려야 할 만큼 당황했다.

느닷없는 내 행위가 이상했던지, 금방 수인사를 나눈 해군 장교들이 의아한 눈으로 보고 있었다. 나는 민망스럽기도 해서 억지웃음을 씽긋 웃고는 순항훈련 일정표를 다시 훑어보며 얼버무려 말했다.

"순방국 중에 브루나이가 있군요. 언젠가는 꼭 가보고 싶었던 나라였는데……."

정보참모라고 자신을 소개한 박상운 소령이 받아 시쁘장하게 말했다.

"그렇습니까? 브루나이는 손바닥만 한 나라라서 볼 게 별로 없습니다."

나는 그제서 마음의 안정을 잡으며 받았다.

"아, 그 나라에 가보셨습니까?"

"4년 전 대위 때 갔었지요. 지금은 많이 달라졌다지만, 워낙 땅덩어리가 작은 나라니까 그때나 지금이나 별거 없을 겁니다."

"그렇군요. 저는 뭐, 꼭 볼 게 있어서가 아니라, 그 나라에 보고 싶은 사람이 살고 있기 때문입니다."

바쁘게 짐을 정리하던 법무참모를 비롯한 네댓 명의 영관급 장교들이 한꺼번에 나를 바라보았다. 그들의 눈초리에는 저토록 당황하며 보고 싶어 하는 사람이라면 여자가 틀림없을 것이라고 단정하는 눈치임을 나는 금방 느낄 수 있었다. 우리는 지금 이 순간부터 3개월간 여자라고는 목소리도 들을 수 없는 남자들만의 집단생활을 시작하는 것이다.

해군에서는 몇 년 전부터 소설가와 방송작가, 국방일보 기자와 촬영기자 등 민간인 4명을 순항훈련분대 함정에 편승시켜 훈련과정을 취재하고 참관케 했었는데, 금년에 소설가로는 내가 선정되어 순항훈련 지휘함인 4,500톤급 대청함에 승함했다.

브루나이는 일곱 번째 방문국으로 12월 10일에 정박하여 3박 4일간의 순방행사와 문화탐방을 하고 12월 13일에 출항하게 되어 있었다. 동남아시아 말레이반도 어딘가에 [네가라 브루나이 다루살람]이라는 나라 이름은 길지만 국토는 작은 나라가 있는데, 석유가 물처럼 쏟아져 나와 가려운데도 안 긁고 산다는 정도로만 알고 있었다. 지구상의 숱하게 많은 나라들 중에서도 그 나라가 내 기억에 남은 것은 유난히 긴 나라 이름과 군주국으로서 세계 제일의 부자 나라라는 선입견 때문일지도 모른다.

그런데, 그 나라를 좀 더 자세하게 알게 된 것이 작년 가을이었다. 월남참전 전우였던 YM(주) 박대균 사장이 바로 그 브루나이라는 나라에서 '데오 레이'를 만났다고, 느닷없이 주먹을 불쑥 내밀 듯이 말했었다. 비록 군대 친구지만 고향 친구보다 더 임의로운 녀석인데, 가끔은 부와하고 엉뚱한 짓을 곧잘 해서 처음에는 그저 그러려니 무시하고 콧방귀를 뀌었다.

그러나 사실 내 본심은 너무나 생뚱맞은 그 말을 대체 어떻게 받아 처신해야 할지 갈피를 잡을 수 없어 일부러 딴전을 부려보았던 것이다. 꼭 보아야 할 상황이거나, 알아내야 할 궁금

중일수록 곧바로 대들지 못하고 잠시 딴전을 보고, 딴생각을 하게 되는 것은 시간을 벌어 상황을 판단하자는 무의식적인 방어 태세적 행위일 것이다. 나는 언제부터인가 다소 의도적으로 그러한 행위에 자연스레 길들여지고 있었다. 멋모르고 덤벙대다가 돌이킬 수 없는 실수를 저지르고는 쓰디쓴 회한을 씹은 적이 더러 있었던 탓이었다.

그럼 그렇지, 제 딴에는 깜박 죽을 줄 알았던 내가 외려 시큰둥하자, 징색을 하며 대들었다. 브루나이의 수도인 반다르스리브가완시에 있는 야야산 백화점에서 레이를 만났는데, 먼저 알아보고 반색을 하더라며 손짓 몸짓으로 허풍을 떨었다. 게다가 한술 더 떠서, 점심까지 거하게 얻어먹으면서 내 전화번호를 적어 주었는데, 전화가 오지 않았더냐고 천연덕스레 되물었다.

물론 전화 같은 게 왔을 리가 없다. 데오 레이가 내 전화번호를 알았다면, 아무리 많은 세월이 흘렀지만 그곳이 저승이었더라도 전화를 했을 여자였다. 나는 생각할수록 잔뜩 약이 올라 역시 죽을 때까지 부와 할 놈이라고 냅다 욕을 하자, 녀석은 발끈하고 대들었다.

브루나이와 말레이시아를 거쳐 베트남 하노이에 있는 자기 공장을 돌아보고 엊그제 귀국했으니까, 만난 지는 불과 열흘 전이었으니 틀림없이 전화가 올 것이라고, 외려 삿대질을 하며 흰소리를 쳤다.

박대균이 사업상 동남아를 뒷간 드나들 듯 한다는 것을 익히 알고 있으므로 나는 그 이튿날부터 혹시나 하고 전화를 기다렸다. 그러나 역시 아무런 소식도 없이 한 해가 흘러갔다. 그동안 나는 오직 브루나이에 가야 한다는 막연한 생각을 줄곧 하면서도 용기를 내지 못하고 있었다.

이미 덧나버린 상처를 어루만지다가 감당 못 할 무기력증이 엄습하면, 견디지 못하고 그를 불러냈다. 그럴 때마다 그는 열 일을 젖히고 내게로 달려와 곧잘 대작對酌 상대가 되어 지난날들을 되새기며 취하곤 하였다. 술에 취하면 나는 습관처럼, 상처를 건드린 녀석에게 투정을 부렸고, 녀석은 그럴 때마다 한결같이 내 전화번호를 똑똑하게 적어 주었다는 말을 앵무새처럼 되뇌었다. 반다르스리브가완시는 손바닥만 해서 이름만 크게 불러도 찾을 수 있다며 당장 브루나이에 가자고 설치기도 했지만, 나는 따라나서지 못하고 차일피일 미루기만 했다.

언제든 부르면 달려오는 친구가 있다는 것은 참 행복이다. 만 냥의 황금은 구할 수 있어도 마음이 통하는 진정한 벗은 얻기 어렵다고 한다. 사람 좋은 녀석은 번번이 내 투정을 잘도 받아 주었다. 내가 그 일로 녀석을 귀찮게 하는 것은 그럴만한 충분한 이유가 있다. 세상에서 나와 데오 레이와의 애틋한 관계를 아는 사람은 오직 녀석뿐이기 때문이기도 하지만, 우리가 데오 레이를 두고 반추하는 지난날들은 박대균에게도 아름다운 추억과 아물 수 없는 아픔의 씨가 잉태된 날들이었다.

그렇게 한 해를 가슴만 태우고 있었는데, 데오 레이가 있다는 브루나이에 우연찮게도 가게 되었다. 그의 말대로라면 레이는 20년이 넘게 그 나라에 살고 있으므로 틀림없이 찾을 수 있겠다는 자신감도 들었다. 나는 기적을 믿는다. 그러나 기적은 아무것도 하지 않는 사람에게는 절대 오지 않는다는 것도 안다. 좋은 일은 까닭 없이 찾아오지 않고, 재난은 무조건 오지 않는다는 진리를 나는 살아오면서 경험으로 터득했다.

1998년 10월 15일 10시, 진해 군항에서 환송행사를 마친 제00기 순항훈련분대는 해군참모총장을 비롯한 내외빈들의 환송을 받으며 마침내 진해항을 출항하여 86일간의 순항훈련 장도에 올랐다.

해군은 1954년 창군 이래 사관생도 졸업반에 대하여 매년 순항훈련을 실시하고 있었다. 처음 순항훈련 참관 청탁을 받았을 때만 해도 나는 그저 그런 여타의 해상훈련으로만 생각했었다. 단지 군함을 타고 동남아시아 10개국을 여행한다는 기대감에 잔뜩 들뜬 마음으로 지휘함인 대청함에 승함했던 것이다. 그러나 그것은 너무나 안일하고 과문寡聞한 내 단견이었음을 승함과 동시에 깨닫게 되었다.

정장을 하지 않고는 출입할 수 없는 사관실에서, 순항훈련분대 사령관 황경수 제독을 비롯하여 훈련모함 대청함 함장 하정문 대령, 참모장 김동섭 대령, 생도연대장 민승우 대령 등 지휘부와 상견례를 한 뒤, 나는 엄청난 중압감을 느끼기 시작했다. 막중한 임무와 원대한 목적을 내포한 국가적 차원의 연례적 군사훈련임을 비로소 깨달았다.

진해항을 출항하는 그 순간부터 총 항정 약 14,500마일의 항해, 86일간의 훈련에 돌입한 400여 명의 사관생도들과 300여 명의 순항훈련분대 요원들은 각자 맡은 바 임무에 기계적으로 착수하기 시작했다.

복도며 갑판에서 출항의 설렘에 들떠 웅성거리던 일부 수병들조차 훈련실시를 알리는 방송 구령에 모래톱에 물 잦아들 듯이 순식간에 각자의 맡은바 위치로 돌아가고, 어찌할 줄 몰라 하릴없이 어정거리는 사람은 민간인 편승요원 우리 네 사람뿐이었다.

순항훈련분대 요원들은 지휘부를 비롯하여 말단 수병에 이르기까지 단일부대의 단체 훈련이 아니다. 함정의 기간요원을 제외한 모든 장병들은 전 해군 각 병과분야에서 차출되어 조직된 훈련분대였다. 따라서 훈련이 끝남과 동시에 이들은 원대 복귀하여 각자의 임무로 돌아간다. 그럼에도 불구하고 출항과 동시에 시작되는 훈련에 일사불란하게 자기 직책을 찾아 움직이는 요원들을 보며 나는 새삼 해군 조직의 막강한 지휘체제에 놀라지 않을 수 없었다.

처음에는 정신을 차릴 수 없이 어리벙벙했지만, 나도 차츰 내 위치와 처신할 행동반경을 찾기 시작했다. 나는 육군에 입대하여 1971년 1월 월남전에 파병되었다. 그때 미국 해군 수송함을 타고 일주일간 남지나해를 항해한 적이 있으므로 해군함정이 썩 낯설지는 않아 함상생활에는 비교적 쉽게 적응이 되었다.

첫 기항지인 러시아 블라디보스토크를 비롯하여 홍콩, 싱가포르, 말레이시아 등 6개국을 순방하고 브루나이의 군항軍港 무아라 포트에 입항한 것은 12월 10일 오전 9시였다. 무아라 군항은 이미 거쳐 온 싱가포르 항구나 말레이시아의 쿠알라룸푸르 군항과 별다른 느낌은 들지 않았다. 같은 해양성 열대지구라서 엇비슷한 해안 풍경이 그런 느낌을 들게 했을 것이다.

게다가 워낙 작은 나라여서 그런지 항구도 썰렁하고 이 나라 해군함정도 눈에 띄지 않았다. 따라서 그동안 거쳐 온 다른 나라에 비해 환영객도 별로 없다. 뒤늦게 태극기를 든 환영객이 삼삼오오 모여들었지만, 환영행사가 시작될 때까지 그 숫자는 불과 50여 명을 넘지 않았다.

환영객이 별로 없는 것은 곧 교민의 수가 많지 않기 때문일 것이라고 생각하며 나는 의무적으로, 또는 습관적으로 눈에 띄는 상황과 느낌을 대충 메모하고 사진도 찍으면서 조바심을 하고 있었다. 내 심중은 다만, 어서 환영행사를 끝내고 데오 레이가 있다는 반다르스리브가완시로 달려갈 생각뿐이었다. 항해하는 동안 내가 수집한 자료로는 부두에서 시내까지 자동차로 30여 분 거리였고, 박대균의 말대로 시내 중심가도 매우 좁아서 야야산 백화점 주변이 번화가의 전부라고 알고 있는 터였다.

마침내 브루나이 주재 한국대사가 참석한 공식행사가 끝나고 13시 정각에 장병들이 상륙하기 시작했다. 나는 법무참모 최동호 소령과 의무참모 강무익 소령, 군의관 김성곤 대위, 방송작가 김치환 선생과 함께 환영 나온 교민의 차를 얻어 타고 시내로 향했다. 같은 침실에서 두 달 넘게 생활한 이들과는 많이 친해진 터였고, 새로운 방문국에 상륙할 때마다 같이 팀을 이루어 문화탐방을 했기 때문에 비교적 마음이 잘 맞고 흉허물없는 사이가 되어 있었다.

엇비슷한 기후와 그러그러한 풍경의 나라를 4개국이나 거쳤으므로 차창 밖으로 스치는 풍광에는 별 관심이 없었는데, 항구를 벗어나자 도로에 접한 밀림이 온통 시커멓게 불에 탔고, 아름드리나무들도 불에 그슬리어 시커먼 맨몸 그대로 을씨년스럽게 삐죽삐죽 서 있었다.

우리가 놀라움의 탄성을 연발하자, 운전을 하던 교민 이상우 씨가 말했다.

"한국에도 신문이나 뉴스에 나갔을 겁니다. 작년 건기에 말레이시아 중부 밀림지대에서부터 산불이 나기 시작했는데, 걷잡을 수 없이 번졌지요. 결국 국경을 넘어 브루나이까지 번져 밀림이 절반 이상 타버렸습니다. 화기와 연기, 재 먼지로 온통 눈을 뜰 수도 없었고, 숨을 쉴 수도 없었지요. 결국 견딜 수 없어 싱가포르, 필리핀 등 외국으로 피난을 가기도 했습니다. 온 나라가 텅텅 비다시피 했었지요. 한 달이 넘도록 난리도 그런 난리가 없었습니다."

방송작가 김치환 선생이 냉큼 받았다.

"아, TV에서 봤어요! 대단한 산불이었지요."

의무참모 강 소령이 거들었다.

"천혜의 밀림이 속절없이 불타는 광경을 보고 안타까워했었는데 현장을 보니 과연 처참하군요."

나도 년 전에 우리나라 동해안 산악지대의 산불을 떠올리며 말가리를 들었다. 산불이 잡힌 뒤에 동해안 산불피해 현장을 취재한 적이 있었다.

"산불의 피해는 감히 돈으로 계산할 수 없을 지경입니다. 인간들은 피해지역의 면적만 보고 돈으로 따지는데, 눈에 보이고 체감으로 느끼는 피해보다 산불로 인한 자연재해가 더 심각한 피해로 남습니다. 잿더미가 된 자연이 원상태로 복원되려면 적어도 30년은 걸릴 테니까요."

"사실이 그렇지만 이 나라 사람들은 밀림이 타거나 말거나

무관심입니다. 단지 코앞에 닥친 고통만 참지 못하고 모두 피난을 갔지요. 하긴 불이 워낙 엄청나서 끌 수도 없어요."

달리는 차에서 둘러보는 산 전체가 온통 시커멓고 음산한 검은 밀림지대였다. 검다는 것은 눈으로 보던 생각을 하던 죽음처럼 음산하게 느껴지게 마련이었다. 눈으로 보기에는 안타깝지만, 레이를 만날 생각으로 다만 초조했을 뿐인데, 차는 금방 시내로 들어와서 어느 커다란 건물 앞에 멎었다.

새삼 두근거리는 가슴을 안고 차에서 내려 우선 건물을 쳐다보았다. 주변의 다른 건물에 비해 비교적 웅장한 건물은 대낮인데도 조명이 휘황한데, 건물 꼭대기에 〈YAYASAN COMPLEX〉라는 전광간판이 번쩍거리고 있었다. 이미 일 년 전부터 내가 듣고 있었던 야야산 콤플렉스 백화점이었다. 이 백화점에만 오면 꿈에도 그리워하던 데오 레이가 있을 것같이 마음이 설레고 조급했었는데 땅을 딛고 주변을 둘러보는 순간, 나는 그만 아득해졌다.

백화점 주변 거리는 수많은 인종의 인파가 바글거리고 있었다. 이름만 크게 불러도 찾을 수 있다던 박대균이란 놈의 말은 터무니없는 새빨간 거짓말이었다. 나는 하릴없이 두리번거리며 쿵쿵 콧방귀를 뀌는 것이 고작이었다.

허탈해진 내 속을 꿰뚫어 보았는지 방송작가 김 선생이 비아냥거렸다.

"장 선생님, 애인 이름을 어디 한번 큰 소리로 불러 보시지요!"

박대균의 말을 곧이곧대로 믿고 떠벌려댄 나도 경솔하지만, 옆에서 와그르르 웃는 일행도 야속해서 뜨악하게 훑어보고는 방패 삼아 받았다.

"손바닥만 한 나라에 손바닥만 한 수도라고 해서 정말 손바닥이라고 생각한 내가 어리석었군요. 그래도 엄연한 왕국이고 세계 제일의 부자나라인데, 너무 과소평가했던 것 같습니다. 결국 내가 소인배였습니다."

솔직한 내 심정에 그들도 동감이라는 듯 머리를 주억거렸다. 방송작가 김 선생이 내 말을 거들었다. 같은 작가로서 빈정댄 것이 딴에는 미안하다는 뜻일 터였다.

"난 대사관 직원이 했다는 말에 더 실망하고 있었지 뭡니까."

'브루나이에 볼 게 뭐 있다고 기항하느냐'고 투덜대는 대사관 직원이 있었다는 주재 무관의 말을 듣고 우리 모두 엇비슷한 느낌을 갖고 있었다.

"본국 해군의 순항훈련함대를 유람선으로 착각한 사람은 그렇게 말 할만도 하겠지요. 다른 나라에 비해 볼 게 별로 없는 것은 사실이니까요."

법무참모 최 소령의 빈정거리는 듯한 말에 나도 머리를 끄덕였다. 순항훈련분대 함정이 순방국 군항에 입항하면, 그날부터 주재대사관 직원들은 소위 비상이 걸린다. 군함은 국가의 대표로서 곧 본국 영토의 일부임을 의미한다. 따라서 주재국 대사와 상주 무관은 물론 말단 직원에 이르기까지 환영과 환송행사를 비롯해서 순방국 해군과의 합동기회훈련과 친선행사, 순항훈련 분대 요원들과 주재 교민들과의 친선행사까지 그 다양한 업무를 소홀히 할 수 없다.

일주일간의 항해였으므로 우리는 모두 집에 전화를 걸기 위해 공중전화가 있다는 백화점 안으로 들어갔다. 이 나라가 지금 아무리 우기雨期라지만, 간간이 발가벗고 나오는 열대지방의 태양은 무섭게 뜨거웠다. 태양열기가 후끈거리는 바깥에 비해 백화점 안은 시원한 천국이었다. 그래서 그런지 발 디딜 틈도 없이 사람이 바글거렸고, 그만큼 소란스러웠다. 통로나 계단 옆 군데군데 사람들이 길게 줄을 선 광경이 눈에 띄었는데, 열댓 명씩 늘어선 그곳에 공중전화기가 있었다. 우리 네 명은 인파를 헤집으며 층마다 올라가 살펴보았다.

공중전화는 층마다 여남은 대씩 있었지만 절반 이상은 고장이 나서 불통이었고, 통화가 되는 전화기에는 어디나 사람들이 줄을 서 있었다. 그런데, 그들의 용모며 차림새가 모두 엇비슷했다. 가무잡잡한 얼굴에 후줄근한 입성, 자기들끼리 주고받는 말은 언뜻 들어도 방글라데시를 비롯한 동남아시아 사람들이었다.

시간이 금쪽같은 우리는 공중전화를 찾아 옆의 건물까지 갔으나 결국 백화점으로 되돌아와서 그중 대기 줄이 짧은 전화기 앞에 섰다. 나는 무심코 송수화기를 잡은 사람을 지켜보다가 그만 맥이 풀리고 말았다. 전화카드를 두 장이나 바꿔가며 통화를 하는데, 십오 분이 넘어서 뒷사람에게 넘겼다.

다른 줄에 서 있던 의무참모 강 소령이 달려와서 투덜거렸다.

"아니, 도대체 세계에서 제일 잘산다는 나라가 이게 뭐야. 공중전화마다 장시진을 쳤으니……."

내 뒤에 있던 방송작가 김 선생이 받았다.

"그러게 말입니다. 이거 뭐가 잘못돼도 한참 잘못된 것 같아요."

강 소령이 시계를 보며 투덜거렸다.

"전화 걸기는 애당초 틀렸으니 우선 관광부터 합시다. 전화 걸려면 세 시간은 기다려야 할 판인데. 어떻게 기다립니까?"

하도 답답해서 나도 한마디 거들었다.

"공중전화를 쓰는 사람들은 모두 외국인들 같아요. 이 나라 사람들은 휴대폰을 쓰니까, 공중전화 따위에 신경 쓸 일이 없겠죠."

우리를 시내까지 태워다 준 교민 이상우 씨가 관광 안내를 해주기로 했었는데, 자기 볼일을 마치고 와서 허탈해진 우리에게 말했다.

"내 이럴 줄 알았다니까. 아마 내일까지도 이 모양일 겁니다."

줄곧 군입만 다시고 있던 법무참모 최 소령이 뒤늦게 분통을 터트렸다.

"이 사장님, 이게 대체 어떻게 된 겁니까? 공중전화라는 게 절반 이상이 고장인데, 왜 이 모양입니까?"

"그럴 수밖에 없습니다. 이 나라의 통신은 말레이시아에서 관장하니까요. 자기 나라도 아닌데 신경을 쓰겠습니까? 그도 그렇지만 사실은 공중전화를 쓰는 사람들한테도 문제가 많아요. 공중전화는 주로 외국인들만 쓰니까요."

김 선생이 어처구니없다는 표정으로 물었다.

"아니, 자기 나라 통신을 외국에 맡긴다는 말입니까?"

"이해할 수 없지만 현실이 그렇습니다. 인종이나 언어가 같은 데다 면적도 말레이시아의 일개 주와 엇비슷하니까요."

이 나라는 인구가 30만인데 외국인 노동자가 그만한 숫자라고 한다. 이 나라 국민은 거의가 공무원이나 상권을 장악한 돈 많은 상인 등 지배층이고, 하다못해 가사 일까지 노동은 외국인이 한다는 것이다. 그 외국인들이 거의 이 도시에 집중되어 있는데, 오늘은 토요일 오후이므로 한꺼번에 쏟아져 나와 각자 고국으로 국제전화를 걸기 때문에 난장판이 벌어진다는 것이다. 우리는 비로소 이해가 되어 좀 전의 분노를 삭이며 씁쓸하게 웃어야 했다.

나는 그들과의 관광에 끼지 않고 야야산 백화점에 남았다. 찾는 데까지 데오 레이를 찾아보겠다는 생각이었다. 혼자 떨어진 나는 휴게소에서 잠시 쉬며 마음을 가다듬고는 백화점 층마다 오르내리며 눈에 익은 베트남 여자들을 찾기 시작했다. 여자중에서도 나이가 마흔이 넘었을 중년의 여자만 골라서 물어야한다.

"실례합니다. 저어, 혹시 베트남 맞습니까?"

알아듣든 말든 '베트남'을 강조하면 고개를 끄덕이게 마련이다.

"혹시, 퀴논시 빈딘성에 살았던 데오 레이라는 여자를 아십니까?"

베트남 사람이라면 퀴논시와 빈딘성을 모르지는 않겠지만, 고개를 저으면 그만이다. 내가 생각해도 참으로 황당하고 곤혹스러운 짓거리였지만 다른 방법은 없다. 백화점뿐만 아니라 주변의 상가까지 몇 바퀴 돌던 나는 아득한 절망감과 함께 맥이 풀리고 말았다. 태국이며 필리핀, 방글라데시, 인도네시아 등 모두가 외양이 엇비슷한 사람들 중에서 베트남 여자를 가려내어 묻는다는 것은 여간 어려운 일이 아니었고, 끝내 정신마저 혼란해졌다. 그야말로 서울에서 김 서방 찾기에 다름 아님을 깨닫고는 박대균이란 놈에게 욕을 퍼부어대는 것이 고작이었다.

아름다운 만남

데오 레이는 내가 목숨보다 사랑했던 월남 여자였다. 월남전 참전 당시 나는 현지에서 만기제대를 하고, 한진상사에 현지취업이 확정되어 데오 레이와 결혼을 하기로 약속했었다. 우리는 일 년 반 동안 뜨거운 사랑을 불태우며 꿈에 부풀어 제대를 손꼽아 기다리고 있었다.

그러나 레이를 짝사랑하던 베트콩의 보복과 우리의 사랑을 질투하고 시기하는 중대장의 압력으로 현지제대를 4개월 앞두고 강제귀국당하고 말았다. 어처구니없이 데오 레이와 헤어진 나는 지금까지 생사도 모른 채 가슴에 진 멍울을 안고 4반세기를 살아왔다. 사람은 한 가지 생각에 몰두하면 그 안에서 벗어나지 못한다. 또한 어떤 장소에 길이 들면 여간해서는 그곳을

떠나지 못한다는 것을 번연히 알면서도 나는 그렇게 다람쥐 쳇
바퀴 돌듯이 오직 그 여자의 굴레에서 벗어나지 못하고 있다.

　데오 레이를 처음 만난 것은 자매부락에 있는 세종국민학교
였다. 1966년 한국군 파월 초창기에 우리 부대와 빈딘성의 짜웅
마을이 자매결연을 맺으면서 기념으로 세운 학교였는데, 레이
는 그 학교의 선생이었다. 세종국민학교는 학생이 70여 명으로
월남의 농촌 초급학교치고는 학생이 제법 많은 편이었는데, 학
용품과 비품 거의 전부를 자매부대인 우리 부대에서 지원하고
있었다. 그 학교 학용품과 자매부락 구호물품 지원업무가 본부
중대 보급계인 내 소관업무였다.
　자매부락의 대민정찰은 매주 토요일마다 나가지만, 학용품
및 구호물품지원과 의료지원은 매월 넷째 토요일에 이루어지고
있었다. 71년 1월 초순에 파월 되어 보급계 업무를 인수받은 나
는 1월 넷째 토요일에 첫 대민 지원을 나가게 되었다.
　촌장과 마을 지도자에게 구호물품 전달을 끝낸 뒤에, 학용품
을 지프에 싣고 마치 우리나라 시골의 초등학교처럼 느껴지는
세종국민학교로 들어갔다. 제법 넓은 운동장을 가로질러 지프
가 교무실인 듯싶은 건물 앞에 정차했을 때, 눈이 부시게 새하
얀 아오자이 차림의 여자 둘과 남자 둘이 우르르 몰려나왔다.
　남자라면 누구든, 특히 군인이라면 여자에게 먼저 눈이 가는

것은 어쩔 수 없는 생리적 현상이다. 게다가 몸매의 곡선이 그대로 드러나는 하늘하늘한 아오자이 차림의 여자임에랴! 나는 그중 키가 훤칠한 여자에게 눈길이 머물러 지프에 앉은 채 그만 넋을 잃었다. 뜨거운 햇살을 고스란히 받으며 서 있는 하얀 아오자이 차림의 여자를 어디선가 본 적이 있는 듯하여 눈을 뗄 수 없었다.

여자와 나는 딱히 누가 먼저랄 수도 없이 눈이 마주쳤는데, 여자 역시 눈부시게 따가운 햇살 아래 장승처럼 서서 나를 보고 있었다. 그 순간, 나는 번개같이 머릿속을 스치는 어떤 영감을 받았다. 이 황홀한 느낌과 감정은 저 여자도 나와 같음을······. 처음 보는 사람인데도, 한마디 말도 건네지 않았음에도 흥미를 느끼고 마음이 통하는 사람이 있기는 하지만, 첫인상으로 어떤 운명적인 예감을 갖기는 난생처음이었다.

운전병이 내 옆구리를 쿡 찌르지 않았다면, 나는 언제까지나 그렇게 앉아 여자만 바라보았을 것이다. 지프에서 내려서도 여자에게서 눈을 떼지 못하는 내게 나이 지긋하고 오종종하게 생긴 남자가 방정맞은 걸음걸이로 종종종 다가오더니 불쑥 손을 내밀며 어눌하게 우리말을 했다.

"새로 부임하신 보급계님이시죠?"

나는 어정쩡하게 손을 잡으며 대꾸했다.

"네, 그렇습니다. 상병 장일둡니다."

"반갑습니다. 저는 교장 응웬 쩌우라고 합니다. 교무실로 들어가시죠."

교장 선생은 말꼬리를 끌며 휙 돌아서서 저 혼자 휭허케 걸어가고 있었다. 나는 그 뒷모습을 멀거니 바라보며 문득 생각했다. 앞으로 자주 만나게 될 교장이라는 저 사람에게는 왠지 정이 붙을 것 같지 않다는 느낌이 들었다. 운전병과 남자들은 그새 학용품과 비품을 교무실로 운반한 뒤였고, 뜨거운 햇살을 눈부시게 퉁겨내며 자글자글 끓는 모래땅 운동장에는 덮개가 없는 텅 빈 지프와 나 혼자뿐이었다.

교무실로 들어가자 시원한 캔 음료가 나왔고 이어서 인사 소개가 있었다. 이 학교의 선생은 교장을 포함하여 여섯 명이었는데, 여선생이 둘이었다. 내가 첫눈에 넋을 빼앗긴 그 여선생은 앙증맞도록 작은 손을 내밀며 뭐라고 말했지만 나는 알아듣지 못했고, 손아귀에 꼭 잡히는 손만 두 손으로 감싸 잡은 채 멍하니 바라보았다.

가까이서 찬찬히 뜯어보니 어디가 어떻게 아름답다고 꼭 집어 말할 수는 없지만, 여자의 온몸에서 발산되는 표현할 수 없는 황홀한 느낌에 나는 계속 가슴이 뛰었다. 월남 여자답지 않은 훤칠한 키에 해사한 피부, 크고 맑은 눈과 뚜렷한 이목구비가 보면 볼수록 어딘지 모르게 눈에 익은 듯했다.

묘하게 어색해진 분위기를 눈치챈 교장 선생이 새초롬한 눈으로 나를 꼬나보다가 의자를 권하고는 꼴같잖게 잔뜩 위엄을 부리며 어눌하게 우리말을 했다.

"데오 레이 선생님은 짜옹마을 촌장님 딸입니다. 데오 꾸 위 앙 촌장님은 빈딘성 성장님께서도 존경하시는 분입니다."

나는 새삼 교장이라는 사람이 좀 별쭝맞다고 생각하며 바라 보았다. 느닷없는 그 말투에는 감히 이 여자에게 설부른 짓을 하다간 큰코다친다는 어쭙잖은 경고 의미가 곁들어 있음을 단 박 느낄 수 있었다. 불쑥 오기가 치밀어 교장 선생을 뜨악한 눈 으로 보다가 어깃장을 놓는 심정으로 물었다. 사실 여자는 아무 리 보아도 가무잡잡하고 오종종한 월남 여자들 같지 않아 매우 궁금해서 못 견딜 지경이던 터였다. 그렇더라도 여자가 우리말 을 알아듣는다면 아무리 궁금해도 면전에서 물을 수는 없었을 것이다.

"교장 선생님, 데오 레이 선생님은 월남 사람이 아니죠?"

엉뚱한 내 물음에 당황했는지, 교장 선생은 뱁새눈을 치뜨고 주위를 한 바퀴 돌아보고는 어깨를 으쓱 추키고 늦대답을 했다.

"그렇습니다. 데오 레이 선생님 어머니는 중국 명문가의 여 인이셨습니다. 촌장님께서 중국 망명생활을 하실 때, 중국 국민 당 장개석 장군님의 소개로 결혼을 하셨습니다."

어눌한 우리말에다 잔뜩 위엄을 부린답시고 으쓱거리며 더 듬거린 말귀를 뒤늦게 알아듣는 순간, 나는 정신이 아찔 하는 깊은 충격을 받았다. 순간적으로 사진으로만 보았던 어머니 얼굴이 떠오르고, 동생의 모습이 눈앞에 아른거렸다. 나는 걷잡을 수 없이 뛰는 가슴을 안고 데오 레이 선생을 바라보았다. 저 여자가 첫눈에 확 들어오던 황홀한 느낌과 그 어떤 영감은 다름 아닌 일본 여인이던 내 어머니 모습에서 비롯되었음을 비로소 깨달았다. 정신을 차리고 다시 살펴본 여자는 과연 어머니와 여동생을 합성시킨 듯한 내게 너무나 친숙한 용모였다.

나는 자신도 모르는 사이에 어느새 데오 레이의 손을 잡고 있음을 깨달았다. 순간적으로 무안하기도 해서 벌쭉 웃으며 애매하게 머리를 끄덕이고는, 그래도 손을 놓기가 안타까워 어정쩡하게 말했다.

"데오 레이 선생님, 미안합니다. 너무 반가워서 그만……."

여자는 내 말을 알아들었는지 어쨌는지 얼굴이 발갛게 달아올라 어쩔 줄 모르고, 교장 선생은 갈고리눈을 하고는 여전하게 나를 꼬나보고 있었다.

데오 레이와 첫 대면을 한 나는 매주 토요일이면 여하한 핑계를 대더라도 대민정찰대에 합류하여 레이를 만나곤 하였다. 나는 매월 마지막 토요일에만 대민지원을 나가게 되어 있었지만, 완전군장으로 자매부락 근방을 샅샅이 수색해야 하는 위험을 무릅쓴 힘겨운 정찰대에 번번이 지원해서 나갔다.

데오 레이는 퀴논시에 있는 프랑스계 고등학교를 졸업하고 이 학교에 부임한 지 다섯 달이 되었다고 했다. 1858년부터 1954년까지 96년간 프랑스 지배를 받았던 월남에는 프랑스계 혼혈아들이 많았는데, 그들은 프랑스 정부에서 지원하는 특수 교육기관의 교육을 받는다고 한다. 레이는 프랑스계는 아니지만 중국계 혼혈이었기에 아버지의 영향력으로 그 학교에서 6년간 교육을 받을 수 있었다고 했다. 따라서 레이는 프랑스 말에 능통했다.

나는 데오 레이에게서 월남 말을 배우기 시작했고, 레이도 내게 우리말을 배우겠다고 했다. 날이 갈수록 데오 레이와의 사랑은 깊어졌고 마침내 우리는 결혼을 약속하기에 이르렀다. 그동안 우리는 서로 손을 잡고 입맞춤을 하기는 더러 했었지만, 데오 레이를 품에 안은 것은 만난 지 석 달이 넘을 무렵이었다. 우기에 접어든 날씨는 하루에도 네댓 번씩 스콜을 쏟아붓고는 언제 그랬더냐 싶게 콧잔등이 벗어지도록 햇볕이 내리쬐곤 하였다.

그날은 대민정찰이 아니라 대민지원을 나갔던 날이었다. 내 주요 임무는 구호물품인 쌀과 B레이션인 통조림분유, 분말주스, 분말계란 등 저장식품과 비누, 치약, 칫솔 등 위생용품을 빈민가정에 직접 나누어주고 학용품과 비품을 학교에 전달하면 끝이었다.

레이와 나는 점심시간을 이용하여 마을 한가운데 있는 대나무 숲으로 산책을 나갔다. 마을 아이들이 가끔씩 떼를 지어 들어갈 뿐 한적한 곳이었는데, 대나무와 열대 숲이 울창한 숲속의 바위에 걸터앉자마자 느닷없이 스콜이 쏟아지기 시작했다. 머리에 떨어지는 빗방울에 둔통을 느낄 만큼 굵은 빗줄기가 정신을 차릴 수 없이 쏟아졌다. 스콜은 머리 위 먹구름장의 크기에 따라 비가 쏟아지는 면적이 다르고, 양이 다르므로 언제 어디서 쏟아질지 가늠할 수 없다.

대나무 숲에서 놀던 네댓 명의 아이들은 원숭이 새끼들처럼 비를 피해 달아났고, 우리는 꼼짝없이 늦날 드리듯이 쏟아지는 비를 맨몸으로 견뎌내다가 끝내 서로 부둥켜안았다. 레이가 쓴 농라는 머리만 가릴 뿐, 자주색 아오자이는 흠뻑 젖어 몸매의 곡선이 그대로 드러났다. 나는 쏟아지는 비를 그대로 맞으며 레이를 무릎에 안고는 격정의 몸부림을 쳤다. 차가운 빗물이 입으로 흘러들어도 레이의 입안은 용광로처럼 뜨거웠고, 유영하는 서로의 혀가 용광로 구석구석을 탐닉했다.

5분쯤 무섭게 쏟아지던 스콜이 수도꼭지가 잠기듯이 뚝 멎었다. 먹장구름 사이로 비어져 나오는 햇살이 대나무 사이사이로 눈부신 황금빛 빗금을 좍좍 그어댔고, 숲속은 이내 후끈후끈 달아오르기 시작했다.

아오자이가 착 달라붙어 선정적이도록 아름다운 몸매를 드러내는 레이를 안고 오래오래 서로의 입술을 탐했다. 마침내 끓어오르는 열정을 참을 수 없어 작업복 상의를 벗어 평평한 땅에 깔았다. 떨리는 몸과 마음으로 레이를 안아 작업복 상의 위에 뉘었다. 흠뻑 젖어 몸에 달라붙은 얇은 아오자이를 떨리는 손으로 풀어냈다. 레이는 거친 숨을 삼키며 몸을 약간씩 들어내 수고를 덜어주었다.

마침내 천연의 상태가 된 우리는 한 몸이 되었다. 손끝이 통통 튀도록 탄력이 있는 레이의 몸매는 황홀하도록 아름다웠다. 나는 신이 빚은 그 아름다움에 취해 가학적일 만큼 격렬하게 레이를 다루었지만, 레이는 온몸으로 나를 받아들이고 있음을 여실히 느낄 수 있었다. 격정이 극에 달했던 만큼 황홀한 순간은 너무나 짧았다.

한숨을 돌린 뒤에야 내가 레이에게 첫 남자가 아니었음을 알았다. 격정의 순간이 지난 뒤에 맨 먼저 떠오른 생각이 그것이었음에 잠시 당황했다. 그러나 빠르게 단념했다. 그 문제가 우리의 사랑에 걸림돌이 될 수 없음을 느꼈다. 이 나라 사람들의 주거환경과 생활상으로 미루어 볼 때, 정조관념이 우리와 같을 수 없다는 것을 이미 알고 있던 터였다.

다시 레이를 안고 아름다운 몸매를 느긋하고 알뜰하게 탐미하기 시작했다. 서서히 불잉걸처럼 달아오르는 몸으로 레이의 온몸을 올올이 감지하며 사랑을 불어넣었다. 더는 참지 못하고 다시 레이를 뉘었다. 이제는 서둘지 않았다. 우리는 혼신의 힘을 다해 활화산 같은 불을 내뿜으며 침착하게, 이 순간을 영원토록 뇌리에 새기기 위해 온몸으로 사랑을 확인했다.

레이가 내게 순결을 상실한 얘기를 들려준 것은 그로부터 한 달이 지난 뒤였다. 이미 충분한 이해를 하고 있었기에 레이의 처녀성을 두고 고민을 하거나 언짢아하지는 않았지만, 누구에게 어떻게 해서 그런 일이 있었는지 알고 싶어 내가 먼저 운을 떼었던 것이다.

어떻게 생각하면 목덜미를 죄는 듯이 잔인한 물음일 수도 있지만, 레이는 아무런 표정도 없이 한동안 골똘한 얼굴이 되더니, 내가 외려 안타까울 만치 침착하게, 오래 묵은 항아리에서 오래된 물건을 꺼내듯이 차근차근 말했다.

레이는 열세 살 먹던 해에 세 살 더 먹은 이복 오빠에게 순결을 잃었다고 했다. 나이도 비슷해서 집안 누구보다도 좋아했던 오빠였는데, 어느 날 어떻게 하다 보니 오빠가 자신의 배 위에 엎드려 있더라고 말했다. 그렇게 되기까지의 과정이 어떻게 이루어졌는지는 정신이 없었다고 담담하게 말했다.

아무리 말이 다르고 말의 장단과 높낮이가 다르다고 하지만, 감정은 같을 것이라고 생각하면서도 나는 레이의 말이 그저 담담하다고, 내가 듣기에도 그다지 거북스럽지 않다고 엉뚱한 생각을 거듭했다. 레이의 말은 애잔하게 이어졌다. 그 뒤에도 이상하게 난폭해지는 오빠에게 겁을 먹었는데, 날이 갈수록 더욱 그 행위가 잦아지자 더는 참을 수 없어 어머니에게 털어놓았다고 했다. 결국 레이의 어머니는 남매를 데리고 멀리 퀴논시로 이사를 하게 되었고, 열여섯 살이던 이복 오빠는 그 뒤에 집을 나가 지금까지 소식이 없다며, 레이는 마침내 내가 감을 잡을 수 없는 울음을 훌쩍였다.

레이의 말을 들으며 몇 번이나 머리를 끄덕이면서도, 서서히 치미는 분노를 참을 수 없어 몸이 떨렸다. 끝내 레이를 안고 등을 두드리며 치미는 격정을 애써 꺾어 눌렀다. 내 가슴에 분노가 치민 것은 레이가 이복 오빠에게 당했기 때문만은 아니었다. 레이와 동갑내기인 내 여동생도 너무나 똑같은 경우로 다섯 살 더 먹은 이복 오빠에게 당했었다. 그러나 내 동생은 그 엄청난 아픔을 다독여 줄 엄마도 없어 고민과 고통 속에 빠져 거의 초주검이 된 상태에서 나보다 다섯 살 위인 형에게 알렸었다. 당시 열네 살이던 나는 동생을 지키기 위해서, 네 살이나 더 먹은 이복형에게 복수하기 위해 소위 골목깡패가 되었었다.

씨가 다른 동복 남매간보다 씨가 같은 이복 남매간의 근친상간이 더 많다고 한다. 동복 남매는 어머니의 사랑을 똑같이 받기 때문일 것이다. 내 어린 시절을 돌아보면 이복 남매간이던 그들과 우리 남매는 남남보다 더 못한 원수지간이었다. 경우는

다르더라도 당시 레이 집안 사정도 우리와 별로 다르지 않았을 것이다.

나는 레이를 품에 안고 가엾은 동생을 떠올리며 끝내 울음이 터졌다. 레이가 외려 나를 달래줄 만큼 서럽게 울었다. 나중에는 동생이 가여워서였는지, 레이가 가여워서였는지, 불행하고 불량하게 살아온 내 유년이 억울해서였는지 걷잡을 수 없이 울음이 치밀었다. 울면서 결심했다. 데오 레이 말고는 세상의 어느 여자도 사랑하지 않겠다고 스스로에게 다짐했다.

전후방이 따로 없는 전장戰場에서는 전우들이 매일 피를 흘리고 있었지만, 내게는 마치 꿈결 같은 세월이 흘러가고 있었다. 마냥 오늘 같기만 하던 날들이 그렇게 5개월이 지난 어느 날, 데오 레이가 돌연 베트콩에게 납치되었다. 교장 선생의 딸인 동료 여선생이 우리 부대에 노무자로 근무하는 오빠를 통해서 내게 귀띔을 해 주었는데, 레이가 납치 된 지 이미 사흘이 지난 뒤였다.

나는 거의 미쳐버린 정신 상태로 비상대기 차량 운전병을 강제로 잡아끌고 당장 자매부락 촌장 집으로 달려갔다. 비상대기 차량은 누구라도 함부로 운행할 수 없다는 것을 알지만, 앞뒤 생각할 여유조차 없었다.

불같이 들이닥친 나를 맞은 촌장은 의외로 침착했다. 그간의 경위를 손짓 몸짓으로 설명했는데, 내일 중으로 레이가 돌아올 것이라고 말했다. 불과 며칠 전에 레이의 아버지로부터 결혼 승낙을 받았던 나는 도저히 참을 수 없었다. 당장 전투 병력을 투입해서라도 납치된 레이를 찾겠다고 미친 듯이 대들었다. 그것이 있을 수 없는 일이라는 것을 알지만, 나는 레이가 돌아올 때까지 기다릴 수는 없다고 무작정 떼를 썼다.

촌장은 내 항의를 완강하게 반대하며 역정을 내었고, 내가 나설수록 사태가 어렵게 된다며 거듭 내일 중에 집에 돌아올 수 있을 것이니 걱정 말라고 타일렀다. 그래도 믿을 수 없어 레이가 납치된 경위를 알고 싶다고 워낙 대차게 대들자, 비로소 자세한 얘기를 해주었다.

레이를 납치한 베트콩은 짝사랑하던 동네 청년이었다. 용모만 대강 듣고도 단박 기억나는 그 사람은 월남사람치고는 덩치가 제법 실팍했는데, 눈빛이 날카롭고 우리를 대하는 행위가 왠지 모나고 적의가 느껴져 때로는 경각심을 일깨우곤 하던 내 또래의 청년이었다.

나를 대하는 그자의 눈초리가 유난히 날카로웠음을 비로소 깨달으며 부르르 치가 떨렸다. 그놈을 당장 잡아 죽이겠다고 설쳤지만, 그것은 내 어리석은 만용일 뿐이었다. 레이의 아버지는 내게 엄연한 사실을 새삼 일깨워 주었다. 길거리에서 마주치는 월남사람 남녀노소를 막론하고 베트콩이 아니라고 꼭 찍어 말

할 수 있는 사람은 하나도 없다고 말했다. 나는 치를 떨면서도
그 말을 인정하지 않을 수 없었다.

레이는 납치 된 지 닷새 만에 돌아왔다. 레이가 풀려난 것은
물론 촌장인 아버지의 영향력이었을 것이다. 레이는 다시 학교
에 나가겠다고 했지만, 나는 마음을 놓을 수 없어 극구 말렸다.
교장 선생은 자기가 책임을 지겠다고 말했지만 믿을 수 없었다.
다행히도 레이 아버지 역시 내 편을 들어주었다.

이름이 '레옹 찌 탁'이라는 베트콩이 레이를 납치한 것은 한
국군인 나를 더 이상 만나지 말라는 협박이었다. 게다가 인민해
방전선(VC: 베트콩)의 여전사가 되어 함께 다른 지역으로 가서
조국통일을 위하여 투쟁하기를 강요했다고 레이가 말했다. 납
치하기 전에도 수차 협박을 했다는 사실을 그때 비로소 알았다.

그 뒤부터 한 시도 안심할 수 없어 연일 조바심을 했다. 며칠
간 안절부절못하던 나는 마침내 묘안이 떠올랐다. 천만다행으
로 촌장 집에는 우리 대대 작전과와 직통으로 연결된 비상전화
가 있었다. 전화는 비상시 외에는 누구도 함부로 쓸 수 없지만,
통신대 교환병에게 맥주를 세 박스나 안기고는 하루에 두 번씩
식사 시간을 이용하여 레이와 전화통화를 했다. 교환병이 작전
과의 코드를 빼고 우리 중대의 코드를 꽂아주기만 하면 통화가
되는 간단한 방법이었다.

식사 시간마다 사무실에서 통화를 했지만, 일주일도 못 가서 그만 통신대 선임하사관에게 들키고 말았다. 자매부락과 연결된 비상전화를 사병이 사사로이 쓰면 본인은 보안법에 걸려 즉시 자대 영창에 수감되고, 묵인한 통신대도 처벌받는다며 선임하사관은 펄펄 뛰었다.

나는 모르고 한 짓이었다고 손이 발이 되도록 빌고 끝났지만, 자매부락 촌장 딸과 본부중대 보급계가 연애를 한다는 소문이 부대 안에 쫙 퍼지고 말았다. 교환병이 나와 레이의 통화를 엿듣고 있었으니, 소문이 퍼질 것은 너무나 당연한 결과였다.

그나마 전화도 걸 수 없게 된 나는 일주일에 두세 번씩 밤중에 부대를 이탈하여 십 리도 넘는 자매부락에 가서 레이를 만나곤 하였다. 목숨을 건 무모한 행위였지만, 나는 참을 수 없었다. 레이가 베트콩 레옹 찌 탁의 품에 안겨있는 상상을 하면 곧 미쳐버릴 것만 같이 좌불안석이 되어 일도 손에 걸리지 않았다. 하루도 레이를 보지 않고는 견딜 수 없을 지경이었다.

레이와 나는 그렇게 식구들 몰래 만나다가 결국은 아버지가 알게 되었다. 밤중에 장인이 될 촌장 앞에 무릎을 꿇고 앉아 호된 꾸지람을 들었다. 촌장은 중국말을 잘 했는데, 한자를 써가며 해야 하는 대화였지만, 그 의도는 충분히 알 수 있었다.

촌장이 나를 막내 사위로 인정하고 사랑하고 있음을 따가운 꾸지람을 들으며 느낄 수 있었다. 경거망동하지 말고 지그시 기다려라. 레이는 내 딸이다. 너보다 내가 더 아끼고 사랑한다. 주민들에게 반감을 사는 것은 너희들의 장래를 생각해도 좋지 않다. 밤중에 나다니다가 만약 베트콩의 기습이라도 받아 사고가 난다면, 촌장인 자기도 책임을 면할 수 없다.

나는 레이 아버지에게 다시는 밤에 부대를 이탈하지 않겠다는 약속을 했다. 레이 아버지는 만날수록 내 아버지 같은 느낌이 드는 자상한 노인이었다. 나이도 우리 아버지와 비슷해서 한 살 아래인 예순여섯이었다. 월남인들치고는 고령자였지만 건강하고 품위가 있었다.

결혼 승낙을 받던 날, 레이 아버지에게 내 출생과 성장과정을 낱낱이 얘기했었다. 비록 나라는 다르지만, 중국 여인을 첩으로 취한 레이 아버지나 일본 여인을 첩으로 취한 우리 아버지나 그 시대와 환경이 엇비슷했고, 우리 삼 남매와 레이의 남매 출생시기와 성장 과정도 너무나 비슷했다.

레이 아버지는 월남인 본처에서 3남 2녀를 두었고, 레이 어머니에게서 남매를 두었는데, 레이가 열다섯 살 때 생모가 죽었다고 했다. 우연이라고 하기에는 너무도 기이한 우연이었다. 일본 여인이던 내 어머니도 2남 1녀를 두었는데, 레이는 내 여동생과 동갑이었다. 이들 두 여인은 같은 시대에 외국 남자와 인연을 맺어 나와 레이를 필연적인 운명으로 짝 지워놓고는 일찍

이 세상을 떠난 것이라고 우리는 믿었다. 레이 아버지도 그런 모든 사실을 듣고 나서 우리의 결혼을 쾌히 승낙했다.

레이 아버지는 1930년대 베트남 국민당 요원으로 민족해방 운동을 하는 등 많은 활동을 하던 민족주의자였다. 당시 베트남 혁명가들 모두가 그랬듯이, 레이 아버지 데오 꾸 위앙도 프랑스 경찰에 쫓겨 중국 손문의 진보적 정부가 있던 광동성에 피신하여 중국 국민당의 보호를 받았다.

그 뒤 장개석 국민당 정권이 붕괴된 후, 모택동의 중국 공산당 세력이 확산되자 베트남 국민당도 위축되기 시작했다. 그에 따라 데오 꾸 위앙 역시 세력이 확산되는 베트남 공산주의자 쭈옹 찐의 노선을 따랐지만, 성향에 맞지 않아 낙향하여 은둔했다. 그러나 큰아들은 지금 베트남민주공화국(월맹) 정규군의 높은 장교라고 레이는 내게 귀띔했다. 하지만 그 높은 계급이 무엇인지는 레이도 알 수 없다고 말했다.

비로소 모든 상황이 이해가 되었다. 레이 아버지는 자매부락 촌장으로 한국군에 적극 협조하고 있었지만 내면으로는 베트콩을 후원하고 있었다. 우리가 지원하는 의약품을 비롯한 구호 물품 거의가 촌장 묵인하에 베트콩들에게 흘러 들어간다. 장남은 월맹 정규군 장교였고, 레이의 오빠인 3남은 자유월남 경찰이다. 따라서 촌장의 처세는 당연한 것이었다. 그렇지 않고서는

형평을 유지할 수 없는 것이 주민들과 베트콩들의 공동운명체
였다. 그러나 우리 부대에서는 촌장의 장남이 월맹군 장교라는
사실을 모른다.

사랑의 파도

레이의 납치사건이 있은 두 달 뒤인 9월 초순, 수송 자동차 대대의 보급수송차량 다섯 대가 19번 도로 꾸몽고개 밑에서 베트콩들의 기습공격을 받는 사건이 발생했다. 칸보이 지프가 베트콩이 매설한 지뢰에 폭파되어 전복되자, 보급수송차량 4대가 정차했는데, 뒤이어 월남 민간인 차들이 줄줄이 정차했다.

위기를 간파한 칸보이 장교가 사고수습을 서두르는 순간, 매복하고 대기 중이던 베트콩들이 한국군 차량들을 향하여 박격포를 비롯한 중화기로 맹렬한 집중공격을 퍼부었다. 순식간의 기습에서 비전투원인 칸보이 장교와 운전병 등 열두 명의 장병 중에 칸보이 장교 중위를 포함하여 네 명이 전사하고 다섯 명이 부상하는 인명손실이 큰 피습을 받았다.

긴급무전을 받은 대대작전과는 전투부대인 맹호사단에 보고하였고, 즉시 전투부대가 현지에 투입되었다. 마침내 미국 육군의 헬기 항공지원을 받는 대대적인 한미연합작전이 전개되었다. 이튿날까지 계속된 작전에서 베트콩 5명이 사살되었고, 자연동굴에 숨겨졌던 박격포 1문과 공용화기 1정, 소총 3정, 대전차지뢰 등 무기 30점을 노획했다.

원래는 이번 보급품 수송작전에 본부중대 보급계인 내가 선두 차 선임탑승자로 선임되어 우리 중대에서 1개 소대 병력이 파견 나가 있는 투이호아 작전지역에 2·4종 보급품을 수송하게 되어 있었다. 그러나 작전이 변경되며 2·4종(피복을 비롯한 전투장비)보다 1종(음식료품) 보급이 급해서 대대 1종계가 선임탑승으로 수송 작전에 나갔었다.

작전이 끝난 며칠 뒤에 자매부락 대민지원을 나갔던 나는 촌장으로부터 기절할 만큼 충격적인 말을 들었다. 이번 기습작전에서 사살된 베트콩 5명 중에 짜웅마을 출신이 2명 있었는데, 그중 하나가 레이를 납치했던 레옹 찌 탁이라고 했다. 결국 레옹 찌 탁의 지휘로 나를 노리고 기습작전을 감행했다는 말이었다. 촌장은 덧붙였다. 앞으로 절대 보급품수송 작전에 참전하지 말 것이며, 이상한 조짐이 느껴지므로 더욱 조심하고 레이를 만나는 것도 삼가는 것이 좋겠다고 거듭 말했다.

나는 큰 충격을 받고는 할 말을 잃었다. 그러나 이내 아니라고 생각했다. 촌장이 내게 경각심을 일깨우기 위한 충고라고 생각했다. 대체 내가 보급품수송 작전에 나가는 것을 베트콩들이 어떻게 알고 기습작전계획을 세웠는지 이해가 되지 않았다. 그 점을 강조하며 나를 겨냥한 기습작전이 아니라고 반박했다.

이어지는 촌장의 말에 나는 소름이 돋도록 전율했다. 베트콩들은 우리 대대의 일상 상황을 거의 체크하고 있으며, 특히 최근 들어 내 일거수일투족을 손바닥 보듯이 알고 있을 것이라고 했다. 그것은 적과 적이므로 가능하다. 우리 대대가 자매부락 실상을 알고 있듯이 베트콩들도 주적인 우리 대대 상황을 어느 정도는 알고 있을 것이다. 우리 대대에 월남인 노무자가 남녀 포함해 20여 명이 넘는다. 그들 중에 첩자가 있을 것이다.

내 행동반경을 베트콩이 알고 있다는 것은 우리 대대 사병취사반에 첩자가 있다는 사실이다. 그 첩자는 여자일 것이고, 레옹 찌 탁의 지령을 받을 것이다. 그렇게 본다면 레옹 찌 탁이 내 목숨을 노리고 기습작전을 감행했다는 말이 성립된다.

비로소 가슴이 덜컥 내려앉았다. 레옹 찌 탁은 인민해방전선의 빈딘성 중간 거물급 전사였다. 말은 하지 않지만, 촌장도 그를 은근히 두려워하고 있다는 것을 나는 전부터 느끼고 있던 터였다.

촌장은 앞으로 내가 어떻게 처신을 해야 하는지를 자상하게 일러주었다. 첫째 공무 외에는 마을에 절대 나오지 말 것. 둘째 공무상 나오더라도 마을 사람들이 보는 데서 레이를 만나지 말 것. 셋째 공무상 외에 짜옹마을 주민들은 물론 다른 월남인들과의 접촉도 절대 삼가 할 것. 조목조목 짚어가며 타이르는 촌장의 말에 수긍을 하면서도, 나는 나 자신을 그렇게 억제할 수 없음을 스스로 인정하지 않을 수 없다. 조심하겠다고 스스로 다짐하지만, 그렇게 다짐하는 순간 나는 또 자신을 믿을 수 없음에 두려웠다.

그러나 한편으로는 연적戀敵이었던 레옹 찌 탁의 죽음으로 인한 홀가분하고 개운한 감정을 지울 수는 없었다. 나 스스로 조심을 한다면 그래도 촌장이 있는 한 안전할 것이다. 제대하여 레이와 결혼을 한다면 퀴논시를 떠나 사이공이나 나트랑으로 가서 살 수도 있을 것이다. 어떻게든 1년만 버티어 제대를 하면 그다음부터는 모든 일을 내 마음대로 할 수 있을 것이라고 마음의 위안을 삼았다.

그러나 이번 기습사건에서 전사한 수송부대 소대장 김명윤 중위와 우리 대대 1종계 윤상기 병장, 두 명의 운전병을 내 가슴 속에서 지워버릴 수가 없었다. 윤상기 병장은 귀국을 20일 앞둔 고참병이었다. 엄밀히 따지고 보면 그들 네 사람은 결국 나로 인해 죽었다고 볼 수도 있다. 베트콩들의 지뢰매설과 기습은 시도 때도 없기는 하지만, 레옹 찌 탁이 지휘한 이 사건은 나를 겨냥한 기습작전이 분명하기 때문이었다.

아무리 마음을 다져 먹어도 나는 죄의식으로 인한 번민과 괴로움에서 벗어날 수는 없었다. 전우들의 시선이 따갑게만 느껴지고, 큰 잘못을 저지르고 있다는 자책감에 얼굴을 들 수 없다. 그래도 온갖 자위적인, 엄청나게 모순된 이유를 끌어다 붙이며 내가 처하게 되는 상황을 합리화시키고, 스스로를 위로하고 채찍질하며 현실을 잊기에 노력했다.

그로부터 며칠 뒤에 나는 생각다 못해 촌장을 설득해서 레이와 사촌 언니 데오 깜찌옹을 우리 부대 사병식당에 취업을 시키도록 했다. 지금 상태라면 한 달에 한 번밖에는 레이를 만날 수 없다. 처음에는 완강하게 반대하던 촌장도 서로 안타까워하는 나와 딸의 입장을 이해하고 승낙했다. 깜찌옹은 남편이 경찰이었는데, 두 달 전에 베트콩들에게 사살되자 오갈 데 없어 작은 아버지에게 얹혀살고 있었다.

자매부락의 젊은 여자들 열댓 명이 이미 부대의 장교식당과 사병식당에서 일하고 있었으므로 촌장 딸인 레이의 취업은 비교적 쉬웠다. 여자들뿐만 아니라 촌장이 추천한 남자 노무자들 12명도 우리 부대에서 일하고 있었는데, 그들을 수송부의 차량으로 출퇴근을 시키고 있었다. 레이 역시 집안에 틀어박혀 있는 것 보다 오히려 여러 가지로 안전하기도 했다. 월남 여자들이 부대 식당에서 하는 일은 주로 식사시간의 배식과 설거지, 부식을 다듬는 일이었다.

　박대균 상병이 파월되어 우리 중대 사병계를 맡은 것이 그 무렵이었다. 녀석은 나보다 군번이 3계단 빠른 선임이었는데, 덩치가 제법 실팍한 것이 첫 대면에 벌써 건들건들하며 나를 졸병 다루듯 했다. 나는 아니꼽지만 그래도 선임병이라 참으며 속으로 벼르고 있었다.

　그는 날이 갈수록 고참병 행세를 하며 심부름까지 시키려 들었다. 참다못한 나는 그를 보급창고로 불러들여 맞짱을 떴다. 그는 제법 폼을 잡으며 대항했지만, 내 주먹 한 방에 단박 실력을 알아보고는 그 자리에서 항복을 했다. 맘먹고 한바탕 드잡이질을 놓은 뒤부터 사무실에서 유일하게 동갑내기였던 우리는 금방 친해졌다. 그 뒤부터 녀석과 나는 175cm 남짓한 비슷한 키에 비교적 건강한 체격, 활달한 성격 등 여러 면에서 잘 맞아 날이 길수록 좋은 친구가 되었다.

　레이 사촌 언니 데오 깜찌웅은 이름 부르기가 왠지 거북해서 내가 '쫑'이라고 불렀다. 전에 우리 집에서 기르던 바둑강아지 쫑이 떠올라 그렇게 불렀는데, 그게 그대로 이름이 되고 말았다. 그렇게 불러서 그런지, 그녀는 정말 강아지처럼 귀엽고 붙임성 있는 여자였다. 게다가 약삭빠르고 손재주가 좋아서 아침

식사 때만 나오는 계란프라이 배식 담당을 맡았다.

그 뒤부터 나는 장난삼아 그녀의 이름 앞에 '후라이'를 붙여 후라이 쫑으로 불렀는데, 늘 생글생글 잘 웃는 후라이 쫑은 대번에 7백여 명 병사들의 애인이 되었다. 그러나 그중 먼저 쫑을 낚아채 품에 안은 사람이 박대균 상병이었다.

그 이면에는 물론 나와 레이의 도움이 컸다. 그 뒤부터 녀석과 나는 일주일에 한 번씩은 밤에 몰래 자매부락에 나가 그녀들과 사랑을 나누었다. 목숨을 내놓은 무모한 짓이었지만, 우리는 사랑을 위하여 목숨을 걸었다.

나는 파월 초기에 이미 파월복무 1년 연장을 신청해 놓고 있었는데, 후라이 쫑과 사랑에 빠진 박대균 역시 6개월 복무연장을 신청해서 특명이 떨어져 있었다. 파월 근무가 끝나는 그 무렵이면 나와 녀석은 월남 현지에서 만기제대가 되고, 둘이 합동 결혼식을 올리기로 계획을 세워놓고 있었다.

뿐만 아니라 당시 월남에 진출해서 활발한 사업을 하던 한진상사에 현지 취업을 할 수 있었다. 군에서 제대 특명을 받는 그 날로 취업이 되어 한진상사의 사원이 되는 제도였다. 나처럼 생활환경이 어수선하고 어렵던 대학 선배가 반년 전에 현지 취업이 되어 한진상사 퀴논 지점 서무과에 있었으므로, 나와 박대균의 취업은 이미 보장되어 있었다.

마치 수학 공식같이 모든 일이 내 계획대로 착착 맞아떨어지던 파월 17개월째인 72년 7월 중순, 자매부락 대민정찰을 나갔다가 귀대하던 우리 중대의 정찰대 1개 분대가 베트콩들의 기습을 받았다. 자매부락을 벗어나 지름길인 논둑길을 일렬횡대로 행군하던 중, 수로에 매복했던 베트콩의 기습을 받았다. 단 세 발의 총격으로 순식간에 두 명이 전사하고 한 명이 옆구리를 관통하는 총상을 입었다.

물이 허리까지 차는 수로에 숨어서 일시에 총격을 가한 베트콩들은 순식간에 수로를 타고 하류로 내려가 대나무 숲으로 사라졌다. 기습을 가한 베트콩이 세 명이라는 것만 확인되었을 뿐 한 놈도 잡을 수 없이 정찰대는 철수했다.

즉시 맹호부대 수색 중대가 투입되어 수색작전이 전개되었다. 칠흑같이 어두워지는 밤하늘에 조명탄 20여 발을 연속적으로 쏘아 올려 작전지역이 대낮같이 밝았다. 부대 주변과 자매부락은 물론 이웃 마을까지 수색작전을 벌였지만, 야간작전은 아무런 소득 없이 끝났다. 이튿날 수색작전에서도 아무런 단서를 잡지 못하고 작전병력은 철수했다.

정찰대가 기습을 받은 그 날 밤부터 나는 중대 병사들의 따가운 눈총을 받기 시작했다. 나와 레이의 관계를 알고 있는 그들은 그 기습사건이 나를 겨냥한 계획적인 기습이라고 생각하는 매우 곤혹스런 분위기였다. 병사들의 그러한 수군거림을 알고는 있었지만, 스스로 나서서 변명도 항변도 할 수 없는 그야말로 속수무책일 뿐이었다. 아무래도 이번 사건에 내가 걸려들 것 같은 예감을 떨쳐버릴 수 없었다. 그동안 너무 방심하고 거들먹거렸다는 자책감이 들지만 이미 때가 늦었음을 알았다.

게다가 박대균이 내게 귀띔한 내용은 심각함을 넘어 충격적이었다. 지금까지 발생한 모든 기습 사건이 나로 인해서 발생했다는 소문이 쉬쉬하며 퍼지고 있다는 것이다. 그러잖아도 안절부절못하던 나는 가슴이 덜컥 내려앉았다. 마음이 걷잡을 수 없이 불안했다. 불안으로부터 헤어날 방법이 없어 더욱 불안했다. 인간의 뇌에는 먼 옛날 원시시대의 조상들이 해가 떠오르지 않을까 봐 궁금하고 불안해하던 기억이 내재해 있다고 한다. 나는 지금 그와 흡사한 불안감에 속수무책으로 좌불안석이다.

아니나 다를까, 내 불안감은 끝내 맞아떨어지고 말았다. 수색작전이 소득 없이 끝난 이튿날, 나는 중대장 C·P에 불려갔다. 전임 중대장이 귀국하고 육사출신의 신임 중대장이 부임한 지두 달 만이었다. 그러잖아도 중대장 눈에는 파월 일 년 반 동안 시건방이 들 대로 든 나를 밉게 보았는지 어쨌는지 시시콜콜 트집을 잡던 참이었다.

노기가 충천해서 나를 기다리던 중대장이 다짜고짜 따귀를 갈기고는 사정없이 양쪽 정강이를 번갈아 걸어찼다. 나는 비명도 지르지 못하고 나뒹굴었다. 철모가 벗겨져 중대장 앞으로 데굴데굴 굴러갔다. 중대장은 정강이를 껴안고 주저앉아 신음하는 나를 마구 짓밟고 걸어차기 시작했다. 체통을 잃고 한참 광란하던 중대장은 어지간히 분이 풀렸는지, 의자에 앉아 거친 숨을 몰아쉬며 소리쳤다.

"일어나, 개새끼야."

졸지에 만신창이 되도록 얻어맞아 정신없이 쓰러져 있었지만, 지레 겁을 먹은지라 오뚝이처럼 발딱 일어섰다. 잠시 숨을 가라앉힌 중대장은 내 아래위를 꼬나보다가 잔뜩 무게를 잡으며 목소리를 깔았다.

"장일도, 왜 맞았는지 알겠나?"

정신이 번쩍 들어 얼결에 큰소리로 대답했다.

"모르겠습니다."

"뭐야, 몰라 개새끼야?"

중대장은 벌떡 일어나 따귀를 사정없이 갈기고는 말했다.

"장일도, 자매부락 촌장 딸이 애인인가?"

입안이 터져 피가 나고, 전신이 결리고 아팠지만 혼신의 힘을 다해 대답했다.

"그렇습니다."

"너 때문에 우리 중대 정찰대가 기습을 받았다. 알고 있나?"

너무 고통스러워 입이 딱 벌어져 말이 나오지 않았다. 나는 그제서 중대장의 손찌검이며 말투에 살기가 배어 있음을 느꼈다. 깨달음과 동시에 서서히 오기가 생기고 분노가 치밀기 시작했다. 중대장이 정말 나를 최악의 상태까지 몰고 간다면, 이대로 죽을 수는 없다고 속다짐을 했다. 나는 주먹 한 방으로 중대장을 때려눕힐 자신이 있다.

정신을 바짝 차려야 한다고 생각하며 중대장을 노려보다가 그만 절망하고 말았다. 내 눈에 오르는 살기를 느꼈는지, 중대장은 허리에 찼던 권총을 뽑아 '철컥!' 실탄을 장전하더니 책상에 놓으며 씹어 뱉듯이 말했다.

"장일도, 중대장 말에 반박하거나 실토하지 않으면 네놈을 당장 쏴 죽일 수도 있다는 것을 명심해라. 다시 묻는다. 베트콩들은 네놈이 정찰대에 있는 줄 알고 기습했다. 결국 너 때문에 우리 중대 정찰대 세 명의 전우가 전사했다. 순순히 인정해라!"

정신을 가다듬고 대꾸했다.

"제가 대민정찰에 나가지 않은 것은 4개월이 넘습니다. 그 사건이 저 때문에 일어났다는 중대장님 말씀을 저는 이해할 수 없습니다. 베트콩들은 때와 장소를 가리지 않고 기습을 감행합니다."

중대장은 늑대처럼 달려들어 꿇어앉은 나를 마구 걷어차고 짓밟았다. 군화 발길에 사타구니를 사정없이 차인 나는 숨을 쉴 수도 없어 엎어진 채 데굴데굴 굴렀다. 통증이 웬만큼 가라앉았지만 일어날 수도 없어 엎어져 있어야 했다.

그 모습을 겁먹은 눈으로 노려보던 중대장이 외쳤다.

"일어나 개새끼야!"

전신에 맥이 풀려 일어나 앉았다. 잠시 당황한 표정이던 중대장이 의자에 주저앉으며 불길이 튀는 눈으로 노려보았다. 발길질에 고환이 터졌는지 뻐근하게 둔통이 오고 때때로 쿡쿡 쑤시는 날카로운 아픔으로 소름이 끼쳤지만 오기로 중대장을 노려보았다. 내 눈에서 일어나는 불길을 보았던지 중대장이 고개를 돌렸다. 정신이 아득하면서도 난관에서 빠져나갈 방법이 없다는 절망감으로 치가 떨렸다. 일말의 죄책감을 느끼면서도 불같은 오기가 치밀어 가슴이 콱 막혔다. 숨을 쉴 수도 없이 격한 감정이 치밀었다.

"좋다! 그것이 아니더라도 너는 이미 총살 깜이야, 개새끼야. 밤낮을 가리지 않고 부대를 이탈해서 결혼을 빙자한 강간과 겁탈을 했다. 전시에 부대를 이탈하는 것만도 즉결처분 감인데, 너는 자매부락 부녀자들 강간과 겁탈을 밥 먹듯이 자행했다."

기가 막혔다. 밤에 부대를 이탈한 것은 사실이지만, 결혼을 빙자한 부녀자 강간과 겁탈은 얼토당토않은 누명이었다. 부임하자마자 대형 사건에 휘둘리는 중대장 심경을 모르는 바는 아니지만 너무 과민반응을 하는 것 같아 서서히 오기가 치밀었다.

"중대장님, 그게 아닙니다. 밤에 몇 번 부대를 나갔던 것은 사실이지만, 강간과 겁탈을 했다는 것은 사실과 다릅니다."

"다르긴 뭐가 달라, 개새끼야. 혼인을 빙자한 겁탈이 아니라고? 네놈이 어떻게 월남 여자와 결혼을 할 수 있어? 밤낮을 가리지 않고 탈영을 했던 놈이 뭐야, 몇 번이라고 말했나? 어쨌든 그것은 더 조사를 해보면 알게 될 테고, 너 때문에 전우들 세 명이 전사했다. 그것만은 솔직하게 인정하는 것이 좋을 것이다."

아무 말도 할 수 없다. 인정을 할 수도 없고, 부인할 수도 없다. 지금 상황으로는 무슨 말이든 하면 할수록 내게 돌아오는 것은 사정없는 구타뿐일 것이다. 소나기는 피하고 보자는 속셈으로 무릎을 꿇고 앉았다. 고환에 묵직한 중량감이 있고 아랫배에 뻐근한 둔통이 왔다.

노기가 웬만큼 가라앉았는지 중대장이 나직하게 말했다.

"촌장 딸과 사귄 것이 언제부터인가?"

"넷, 17개월 되었습니다."

"그년이 베트콩들한테 납치되었던 사실도 알고 있었나?"

"알고 있었습니다."

"납치한 베트콩이 그년의 애인이었다는 것도 알고 있었나?"

나는 순간적으로 절망했다. 중대장이 그것까지 알고 있다면 간단하게 끝날 문제가 아니다. 그러나 일단은 모른다고 버티고 볼 일이었다.

"장일도, 알고 있었냐고 물었다."

"몰랐습니다."

중대장은 의자에서 벌떡 일어나더니, 바닥에 나뒹굴어 있는 내 철모를 집어 들고는 꿇어앉은 머리통을 사정없이 내려갈겼다. 나는 맥없이 픽 쓰러졌다. 아무런 고통도 없이 그저 머릿속에 잔금이 작작 그어진다는 느낌이 들며 정신이 가물가물했다. 순간적으로 아득하게 정신을 잃었다가 이내 일어나 꿇어앉았다.

중대장이 잠시 놀란 눈으로 들여다보다가 의자에 앉으며 나지막하게 물었다.

"베트콩이 그년을 사랑했기 때문에 너와 떼어놓기 위해서 납치했다. 장일도, 솔직하게 인정해라."

갑자기 코안이 화끈해져서 만져보았는데, 코피가 걷잡을 수 없이 줄줄 흐르기 시작했다. 그제서 머리가 깨어지는 듯이 아프고, 전신에 경련이 일었다. 코피를 손바닥에 받아 들여다보던 나는 까무룩 정신을 잃고 말았다.

내가 깨어난 것은 내 침대 위에서였다. 정신이 들자마자 피비린내가 코를 찔렀다. 코피를 쏟다가 정신을 잃었다는 생각이 떠올라 일어나 앉았다. 내무반 천장이 핑 돌며 어지럽고 머리가 쪼개지는 듯이 아팠다. 온몸이 주체할 수 없는 통증으로 부들부들 떨면서 피범벅이 된 윗도리를 벗어 던지고는 다시 쓰러지고 말았다.

내가 깨어났다는 보고를 받았던지, 금방 중대장의 호출이 있었다. 나는 중대장 당번병에게 어깨를 껴잡힌 상태로 C·P에 끌려갔다.

중대장은 아직도 노기가 가라앉지 않은 목소리로 물었다.

"장일도, 정신이 들었나?"

차렷 자세로 서서 비틀거리며 대답했다.

"넷, 머리가 몹시 아프지만, 그보다는 불알이 부어서 걸음을 걸을 수 없습니다."

중대장은 잠시 놀라는 눈치였지만 이내 내쏘았다.

"너 때문에 전우가 셋이나 전사했다. 그까짓 머리 아픈 것쯤은 아무것도 아니다. 장일도, 지금부터 내가 묻는 말에 솔직한 대답을 해라. 알겠나?"

"넷! 알겠습니다."

혼신의 힘으로 대답을 하면서도 가슴이 서늘해졌다. 세 명이 전사라면, 복부관통상을 입은 김일수 병장이 죽은 모양이었다. 김일수는 귀국을 한 달 앞둔 고참병이다.

"좋다. 베트콩이 네 애인을 납치한 것은 너와의 관계를 청산하라는 강요였다. 그런데도 너희 둘이 계속 만나고 결혼 약속까지 하니까, 그 보복으로 이번 사태가 발생했다. 이미 다 밝혀진 사실이니까 변명은 필요 없고 인정만 해라."

"중대장님, 어떻게 밝혀진 사실인지는 모르겠지만, 저는 모르는 일입니다. 데오 레이와 결혼약속을 한 것은 1년 전이었습니다."

"알고 있다. 네 애인이 납치되었던 것도 1년 전이다. 그 뒤부터 우리 부대에만 베트콩들의 기습공격이 잦았고, 이 모두가 너를 겨냥한 보복이었다."

나는 기가 막혔다. 하지만 듣고 보니 그런 듯도 싶었다. 양심에 찔리기는 하지만, 중대장이 다그칠수록 그 모든 사건이 나로 인해서 일어났다고는 믿고 싶지 않은 오기가 치밀었다.

"중대장님, 그것은 아닙니다. 공병대대나 수송대대에도 기습이 있었습니다."

"알고 있다. 그러나 집계된 통계에 의하면, 베트콩들의 주적이 우리 부대였음이 이미 밝혀졌다."

그때 전화벨이 울렸고, 당번병이 송수화기를 들어 중대장에게 주었다. 중대장은 차렷 자세로 전화를 받고는 내게 말했다.

"네놈 때문에 대대에서 비상작전회의가 열린다. 별명이 있을 때까지 내무반에서 꼼짝 말고 대기하도록, 알겠나?"

"알겠습니다. 단결!"

나는 우선은 숨통이 트였지만, 불안과 초조함은 더해갔다. 이 문제로 대대에서 비상작전회의까지 열린다면 무사히 빠져나갈 수 없겠다는 절망감이 들었다. 온몸에 맥이 풀려 중대장이 앉았던 의자에 털썩 주저앉았다. 이윽고 골을 후벼 파는 듯한 두통이 엄습했다. 아랫배에 심한 둔통을 느끼며 바지를 내려 보니, 고환이 오뉴월 소불알 모양으로 멀겋게 부어올라 늘어져 있었다. 중대장 당번병 부축을 받아 비척거리며 내무반으로 들어가 침대에 쓰러졌다.

두통약을 먹고 잠이 들었었는데 누군가 깨워서 일어났다. 대대장 당번병과 중대장 당번병이 양쪽에서 내 어깨를 껴잡아 일으켜 세웠다. 시계를 보니 밤이 깊어 열 시가 넘고 있었다.

내가 끌려간 곳은 대대 C·P였다. C·P에는 대대장을 비롯하여 각 과의 과장들과 중대장들이 있었고, 놀랍게도 자매부락 촌장도 있었다. 나는 가슴이 덜컥 내려앉았다. 정신이 아득하고 다리가 덜덜 떨렸다. 아무리 정신을 차려도 몸은 마음 같지 않았다.

엉거주춤하게 버티고 서서 계속 비틀거리자 잠시 지켜보던 대대장이 말했다.

"당번병, 의자를 갔다 줘라."

나는 체면치레로 사양하다가 어쩔 수 없이 의자에 앉았다. 의자에 앉으니 마음이 안정되고, 촌장까지 왔으니 어떻게든 일이 매듭지어지겠다는 생각이 들자 그나마 마음이 놓였다. 직무상 늘 가까이 대하던 보급과장 남상호 소령이 물었다. 귀국을 두 달 앞둔 대학 선배인 남 소령은 그동안 나를 많이 배려했었다.

"장 병장, 어디가 아픈가?"

나는 중대장을 힐끔 쳐다보고는 대답했다.

"아닙니다. 괜찮습니다."

"얼굴이 창백하잖아? 낮에까지도 멀쩡하던 놈이 왜 그래?"

머리를 들다가 중대장과 눈이 마주쳤다.

중대장이 머뭇거리다가 말했다.

"과장님, 녀석이 하도 발뺌을 해서 제가 손을 좀 댔습니다."

중대장의 말을 가물가물 들으며 나는 앞으로 고꾸라지고 말았다.

깊은 잠에서 깨어난 듯이 정신이 몽롱했는데, 머릿속이 출렁하는 느낌과 동시에 온몸을 옥죄는 두통이 엄습했다. 전신의 근육은 물론 뼛속까지 조여드는 듯한 끔찍한 통증이었다. 내가 처절하게 울부짖었는지 어쨌는지, 어떤 사람이 달려와 나를 바로 눕히고는 벨트로 상체를 묶어놓고 말했다.

"너 움직이면 죽어, 인마!"

그제서 대대장 앞에서 쓰러졌다는 생각이 들고, 이곳이 병원 응급실임을 알았다. 가슴과 머리가 찢어지는 듯한 통증과 말로는 어떻게 표현도 못 할 경련이 간헐적으로 일기 시작했다. 잠시 뒤에 나는 일반병실로 옮겨졌다. 병실을 옮겼다는 것만 알았

을 뿐, 혼수생태인지 깊은 잠이었는지도 모를 아득한 수렁으로
빠져든다는 생각을 하며 정신을 잃었다.

　멍한 정신 상태로 눈이 떠졌다. 조명은 희미했는데, 창밖은
숯덩이처럼 새카만 어둠이었다. 내가 깨어난 것을 알았던지 위
생병이 다가왔다. 나는 말을 하려고 혼신의 힘을 다했지만 말이
나오지 않았다.

　위생병은 멍청한 얼굴로 내려다보기만 하다가 빙긋이 웃으
며 말했다.

　"정신이 들었냐? 너는 뇌출혈을 일으켜 뇌수술을 받았다. 30
시간이 넘어서 이제 깨어났다. 뿐만 아니라 양쪽 고환도 터져
수술을 했다. 마음을 안정하도록, 알겠나?"

　나는 알았다는 시늉을 입술로 했다. 등을 보이고 걸어가는
위생병을 멀거니 바라보며 생각을 가다듬었다. 중대장의 심한
발길질에 고환이 터졌을 것이고, 철모로 머리통을 갈겨 뇌출혈
이 되었을 것이다. 위생병은 내가 30시간 만에 깨어났다고 말했
다.

　내가 온전하게 정신을 차린 것은 수술을 받은 지 나흘이 지나
서였다. 하루걸러 밤마다 면회를 오는 박대균으로부터 나를 두
고 진행되고 있는 상황을 듣고 있었다. 보급계는 이미 중대장

당번병인 김상호 상병이 맡았고, 내가 조기 귀국 당할 것 같다고 했다. 박대균은 영창 안 가는 것만도 다행이라고 했지만 나는 아니었다. 차라리 영창을 가더라도 현지에서 제대를 해야 한다.

죽어도 월남에서 죽겠다고 내가 고집하자 박대균이 말휘갑을 쳤다.

"멍청한 놈아, 귀국했다가 다시 오면 되잖아. 한 달 휴가 끝나고 어물어물 하다 보면 제대야. 제대하는 즉시 한진상사에 취업신청을 하면 되잖아."

"멍청한 건 너야. 제대를 하면 민간인인데, 민간인 신분으로 꼭 올 수 있다는 보장도 없어. 만약 올 수 있다고 해도 반년이 걸릴지 일 년이 걸릴지도 몰라. 나는 레이를 몇 달씩이나 그렇게 버려둘 수는 없다. 딴소리 집어치우고 제발 어떻게 좀 해봐라. 난 지금 미칠 지경이다."

"내가 뭘 어떻게 하냐. 곧 퇴원할 것 같으니 그때 생각해 보자."

"정말, 사나흘 뒤에 퇴원해도 된다고 했단 말이지?"

"그렇다니까, 넌 어차피 조기 귀국은 피할 수 없어. 그러니까 일단 귀국해서 재파월을 생각해보라구."

박대균의 말에 수긍하지 않을 수 없다. 나중 일이야 어떻게 되든 하루라도 빨리 퇴원을 하고 싶었다.

나는 4주일 만에 퇴원했다. 중대장에게 퇴원신고를 마친 뒤에 즉시 식당으로 달려갔지만 데오 레이가 없다. 중식 준비에 정신이 없던 월남 여자들이 이상한 눈빛으로 나를 흘깃거리며 자기들끼리 수군대고 있었다.

내가 연거푸 레이를 찾자 후라이 쫑이 어디선가 달려와서 느닷없이 울먹이며, 레이는 25일 전부터 출근하지 않는다고 했다. 내가 병원에 입원한 지 사흘 뒤였다. 정신이 아득했다. 일이 이렇게 될 줄은 꿈에도 생각지 않았다. 넋을 놓고 식탁에 멍하니 앉아 있을 때, 중대장 당번병이 헐레벌떡 달려왔다. 퇴원 신고를 마치고 내가 중대장실을 나오는 즉시 명령을 받고 내 뒤를 쫓아 온 모양이었다.

당번병에게 끌리다시피 가서 중대장 앞에 다시 섰다. 중대장은 꼴도 보기 싫다는 듯이 고개를 외로 꼰 채 말했다.

"장일도, 지금 즉시 김상호 상병에게 보급계 모든 업무를 인수인계하라. 알겠나?"

"넷! 알겠습니다."

"김상호 상병은 재고 파악을 철저히 하고 장부와 대조하라. 장부와 재고에 이상이 있을 시는 즉시 보고하도록, 알겠나?"

"알겠습니다."

김상호 상병은 신바람이 나서 대답을 하고는 벌쭉 웃다가 나를 보더니 찔끔 놀라는 눈치였다. 중대장이 깔꼬장한 눈으로 나를 꼬나보며 말했다. 당장 쳐 죽이고 싶다는 감정이 그대로 눈에서 뿜어져 나오는 섬뜩한 표정이었다.

"장일도 병장은 인수인계가 끝날 때까지, 열흘이든 한 달이든 중대를 이탈할 수 없다. 사무실 전화도 쓸 수 없다. 알겠나?"

나는 얼뺨을 쥐질린 듯이 멍해졌다. 대체 그게 무슨 말인가? 중대장은 내가 되물을 사이도 없이 휑허케 자기 방을 나가버렸다.

멀거니 섰다가 김상호에게 물었다.

"김상호, 그게 도대체 무슨 말이냐? 전화도 쓰지 말라니?"

녀석은 잘코사니란 듯이 '픽!' 웃고는 돌아서며 내쏘았다.

"몰라서 묻습니까?"

단박에 녀석의 따귀를 갈기고 싶었지만, 지금 내 처지는 고참병으로써 그 계급에 합당한 권위도 행사할 수 없는 상황에 처해 있음을 뼈저리게 느끼며 치미는 분노를 삭여야 했다.

"야 인마. 인수인계만 하면 그걸로 그만인데, 내가 무슨 죄인이냐?"

"중대장님은 창고 재고가 턱없이 모자란다는 것을 이미 알고 계십니다. 장 병장님이 보급과에 드나들거나 전화로 무슨 수작을 부릴까 봐 그러시는 모양입니다."

너무나 비열한 중대장의 처사에 욕지기가 치밀면서도 가슴이 덜컥 내려앉았다. 상황이 심각하게 돌아가고 있음이 비로소 가슴으로 느껴지며 더욱 분노가 치밀어 혼잣말로 중얼거렸다.

"손발을 자르겠다는 말인데, 그런다고 뭐가 달라질 게 있을 줄 아나……."

나는 만사가 귀찮고 맥이 빠졌지만 김상호의 성화에 못 이겨 즉시 보급품 창고에 들어가서 재고 조사를 시작했다. 그러나 중대장도 이미 알고 있듯이 장부상의 숫자와 창고의 재고가 맞아떨어질 수가 없다. 미리 장부와 재고를 맞춰놓기 전에는 어림없는 상황이었다.

대대에서 분출하는 보급품과 인수증의 숫자가 맞지 않음을 알면서도 중대 보급계들은 인수증에 사인을 하고 물품을 수령한다. 그리고는 수령한 물품의 수량과 인수증의 수량을 별지에 기록해 인사계의 결제를 받고 중대장에게 올린다. 한 가지로 예를 든다면 이런 식이다. 담배 보급이 나오면 중대에는 실제로 100보루를 주고, 인수증에는 200보루를 지급했다고 써넣는 것이다. 그뿐만 아니라 중대 자체에서 소모하는 보급품과 장부상 숫자를 매일 맞출 수도 없다. 그 모든 정황을 누누이 설명해도 김상호는 막무가내였다.

마침내 중대장과 인사계가 인수인계에 개입하게 되었다. 너무도 엄청난 재고 부족 상태에 중대장은 펄펄 뛰었다. 인사계는 모든 상황을 알고 있으면서도 나를 위해 해명도 조언도 하지 않았다. 매일 매일의 결재서류에 인사계의 사인이 있을뿐더러 보급계 혼자의 능력으로는 다량의 보급품을 빼돌릴 수 없다는 것을 알면서도 입을 꾹 다물고 능청을 떨었다.

보급계 인수인계는 중대장과 인사계가 직접 장부 검열과 재고 조사를 했지만 결과는 없었다. 중대장은 베트콩들의 기습 사건에 나를 옭아매 군법에 회부시키려 했었지만, 명확한 근거도 없을뿐더러 자매부락 촌장과 보급과장 남 소령의 강력한 저지에 걸려 포기했다는 것을 나는 알고 있었다.

약이 바짝 오른 중대장은 군수품 횡령죄로 다시 나를 옭아 넣으려 했지만 조사 결과 역시 허사였다. 내가 군수품 횡령죄에 걸린다면 보급과장을 비롯하여 각 중대 중대장과 인사계, 보급계가 줄줄이 걸려드는 사태가 발생하는 것은 뻔하다.

보급계 인수인계가 끝나도 나는 감금상태에서 풀리지 않았다. 보급계 인수인계가 끝나던 날, 중대장은 사무실에 중대본부 요원들을 집결시키고는 이를 악물며 선포했다.

"장일도 병장은 이 시간 이후부터 식당에 가는 것 외에는 중대를 벗어날 수 없다. 단 한 걸음이라도 중대를 이탈하면 탈영으로 간주하여 즉결처분하겠다. 정지 명령을 무시하고 부대를 이탈하면 누구든 즉시 사살해도 좋다. 그 이유는 중대장보다 행정 요원인 너희들이 더 잘 알 것이다. 중대 이탈을 알고도 보고 하지 않은 자는 그에 상응하는 처벌을 받을 것이다."

온몸에 소름이 돋는 모멸감을 느끼며 진저리를 쳤다. 내가 중대장으로부터 이렇게까지 치욕을 당해야 할 이유는 어디에도 없다. 머리통이 터지도록 분노가 치밀었지만, 한 달이 넘도록 보지 못한 아름다운 레이의 모습으로 분노를 삭이며 꾸역꾸역 참아냈다.

레이를 생각하면 어느새 불안감이 사라지고 의욕이 생긴다. 레이와의 사랑을 상상하면 용기가 솟는다. 사랑은 인간의 삶에 있어서 중요한 한 가지 수단일 수도 있음을 레이를 사랑하며 깨닫고 있었다. 사랑은 힘들고 지칠 때마다 힘의 원천이 됨을 체험하고 있었다.

그러나 때때로 치미는 분노는 참을 수 없는 괴로움이었다. 분노를 씹으며 속으로 다짐했다. '그래 참자. 거꾸로 매달아도 넉 달이다. 넉 달만 지나면 나는 민간인이다. 그때는 열 배로 이 치욕을 갚아 줄 것이다.' 거듭되는 중대장의 경고를 귓전으로 흘리며 이를 악물고 결심을 했다.

레이가 보고 싶어 미칠 지경이었지만 속수무책이었다. 후라이 쫑을 통해서 레이와 편지는 주고받고 있었기에 그나마 위안은 되었다. 레이는 그 무렵 한글을 거의 깨우쳤고, 우리말을 곧잘 하던 참이었다. 나도 월남 말을 거의 듣고 쉬운 말은 할 수 있었다.

강제귀국

병원에서 퇴원한 지 엿새째 되던 날, 사병계 박대균이 말했다.

"너 아무래도 조기 귀국 당할 것 같더라. 지금이라도 중대장한테 손이 발이 되도록 빌어 보는 게 어때? 나로서는 어떻게 해볼 도리가 없다."

나도 은근히 걱정이 되던 참이었지만, 귀국 특명은 육본에서 내려오는 것이므로 걱정할 것 없다는 말도 듣고 있었기에 신경질을 부렸다.

"조기 귀국, 누구 맘대로 귀국을 시켜? 국내 전출도 아닌, 출국과 귀국을 중대장 맘대로 하냐? 어림없는 소리야, 인마."

"이런 한심한 놈, 너는 부대를 수시로 이탈한 탈영병이야. 다른 건 몰라도 부대 이탈죄만으로도 중대장 특권으로 얼마든지 귀국시킬 수 있어, 멍청한 놈아."

나는 기겁을 하도록 놀랐다. 사병계가 그렇게 알고 있다면 거의 틀림없는 사실이었다. 온종일 곰곰이 생각하던 나는 치미는 오기와 증오감을 가슴속에 차곡차곡 켜켜로 쟁이고는 그날 밤에 중대장 침실로 찾아갔다. 틈틈이 사두었던 카메라와 오메가 손목시계, 녹음기 등 500불어치가 넘는 귀중품을 중대장 침대 위에 놓고는 무릎을 꿇고 앉아 빌었다.

"중대장님, 그동안 심려를 끼쳐드려 죄송합니다. 용서해 주십시오."

중대장은 책상에 앉아 편지를 쓰다 말고 눈을 가늘게 뜨며 여지없이 능멸하는 말투로 대꾸했다.

"뭘 용서해 달라는 거야?"

"여러 가지로 제 잘못을 인정합니다. 금방 부임하신 중대장님께 누를 끼친 점에 대해 진심으로 사죄드립니다."

"알았으면 됐어. 네 놈 때문에 더 이상 신경 쓰기 싫으니까 어서 나가. 사과를 받든 안 받든 이미 끝난 일이야. 난 네 놈 때문에 징계를 먹었다. 앞으로 내 진급에 상당한 영향이 미치는 중징계를 먹었단 말이다, 개새끼야."

절망감에 몸이 떨렸다. 저토록 증오하고 있다면 아무리 절절한 내 진심이라도 통할 리가 없을 것이다. 나는 레이를 두고 귀국할 수 없다는 절박한 안타까움으로 치솟는 분노를 가라앉히며 또 빌었다.

"죄송합니다. 중대장님께 누를 끼친 점, 평생 가슴에 안고 사죄하겠습니다."

"알았다고 했잖아, 꼴도 보기 싫으니 어서 나가."

나는 죽어도 그냥 나갈 수는 없어 혼신의 힘으로 매달렸다.

"중대장님, 저를 오피에 보내주십시오. 오피에 올라가서 귀국하는 날까지 충실히 근무하겠습니다."

"뭐야, 오피?"

"넷! 오피로 보내주십시오."

중대장은 잠시 생각하는 눈치를 보이더니 이내 다시 소리쳤다.

"알았으니까, 그만 나가."

중대장의 생각하는 듯하던 눈빛을 떠올리며 절반의 기대를 안고 침실을 나왔다. 그 눈빛으로 500불어치가 넘는 귀중품을 확인한다면 부모 때려죽인 원수가 아닌 바에야 슬쩍 넘어갈 수도 있겠다는 자신감도 들었다.

보직도 없이 절반의 기대감을 안고 대기상태로 일주일이 지났을 때 청천벽력 같은 조기 귀국 특명이 떨어졌다. 나는 목숨을 걸고라도 현지제대를 하겠다고 다짐을 하던 참이었는데, 출국을 사흘 앞둔 귀국특명은 그야말로 날벼락이었다. 내게 떨어진 조기 귀국 특명의 이유는 어이없게도 '파월복무 부적격자'였다. 나는 이를 갈았다. 육군대위 여준석은 내게 불공대천지원수였다.

귀국을 하루 앞둔 날 밤이었다. 실탄이 장전된 M16소총을 들고 중대장 침실에 들어가서, 너 죽고 나 죽고 말겠다는 각오를 단단히 하고는 귀국자 송별파티에서 박대균과 작별의 술을 마셨다. 술이 적당히 취한 나는 미리 감춰 두었던 실탄 한 클립을 들고 소총을 찾았다. 그러나 그 흔하던 소총이 한 정도 눈에 띄지 않았다.

박대균이란 놈이 내 속내를 미리 알아차리고는 병기계에게 귀띔하여 소총을 모두 회수해서 병기창고에 집어넣은 것이다. 뿐만 아니라 중대장에게도 일러바쳤는데, 중대장은 똥이 더러워 피한다며 6후송병원 간호장교들과 파티를 하러 갔다고 나를 약 올렸다. 녀석을 몇 대 쥐어박다가 그래도 분이 안 풀려 중대장 조카라는 보급계 김상호 상병을 입에서 똥물이 올라오도록 두들겨 팼다. 내일 오전 9시면 나는 귀국한다. 사람을 죽이지 않는 한 나를 잡아두지 못한다. 분노가 폭발한 나는 며칠간 나를 끈질기게 감시하던 서무계 최병하 병장도 죽지 않을 만큼 패고, 인사계 원하연 상사를 찾았으니 이미 피하고 없었다.

이튿날 술이 깬 뒤에 알게 된 사실이지만, 나는 12시까지 데오 레이를 만나러 나가겠다고 광란을 부렸고, 보다 못한 박대균이 보급과장 남 소령을 불러 사태가 진정되었다고 했다. 나는 그렇게 사랑하는 데오 레이를 만나지 못한 채 1972년 8월 7일 강제귀국당하고 말았다.

월남에서 귀국한 나는 한 달간의 휴가를 마치고 동부전선 최전방 부대에 전입되었다. 제대를 불과 3개월 앞둔 파월 고참병이 최전방에 전입된다는 것은 있을 수 없는 이변이었다. 육사출신 여준석 대위의 힘은 과연 막강해서 나를 강제귀국시키고는, 보병 병과도 아닌 제대 말년 병참행정병을 최전방 G·O·P에 처박았다.

전입된 지 달포 지나 박대균에게서 편지가 왔는데, 월남에서 내가 O·P 근무를 자청했으므로 소원대로 O·P에 보내주었다고 중대장이 자랑을 하더라고 했다. 나는 그 편지를 읽으며 이빨을 부득부득 갈았다. 간절하게 나를 기다리고 있다는 레이의 편지만 아니었으면, 탈영이라도 해서 서울 흑석동에 살고 있다는 중대장 가족들에게라도 복수를 했을 것이다.

석 달간의 나머지 군복무기간은 내게 지옥이었다. 보이는 것이라고는 하늘과 산과 철조망이었고, 밤낮으로 들리는 소리라고는 북쪽의 대남 방송과 남쪽의 대북 방송이었다. 나는 여준석 대위를 저주하고 데오 레이를 그리워하며 거의 미친 듯이 나날을 보냈다.

마침내 나는 73년 1월 10일에 제대하였다. 제대하자마자 레이와의 약속대로 월남의 한진상사에 취업하기 위하여 발에 불이 붙도록 뛰었지만 일이 쉽게 풀리지 않았다. 주월한국군과 한진상사가 월남에서 철수준비를 하고, 머잖아 월남이 패망한다는 소문이 나돌고 있었다. 아니나 다를까, 흉흉하던 소문 그대로 내가 제대한 지 두 달 만인 73년 3월부터 한국군이 철수하기 시작했다.

나보다 석 달 먼저 월남에서 제대한 박대균은 한진상사에 현지 취업하였고, 후라이 쫑과 신혼살림을 차려 한창 깨가 쏟아지던 참이었다. 나는 박대균의 편지를 읽으며 더욱 중대장을 증오하고 분노에 떨며 안타까워 몸부림쳤다. 아무것도 생각할 수 없고, 아무 일도 손에 걸리지 않았다. 레이와 결혼하여 월남 국적을 얻고, 민간인이며 그것도 외국인 신분으로 여준석 대위에게 철저한 복수를 하겠다고 벼르던 나는 정말 미칠 것만 같았다.

유년의 뜰

1935년부터 경성과 일본 동경을 드나들며 무역업을 하던 아버지는 동경에 시쳇말로 현지처를 두었다. 해방이 되자 귀국했던 아버지는 몇 달 뒤에 일본인 처와 돌이 갓 지난 아들을 한국으로 불러들였다. 동경과 경성에 제법 큰 미곡상을 경영하며 곡물 무역을 하던 아버지가 그때는 대단했었다고 나는 귀에 더뎅이가 앉도록 들으며 자랐다.

나는 한국전쟁이 터지던 해인 50년 3월에 태어났고, 이듬해 12월에 여동생이 태어났다. 낯선 이국땅에서 끔찍한 전쟁을 겪으며 어린 삼 남매를 키우던 어머니는 전쟁이 휴전 된 지 이태 뒤인 55년 겨울에 42세의 아까운 나이로 세상을 떠났다. 동생은 그때 다섯 살이었고 나는 여섯 살이었다.

우리 삼 남매는 어쩔 수 없이 아버지의 본처인 큰어머니 밑으로 들어갔다. 본가에는 조부모와 부모, 이복형 셋, 누나 둘 모두 아홉 식구였는데 우리 삼 남매까지 열두 식구가 되었다. 할머니에게는 여덟 명의 손자가 모두 같은 손자였기에 우리 남매를 앉혀놓고 타이르곤 했다. 엄마가 죽고 없으니 큰엄마를 엄마로 부르라고 했다. 그러나 열한 살이던 형과 여섯 살이던 나는 큰엄마를 엄마라고 부르지 않았다. 어린 여동생은 할머니가 무서워 엄마라고 불렀다. 고모 역시 큰엄마가 너희들을 기르고 있으니 당연히 엄마라고 강요했지만, 나와 형은 여동생 허벅지를 꼬집으며 큰엄마로 주입시켰다.

  그에 따라 우리 삼 남매는 한솥밥을 먹는 식구이면서 물과 기름처럼 겉돌았다. 우리 셋은 집안의 애물단지였다. 이복형제들은 아버지만 없으면 대놓고 '왜갈보새끼' '쪽발이새끼'라고 놀렸다. 집안에서도 그랬으니 밖에서나 학교에서도 형과 나는 아이들의 놀림감이었고, 이복형들의 부추김을 받은 동네 아이들조차 우리 삼 남매를 쪽발이, 왜갈보새끼라고 놀렸다.

  6·25전쟁이 끝나고 내 어린 시절이던 60년대 말까지는 빨갱이나 왜놈들은 남녀노소 누구에게나 불구대천지원수 취급을 당하던 시절이었다. 그런 환경에서 안팎으로 놀림과 학대를 받고, 학교에서는 시쳇말로 왕따를 당하던 내가 초등학교 시절에 죽어라고 할 수 있는 것이라고는 공부였고, 아이들과 싸워 이기는

것은 힘뿐이었다. 그러나 아무리 공부를 잘 하고 힘이 있어도 왜갈보새끼의 동무가 돼주는 아이들은 하나도 없었다.

내 어머니가 일본에서 과연 갈보 짓을 했는지 양갓집 규수였는지 얼굴도 기억나지 않는 나로서는 알 길이 없다. 다만 분명한 것은 우리 삼 남매에게 붙은 그 별명이 우리 집안에서부터 비롯되었다는 사실이다. 어머니의 친정이 반듯하다면, 아무리 어머니가 죽었다고 해도 그 자식인 우리 삼 남매를 외가에서 모른 채 버려두지는 않았을 것이라고 늘 생각하며 자랐다. 지옥처럼 여겨지던 집을 떠나고 싶었던 어린 시절의 내게는 외가가 있다는 일본이 화려한 꿈속의 나라였다.

일본에서 태어난 형은 어머니로부터 일본에서의 행복했던 시절 얘기를 자주 들으며 자랐던지, 일본에서의 생활을 눈에 본 듯이 그리워하며 더욱 못 견디게 괴로워하곤 했었다. 형에게서 듣는 일본의 그 집은 예닐곱 살이던 내게는 동화 속의 궁전이었다.

심약하던 형은 결국 이복형제들의 학대를 견뎌내지 못하고, 부산 큰고모네 집으로 피신을 가서 중학교에 입학했다. 형은 철저하게 외곬으로 오로지 공부만 해서 행정고시에 합격하여 공무원이 되었지만, 내가 군에 입대하던 해에 스물일곱 나이로 죽었다. 형은 죽을 만한 병에 걸리지도 않았지만 결국 사랑과 정에 굶주려 청춘에 요절하고 말았다.

그렇지만 나는 형과 달랐다. 연년생인 여동생을 악마의 소굴 같은 집에 두고 나마저 나갈 수 없어 종로구 창신동이던 집에서 천덕꾸러기로 자랄 수밖에 없었다. 평상시에는 얼굴도 마주 볼 수 없을 만큼 근엄한 아버지였지만 그래도 어린 남매가 기댈 언덕은 아버지뿐이었다.

식구들 눈을 기이며 구메구메 용돈을 주고, 머리를 쓰다듬고, 엉덩이를 투덕거려주는 아버지의 따뜻한 손길이 없었다면 나는 동생을 데리고 집을 나갔을 것이고, 어린 나이의 오기로 집안에 폭탄이라도 던졌을 것이다. 전쟁이 끝난 지 3~4년이 지났을 때까지도 창신동 뒷산에는 포탄과 수류탄, 총알이 심심찮게 눈에 띄었었는데, 그때 아홉 살이던 나는 그 포탄을 우리 집안에 던지는 상상을 하며 한적한 바위틈에 감춰두곤 했었다.

나는 결국 중학교에 입학하면서부터 공부를 접고 소위 골목 깡패가 되었다. 초등학교 때부터 이미 태권도와 권투를 흉내 내는 등 몸을 단련하던 나는 결심을 굳힌 뒤부터 걷잡을 수 없이 빗나가기 시작했다.

중학교 2학년 되던 해 여름방학이었다. 부산에서 고등학교에 다니던 형이 왔는데, 어느 날 나와 동생 여정이를 데리고 뚝섬 수영장을 갔다. 형은 수영은 할 생각도 않고 동생과 나를 앞에 앉히고는 아이스케이크를 하나씩 사주었는데, 옆에 앉은 여정이가 쿨럭쿨럭 울기 시작했다. 동생이 울자 형도 따라서 울며 말했다.

스무 살인 셋째 형이 여정이를 성폭행했다는 것이다. 나는 처음에 무슨 말인가 어리둥절하다가 이내 말귀를 알아듣고는 화가 머리끝으로 치솟았다. 펄펄 뛰던 나는 동생 따귀를 사정없이 갈기고는 다그쳤다. 여정이는 볼에 벌겋게 난 손자국을 싸잡고 한참 서럽게 울고 나서 자초지종을 말했다. 지난 5월부터 다섯 번이나 당했다면서, 어쩌면 좋으냐고 형에게 매달려 치절하게 울었다. 나는 당장 달려가서 셋째 형을 때려죽인다고 펄펄 뛰었지만 형이 극구 말렸다. 흥분을 가라앉힌 우리 삼 남매는 머리를 마주 대고 의논했다.

이튿날 아침이었다. 아침을 먹고 출근하는 아버지에게 할 말이 있다고 했다. 전에 없는 내 행위에 아버지는 의아한 눈으로 보았다. 나는 설거지를 하는 동생 여정이를 불러 아버지와 함께 할머니 방에 들어가 모든 사실을 말하게 했다. 할아버지와 할머니, 아버지는 여정의 말에 기함을 하였다.

나는 곤봉을 들고 형들의 방에 들어가 셋째 형을 두들겨 팼다. 둘째가 달려들었지만 광란하는 나를 당할 수 없었다. 마침내 집안이 발칵 뒤집혔다. 여동생을 성폭행한 형은 아버지에게 죽지 않을 만큼 맞았고, 집에서 쫓겨나 자기 이모네 집으로 갔다.

인동 장씨 통정대부공파 종손이던 우리 집안은 고조부가 대한제국 광무 7년 한성판윤에 오른 장충식長忠植이다. 그러나 할아버지 대에서 나라가 망하면서 가세가 기울기 시작하였고, 아버지 대에서 6·25를 겪으며 몰락하기 시작했지만 종가답게 대가大家였다. 한 해에 제사가 설날과 추석을 빼고도 열여섯 번이 드는데, 한 달에 세 번이 드는 달도 있지만 온 집안 남자들이 거의 참례하여 제군祭群이 3, 40명에 이르기도 했다.

하지만 서자庶子는 제사에 참여는 하지만 사당에는 들어갈 수 없다. 마당에 돗자리를 깔고 절을 하는데, 아버지 동생과 사촌 형 둘이 서자라서 그들과 한겨울에도 사당 앞마당에 서서 오들오들 떨어야 했다. 나는 제사 돌아오는 날이 지겹게 싫어 어릴 때는 몇 번 빠지기도 했지만, 할아버지에게 종아리를 열 대씩 맞아야 했다.

이러한 집안에서 근친상간이 일어났다는 소문이 퍼지면 우선 종가 체면은 땅에 떨어지고 집안은 발칵 뒤집어 진다. 장본인은 족보는 물론 호적에서조차 적출되어 집안에서 폐출된다. 아버지의 입단속으로 소문은 퍼지지 않았지만, 이복형은 1년간 집에 들어올 수 없었다.

내 속은 십 년 묵은 체증이 내려간 듯이 후련했지만, 밥을 먹여주고 옷을 빨아주는 큰어머니로부터는 말로 표현할 수 없는 혹독한 구박과 학대를 받아야 했다. 중학교 1학년이던 동생은 식모나 다름없는 취급과 구박을 받아야 했고, 형과 누나들은 내 눈을 기인 틈틈이 번갈아 동생을 괴롭혔다. 입이 무거운 여정이는 그 고통을 당하면서도 내색하지 않았다. 그러나 나는 눈치로 알아채고 형과 누나에게 여정이를 괴롭히면 가만두지 않겠다고 엄포를 놓곤 했다.

그때부터 나는 동네 깡패가 되었다. 또래에 비해 덩치가 크고 힘이 있던 나는 중학교 3학년이던 선배 아파치파 오야붕과 맞짱을 떴다. 깡다구가 있던 나는 동생과 내가 살 길은 오직 이것뿐이라고 생각하며 죽기 살기로 대들었다. 마침내 한 살 더 먹은 선배 오야붕이 만신창이가 된 채로 무릎을 꿇었다. 나는 마침내 성동중학교 아파치파 오야붕이 되었다.

열다섯 살이던 나는 그때부터 스물두 살과 스무 살이던 두 이복형에게 철저한 복수를 하기 시작했다. 내 손으로 두들겨 패는 것은 물론 또래들을 시켜 돈을 빼앗고 괴롭히기를 매일같이 반복했다.

하지만 그럴수록 나는 외톨이였다. 겉으로는 30여 명의 또래를 거느린 화려한 왕초였지만 언제나 외롭고 고독했다. 우리 집은 물론 번다한 집안 친척들조차 나를 자식으로 인정하지 않았고, 그럴수록 나는 난폭해졌다. 애초부터 자포자기적으로 식구들을 증오하던 터였기에 나 자신을 학대하면서까지 그들을 괴롭히기에 열중했고, 나를 향한 식구들의 증오를 눈으로 확인하며 희열을 느꼈다. 마침내 세 형과 누나 둘은 나에게 잘못을 빌었고, 다시는 여정이를 괴롭히지 않겠다고 다짐했다.

내 유년의 방탕과 방종이 그렇게 식구들에 대한 증오로부터 비롯되었기 때문인지, 나이가 들어 구박을 면하게 되면서 차츰 마음을 잡을 수 있었다. 지금 생각하면 신임 중대장과 전우들의 눈 밖에 나고 찍힌 것은 어릴 때부터 몸에 밴 오기와 오만, 방자함과 속없는 시건방의 당연한 결과였을 것이라고 나는 그때를 돌이키곤 한다.

하지만 원인이 거기서부터 비롯되었다고 하더라도 나는 그 원인만큼은 후회하거나 반성하지 않는다. 말귀를 알아들으면서부터 내 양 발목에 채워진 쪽발이새끼와 왜갈보새끼라는 족쇄를 끌던 내게는 비록 모순일지라도 유일한 탈출구는 그 방법밖에 없었으니까. 그 시절에 동생이 없었으면 나는 스스로 목숨을 끊었을지도 모른다.

그 족쇄를 나 스스로 풀어 내던진 것은 군에 입대하면서부터였다. 내가 군에 입대할 당시, 아버지와 맏형이 경영하던 사업이 부도가 났고, 배다른 형이 셋이던 집안은 서로 찢어발겨 제 몫만 챙기는 바람에 구제불능이 되고 말았다. 아버지를 중심으로 그나마 형성되던 집안이 물거품처럼 스러지는 꼴이 보기 싫어 나는 S대학 2학년 후반기에 학업을 포기하고 유일한 도피처인 군대에 지원 입대했다.

내가 군에 입대한 뒤, 나보다 더한 몸과 마음의 상처를 입고 천덕꾸러기로 자란 동생 여정이 풍비박산된 집안에서 병들어 문밖출입이 어려운 아버지를 모시고 집에서 나왔다. 어쩔 수 없이 내가 월남에서 보내던 전투수당으로 생계를 꾸리고 있었는데, 내가 귀국하기 다섯 달 전에 아버지가 죽었다. 배다른 형들이 셋이나 있으면서 왜 아버지를 버렸으며, 어찌해서 막내인 여정이 아버지를 모시게 되었는지 나는 그 내막을 자세히 알지 못한다. 다만 아버지가 불쌍해서 자기가 모시게 되었다는 동생의 편지만 받았을 뿐이었다.

1년간 아버지를 모시던 동생은 홀로 아버지의 임종을 지키고는 시신을 병원에 둔 채 어디론가 사라졌다. 이복 오빠들 꼬락서니가 보기 싫어 영원히 그들 앞에서 사라지겠다는 편지를 내게 보냈는데, 아버지가 죽었으니 이제 오빠의 전투수당을 받지 않겠다고 했다.

동생이 내 앞에서조차 사라진 것은 이유가 있었다. 내가 월남 여자와 결혼하여 월남에 정착하겠다는 것이 그 이유였다. 하늘같이 믿는 오빠의 제대를 목이 빠지게 기다렸는데, 월남 여자와 국제결혼 하여 정착하겠다니 기가 막혔을 것이다. 아버지 임종을 지켜보고 사라진 동생 장여정은 종적이 없었다. 군에서 제대하여 백방으로 수소문하고 찾았으나 어디에도 그 흔적은 없었다. 그렇게 8년간 남매간의 인연이 끊겼었는데, 1980년 내가 소설가로 등단하여 이름이 알려지자 내 앞에 나타났다. 놀랍게도 동생은 서울 한복판 을지로 3가에서 찻집을 경영하고 있었다. 내가 소설가가 되어 얻은 것 중에 가장 큰 소득을 꼽으라고 한다면, 첫째가 동생을 찾은 것이고 두 번째가 친구 박대균을 찾은 것이다.

8년 만에 불쑥 내 앞에 나타난 박대균은 월남에서 후라이 쫑과 정식으로 결혼하여 아들을 낳았다고 말했다. 월남 국적을 취득하기 위해 서류를 준비하던 중에 한국군과 한진상사가 철수하였고, 직장도 없이 1년간 버티다가 74년 여름, 점점 좁혀지는 위기감을 느끼고 도망치듯 귀국했다고 영웅담처럼 떠벌려 댔었다. 당시 첫돌이 지났었다는 그 아들은 어떻게 되었느냐고 물었더니, 월남이 망했는데 그걸 어떻게 알겠냐고 발칵 뻣성을 냈다.

그 뒤에 1990년경부터 베트남이 도이모이 정책으로 문호를 개방하자, 의류봉제업 YM(주)을 경영하던 박대균은 재빨리 베트남 하노이에 현지공장을 설립했다. 녀석은 그 이유를 쫑과 아들을 찾기 위해서였다고 말했지만 나는 곧이곧대로 믿지 않는다. 그때나 지금이나 후라이 쫑과 그녀의 아들은 박대균에게 있어서 까마득히 잊힌 존재들임을 나는 번번이 느끼고 있었다. 그러한 느낌을 받을 때마다 레이를 잊을 수 없는 나 자신이 한심하고 안타까워 괴로워해야만 했다.

　박대균이 베트남에 공장을 세운 뒤, 나도 두 번이나 동행해서 우리의 애인이었던 레이와 후라이 쫑을 찾았었다. 두 번째 갔을 때였다. 빈딘성 짜웅마을에서 그때를 또렷이 기억하는 나이든 노인을 만났는데, 짜웅마을 촌장 데오 꾸 위앙의 가족들은 월남 사이공 정부가 함락되기 전에 이미 마을을 떠났다고 했다. 그 노인은 당시 대민지원 업무 담당이던 나 장일도를 기억하며 반갑다고 했다.

미로에서

데오 레이를 찾기 위하여 야야산 백화점과 주변의 상가를 뒤지던 나는 다섯 시가 넘어서 가까스로 집에 전화를 걸 수 있었다. 공중전화마다 줄을 섰던 외국 노동자들이 해가 설핏해지자 그제서 흩어져 빈 공중전화가 더러 있었다. 집안의 안부를 묻고는 이어 박대균에게 전화를 했다. 전화에다 대고 실컷 분풀이를 하고는 레이가 분명 이곳에 있다는 확실한 장담을 들었고, 같이 점심을 먹었다는 '캄퐁 아방'이라는 식당도 알아냈다.

전화를 끊고는 부리나케 백화점 옆에 있다는 중국식 레스토랑 캄퐁 아방에 갔지만 레이가 있을 턱이 없다. 지배인에게 혹시나 하고 중년의 베트남 여자 데오 레이를 아느냐고 물었지만 허사였다. 허탈하게 식당을 나와서 하릴없이 시내를 걸었다. 만사가 귀찮았다. 어디라도 가서 푹 자고만 싶었다.

좁은 시내에 눈부시게 하얀 하정복 차림의 해군 사관생도들과 수병들 수백 명이 쏟아져 나오자 거리는 온통 어디를 가나 한국 해군 세상이었다. 이미 날이 저물어 레이 찾기를 포기한 나는 맥 빠진 걸음으로 시내를 방황하다가 모두 사복을 입은 전탐장 박상희 원사를 비롯한 다섯 명의 부사관 일행을 만났다. 그들은 나를 보자 반색하면서 월남 애인을 찾았느냐고 물었다.

또 한 번 내 경솔함을 쓰디쓰게 되씹어야만 했다. 씁쓰름하게 웃는 나를 껴잡고 그들은 노점 비슷한 먹자골목으로 들어갔다. 그들은 낮에 이미 자리를 봐 두었다고 말하며 아는 집 찾아가듯 나를 안내했다. 겉은 허름한 식당이지만 내부는 그런대로 깔끔하고 에어컨도 잘 가동되어 매우 쾌적한 분위기였다.

일행 중 병기장 이상기 원사는 4년 전에도 순항훈련차 이 나라에 왔었는데, 바로 이 식당에서 저녁을 먹었다면서 익숙하게 음식을 주문했다. 대로변에 있는 음식점들은 워낙 비싸서 들어갈 엄두를 낼 수 없다고 말했다. 나는 아직 이 나라에서 식사를 해보지 않아 모르지만, 고급 식당에 잘못 들어갔다가는 한 사람당 40~50달러씩 바가지 쓰기는 보통이라는 말을 듣기는 했었다. 주문한 음식은 이칸고렝(생선튀김)과 아얌고렝(닭고기튀김)이라고 했다. 식사로는 나시고렝이라는 해물볶음밥이었는데, 그런대로 입에 맞았다.

이튿날 9시 30분, 해군함정에서 상륙하여 10시에 야야산 백화점에 도착했다. 오늘도 찾는 데까지 레이를 찾아볼 결심이었다. 일요일이라서 그런지 아침부터 사람들이 바글거리고 있었다. 어제와 마찬가지로 외국인 노동자들이 대부분이었는데, 여전하게 공중전화기마다 줄을 서 있다. 바삐 오가는 사람들 보다 서 있는 사람들에게 묻기가 훨씬 수월하므로 공중전화만 찾아다니며 살폈다. 베트남 사람으로 짐작되는 사람 중에서도 나이 지긋한 여자만 붙잡고는 '퀴논시 빈딘성에 살던 데오 레이를 아느냐'고 물어댔다. 백화점과 주변 상가를 돌며 두 시간이 넘도록 어림잡아 스무 남은 명의 베트남 여자들을 잡고 같은 말을 물었지만 모두가 고개를 내저을 뿐이었다.

나는 끝내 지칠 대로 지치고 약이 올라 백화점 휴게소에 앉아 대상이 없는 울분을 꾸역꾸역 삭여야 했다. 냉커피를 빨대로 빨아 마시며 곰곰이 생각하니 내가 참 어리석기 짝이 없다. 대체 이토록 애타게 데오 레이를 찾은들 만나서 어쩌자는 것인가? 그 여자도 벌써 나이가 마흔여덟 살이다. 이 나라 남자를 만나 아이를 둘이나 두었다는 여자를 만난들 이제 무엇을 어떻게 할 것인가? 아무리 생각해도 명쾌한 해답을 찾을 수 없어 그저 가슴만 답답할 뿐이다.

언제나 레이를 생각하면 가장 먼저 떠오르는 광경이 처음 눈이 마주치던 그 느낌과 감정이다. 눈이 부시게 황홀하던 그윽한 아름다움! 나는 레이를 처음 품에 안고는 너무나 필연적인 만남이 감격스러워 울었다. 어머니와 여동생을 닮은 레이의 가슴에서 사진으로만 보던 어머니의 체취가 느껴졌고, 어미 잃은 강아지처럼 나만 졸졸 따라다니던 동생의 배릿한 체취가 느껴져 울컥 서러웠다.

갓 태어난 아기는 냄새로 엄마를 기억한다. 알을 깨고 나온 날짐승새끼도, 어미 배에서 갓 떨어진 길짐승새끼도 냄새로 어미를 기억한다. 사람도 체취로 친구인지 상대 못 할 사람인지를 판단하는데, 그것은 무의식적인 행위로 뇌의 작용이다. 따라서 체취로 배우자를 찾고 상대방의 감정도 알아낸다.

나는 서른다섯에 늦장가를 들었다. 아내를 안을 때마다, 혹시 레이에게서 맡아지던 어머니의 체취를 느낄 수 있을까 싶어 애썼지만, 지금까지 단 한 번도 체취는커녕 엇비슷한 감정도 감동도 느낄 수 없었다. 좋아하는 사람의 땀 냄새에는 사랑을 느끼고 행복을 느끼게 하는 마력이 있다. 나는 레이의 체취에서 어릴 때 내 뇌리에 각인된 어머니의 체취를 느끼며 내가 사랑해야 할 여자라는 것을 알았다. 레이와 마주하면 늘 행복해지던 원인이 그녀의 체취였음을 나는 최근에 깨닫고 있다.

레이와의 사랑은 늘 새롭고 감동적이었는데 아내에게서는 그러한 감동이 전혀 일지 않았다. 데오 레이와의 우연한 만남을 구태여 필연이라고 단정하며 미망에서 헤어나지 못하는 내가 어리석다는 생각이 때때로 들기는 하지만, 세상의 어느 여자도 레이만큼 사랑할 수는 없었다.

내가 알뜰하게 정을 주던 또 하나의 여자가 있었다면 연년생인 여동생이다. 그 아이 또한 내게는 어머니 몫까지 포함해서 목숨처럼 사랑하던 여자였다. 이 세상의 허구 많은 여자들 중에서 내게 있어서의 여자는 오직 그들 둘뿐이다. 본성이 그러하니 아내는 있어도 그만 없어도 그만인 여자였다. 나는 지금까지 소설 쓰기와 데오 레이를 그리워하는 것 외에는 내 삶을 두고 골몰하게 생각해 본 적이 없다. 그러면서도 어제의 짐과 내일의 짐을 오직 의무감으로 지고 건성으로 살아왔다.

천덕꾸러기가 눈치꾸러기가 되듯이 나는 사물을 판단할 만큼 철이 든 것이 보통 아이들보다 빨랐던지, 다섯 살 때부터의 일들을 생생하게 기억한다. 사물을 판단할 만큼 철이 들고, 감수성이 한창 예민하던 내 유년과 사춘기는 오직 주변 사람들에 대한 증오와 세상에 대한 저주뿐이었다. 따뜻한 정이라고는 털끝만큼도 받아본 적이 없으니 정이란 것을 알지 못했고, 부드러운 눈길 한 번 받아본 적이 없으니 사람이 좋아 보일 턱이 없었다.

그러한 정신적인 근본 탓인지, 지금까지 아내와 나는 그저 그렇게 옆에 있으니 집어다 쓰는 물건처럼 살고 있다. 다행으로 우리 부부에겐 아이가 없다. 결혼 3년 차 되던 해 아내의 강요에 못 이겨 병원에 가서 검사를 했었다. 아내에게는 아무런 이상이 없다고 했다.

나는 의사와 단둘이 마주 앉아 16년 전 월남에서 고환이 터져 수술을 받았던 사실을 고백했다. 검사를 하고 정액을 받은 다음 X레이를 찍은 의사는 사흘 뒤에 결과가 나온다고 했다. 결과는 내 예상 그대로였다. 정액에 정자는 있지만 여성의 난자에 착상할 능력이 모자라는 불량정자였다. 이미 우리 부부의 불임 원인이 내게 있을 것이라는 예상을 했었기에, 조심스레 말하는 의사의 결과를 소주 한 잔 홀짝 마시듯이 그렇게 아무렇지도 않게 받아들였다.

아내와 동행하지 않았기에 집에 돌아와 사실대로 말했다. 잠시 멍하니 앉았던 아내가 꼭 나처럼 받아들였다.

"그랬군요! 뭐……, 어쩌겠어요. 둘이 알콩달콩 살면 더 좋지, 안 그래요? 아니, 좋은 점도 있네요. 이제부터 임신에 신경 쓰지 않아도 되니 얼마나 편해요."

아무렇지도 않게 목에 매달리는 아내를 안고 오랜만에 침대로 갔다. 그 뒤부터 우리 부부는 십 년이 훨씬 넘는 지금까지 아무렇지도 않게 잘도 견뎌내고 있다. 서로가 필요할 때 언제나 집어다 쓰는 물건처럼 오늘 써도 그만 내일 써도 그만이지만, 너무 손에 익어 없어지면 못살 것 같이 서로 안타까워하며 살고 있다.

아내는 5년 전부터 다시 직장에 나가고 있다. 처녀 적 아내는 내 책을 세 권째 출간하던 출판사 직원이었는데 어느 날 갑자기 '직장생활이 지겹다'며 내게 몸을 던져왔다. 나는 그야말로 엉겁결에 여자를 받아 안고는 얼떨결에 그만 결혼을 했다. 직장생활이 지겹다고 매달리는 서른 살 노처녀를 차마 떨쳐 낼 용기가 없기는 했었다. 하기는 그때나 지금이나 내게는 세상의 어느 여자든 데오 레이를 빼고는 모두가 그렇고 그런 오로지 남자와 대별되는 여자일 뿐이었으니까 그랬을 것이다.

나보다 다섯 살 아래인 아내는 5년간 나만 쳐다보며 살았다. 그러다가 내가 직장을 포기하고, 소위 전업 작가로 들어앉을 무렵부터 안정하지 못하고 들쭉날쭉 나대기 시작했다. 젊은 부부가 밤낮으로 집안에 틀어박혀 얼굴 마주 보기가 나부터 참으로 어려웠다. 아내는 마침내 집에서 며칠, 친정에서 며칠, 여행으로 며칠씩 그렇게 2년여를 드나들더니, 5년 전부터 처녀시절의 직업을 다시 잡아 안주했다.

우리 부부가 하루에 주고받는 말은 고정되어 있다.

"다녀올게요."

"그래, 잘 다녀와."

"나, 왔어요."

"왔어?"

"밥 먹어요."

"그래 먹자."

"나, 먼저 잘게요."

"그래, 잘 자."

둘 중에 누가 과음이라도 하는 날은 그나마 대화도 없다. 잘 만큼 자고 일어나, 먹고 싶으면 먹고, 마시고 싶으면 마시고, 가고 싶으면 바다에도 가고 산에도 간다. 사나흘씩 눈에 보이지 않아도 그저 그러려니 여긴다.

그래도 우리는 늘 한 침대를 쓴다. 그렇지만 내 잠자리는 대중이 없다. 때로는 밤새워 작업을 하고 낮을 밤 삼아 잠을 잔다. 암수가 본능적으로 짝을 이루는 것은 종족 번식에 그 의미가 있을 것이다. 그 기본 의미를 상실한 우리 부부는 성의 쾌락만을 위한 번식의 행위에 피차 시나브로 염증을 느껴가고 있음이 분명하다.

그러면서도 우리가 지금까지 이렇게 살고 있는 것은 서로를 잘 알고 있기 때문일 것이다. 잘 안다는 것은 서로의 성격이나 인간성을 알고 이해한다는 말이 아니다. 본디 인간의 성격이라는 것이 조석변이라 자기 자신도 예측하지 못한다. 우리 부부는 단지, 나는 남자이고 아내는 여자라는 사실. 아내 역시 자신은 여자이고 남편은 남자라는 너무나 평범한 사실을 알고 있을 뿐이다.

남자는 남자로서 여자를, 여자는 여자로서 남자를 존중하기 때문에 다투거나 입씨름할 이유조차 없다. 그래서 우리 부부는 뜨겁지도 차지도 않고, 멀지도 가깝지도 않으면서 남이 보기에는 그저 행복하게 보일 정도로 살고 있다.

야야산백화점 휴게소에 앉아 많은 생각을 했다. 지난날의 나와 현재 나, 그리고 내게 있어서의 아내와 데오 레이를 삼각 구도로 놓고 생각해 보았다. 그러나 과거는 추억일 뿐 대안이 될 수 없다는 결론에 이른다. 결국 나는 지금 중대한 결심을 해야만 한다. 레이를 잊고 그냥 이 나라를 떠나면 그걸로 그만일 것이다. 데오 레이는 영원히 내 가슴속의 여인일 뿐이고, 우리 부부는 지금까지 그랬던 것처럼 서로 무해무득하게 살아갈 것이다.

그러나 여기서 데오 레이를 만난다면, 그 여자가 내게 어떠한 행위를 보이든 나는 살아온 날들보다 더 괴로운 날들을 살아야 할지도 모른다. 내 여생이 살아온 날들보다 더 괴로울 것이라면, 나는 살아있어야 할 의미와 가치를 잃어버릴지도 모른다. 그렇더라도 이미 남의 아내가 되어 자식을 둔 첫사랑의 여자를 만난다고 해서 어떻게 할 수도 없을 것이다. 그 여자는 내 전화번호를 알고도 일 년이 넘도록 전화를 하지 않았다. 그렇게 생각해보면, 데오 레이는 나를 잊고 있음이 분명하다.

그렇다면 과연 어떻게 해야 할 것인가를 곰곰이 생각하다가 결심을 했다. 그렇더라도 그녀를 만나야 한다. 이곳에 살고 있으니 어떻게든 만나서 확인을 해야 한다. 채우고 또 채워도 늘 허전하기만 하던 가슴, 술이든 물이든 아무리 마셔도 풀리지 않던 그 간절한 갈증과 미망에서 헤어나는 길은 단지 그 여자를 만나는 길밖에는 없다는 것을 비로소 절감했다.

얼음이 녹아 물이 되어버린 커피를 마지막 한 방울까지 빨아 마시고는 새로운 각오를 했다. 이 나라 관광을 단 한 곳도 못 하더라도 내일까지 데오 레이를 찾아보겠다는 결심을 새롭게 하며 일어섰다.

아까부터 내 옆자리에 여자 둘이 앉아 있었는데, 내가 일어나자 따라서 일어서더니 내 앞을 막아서며 쭈뼛거렸다. 아무리 외국인이지만 어림짐작으로도 쉰이 넘었을 성싶은 여자들을 바라보던 나는 성큼 다가섰다. 틀림없는 베트남 여자들이었다. 그중 한 여자가 나를 피하는 듯한 몸짓으로 뒤로 한발 물러서더니 어눌하게 우리말을 하는 것이 아닌가!

"저―어, 따이한 인가요?"

나는 와락 달려들 듯이 받았다.

"맞습니다. 따이한입니다. 베트남……! 맞습니까?"

"예, 그렇습니다."

"반갑습니다. 우리말을 아주 잘 하시는군요."

여자는 얼굴이 붉어지며 배시시 웃다가 대답했다.

"조금 합니다. 따이한 부대에서 일했거든요."

나는 뛸 듯이 기뻤다. 여자를 와락 그러안고 펄쩍펄쩍 뛰고
싶었다. 가까스로 마음을 진정시키고는 말을 하려는 순간, 여자
가 먼저 물었다.

"빈딘성 짜웅마을에 살던 데오 레이를 찾으시나요?"

"……!"

나는 너무나 감격해서 콧잔등이 시큰했다. 얼른 손수건을 꺼
내 쿵쿵 생코를 풀고는 다급하게 물었다.

"그렇습니다. 데오 레이를 아시나요?"

"당신이 찾는 사람인지는 모르지요. 당신 이름은?"

"장일도, 장일도 병장!"

두 여자는 말도 없이 손으로 전화를 걸겠다는 시늉을 하고
는 휑허케 돌아서서 휴게소 맞은편의 여성복 매장으로 들어가
고 있었다. 우두망찰하여 우두커니 서서 두 여자의 뒷모습을 바
라보며 생각했다. 참 얄밉도록 내 심중을 잘도 들여다보는 여자
라고! 그 생각 밖에는 아무 생각도 할 수 없어 휴게소 의자에 다
시 주저앉았다. 잠시 멍한 채로 시간이 흐른 뒤에 비로소 레이
를 찾게 되었다는 기쁨과 함께 가슴이 마구 뛰기 시작했다. 손
바닥으로 심장을 누르지만 좀처럼 진정되지 않는다. 대체 내가
왜 이렇게 당황하는지 나 자신을 이해할 수 없다. 문득 박대균

의 말이 떠오른다. 그가 데오 레이에게 내 전화번호를 적어주었다고 말한 뒤 1년여가 지났을 무렵 술자리에서였다.

박대균이 불끈 짜증을 내며 말했었다.

"야, 인마! 넌 혼자 속 태우고 있는 거야. 20년이 넘도록 짝사랑하고 있단 말이다."

"뭐, 짝사랑! 우리가 뭔 이팔청춘이라고 짝사랑이냐. 레이도 분명 나를 잊지 못하고 있을 거란 말이다."

녀석은 픽픽 웃다가 핀잔을 주었다.

"지가 뭔 춘향이라구⋯⋯. 전쟁통에 만난 베트남 여자들 다 그렇고 그런 년들이다. 내 아들을 낳은 후리이 쫑을 봐라. 나를 잊지 못한다면 아들을 데리고 한국에 왔어야지. 근데, 오지 않았어. 더군다나 니가 잊지 못하는 그 여자는 네 놈 자식도 없잖아. 전쟁 중에 한때 즐겼으면 그걸로 끝이야. 죽 떠먹은 자리고, 한강에 배 지나간 자린데, 그만한 얼굴에 시집가면 그걸로 끝이야."

나는 벌떡 일어나 멱살을 거머잡았다.

"쳐 죽일 놈, 말 다 했냐? 뭐, 죽 떠먹은 자리! 니 여편네였던 후리이 쫑과는 다른 여자야. 니 주둥이라고 니 맘대로 놀리면 죽여버린다."

녀석은 내 팔을 뿌리치고 식식대며 대들었다.

"이게 미쳤나, 왜 발광이야. 내가 아닌 말 했냐? 그 여자가 너를 잊지 못한다면, 왜 일 년이 넘도록 전화를 안 하냐. 시집가서 새끼들 낳고 잘 사는데, 이제 너 만나서 어쩔 건데? 그 여자가 골백번 현명한 여자다."

나는 녀석의 말에 그만 주먹 맞은 감투 꼴이 되고 말았다.

지금 생각하니 녀석의 말이 맞다. 박대균이 내게 거짓말을 했을 리가 없고 보면 그렇다. 전화번호를 알고도 1년이 넘도록 전화를 걸지 않았다. 녀석 말마따나 혼자 속 태우며 26년간 짝사랑을 하고 있다는 자괴감을 지울 수 없었다. 그의 말이 골백번 옳다. 그만한 얼굴이면 시집도 잘 갔을 터이고, 아들을 둘이나 낳았다면 나를 생각할 이유가 없다.

불현듯 머릿속을 찌르는 듯한 충격에 정신이 번쩍 들었다. 그렇구나! 레이가 오지 않을 수도 있다. 빈딘성 짜옹마을에 살던 데오 레이가 분명하더라도 나오지 않을 수도 있다. 이미 남의 아내가 된 그녀가 나를 만나지 않겠다고 하면 그걸로 그만이다. 지금까지 상황으로 보아 그럴 확률이 높다.

"데오 레이!"

실성한 사람처럼 이름을 불러본다. 어제와 오늘 오직 찾겠다는 일념으로 남들 앞에서 그 이름을 수없이 뇌이기는 했지만, 그리움과 원망으로 그 이름이 입에 오른다. 확률은 낮지만, 이제 만날 수 있을지도 모른다. 그럼 이제 어찌해야 하나. 아무것도 생각할 수 없다. 바작바작 타는 입술을 혀로 축이며 여자들이 사라진 여성복매장을 바라보았다. 이윽고 두 여자가 무슨 말인가 주고받으며 방싯방싯 웃더니 다가온다. 웃는 것으로 보아 좋은 일이 있을 것 같은 예감이 들어 마음이 흥분된다.

해후

   나는 벌떡 일어나 걸어오는 두 여자의 얼굴을 뚫어지게 바라보았다. 그제서 보니 내게 말을 걸었던 여자 말고, 다른 여자에게 데오 레이를 물었던 기억이 났다. 한참 전이었는데, 그 여자는 고개를 저으면서도 아기똥한 눈으로 나를 몇 번이나 돌아보며 계단을 내려갔었다.

   두 여자가 안절부절못하고 바장대는 내 앞에 서더니 방그레 웃으며 말했다. 그 웃음이 천사의 미소 같다고 생각하며 나는 뛰는 가슴을 진정시키기에 안간힘을 써야 했다.

   "장일도 병장님, 데오 레이가 온다고 했어요."

   그녀의 손을 덥석 움켜잡았지만 목울대가 꽉 막혀 말이 나오지 않았다. 벌겋게 달아오른 얼굴로 여자의 손을 잡고 흔들다가 가까스로 말이 터졌다.

"맞습니까? 빈딘성 데오 레이가 맞다고 했습니까?"

내가 주절거리고 봐도 너무 빙충맞아서 어색하게 웃으며 여자의 손을 놓았다. 무슨 말이든 마구 지껄이고 싶지만 목이 터지지 않고 마음만 조급했다. 손짓으로 그녀들을 앉히고는 손목의 시계를 손가락으로 두들기며 더듬거렸다.

"레이는, 데오 레이는 언제 옵니까?"

여자는 자기 시계를 보고 대답했다.

"원 써어티!"

팔을 번쩍 들어 시계를 보았는데, 시침이 한 시를 막 넘어서고 있다.

"30분이라!"

중얼거리며 크게 한숨을 내쉬고는 시계를 손가락으로 톡톡 두들겼다. 채찍질을 하는 심정으로 연방 시계 유리를 두들겨도 분침은 느려 터지게 꿈지럭거리기만 한다. 26년의 흘러간 세월이 30분으로 좁혀졌다고 위안을 삼지만 마음은 점점 조급해진다. 내가 얼마나 발싸심을 해댔던지, 지켜보던 여자가 비교적 또렷한 우리말로 물었다.

"장일도 병장님, 대오 레이를 사랑하셨나요?"

나는 화들짝 정신이 들어 26년 전의 육군 병장이 되어 열없게 웃으며 받았다.

"그렇습니다. 내 목숨보다 사랑했습니다. 우리말을 아주 잘 하십니다?"

"저는 따이한 부대 장교식당에서 5년이나 일했습니다. 그때는 정말 잘 했었는데, 이제는 잘하지 못합니다. 그러나 들을 수는 있으니까 걱정 마세요."

너무나 반가워 가슴이 확 터지는 기분으로 물었다.

"아! 그러셨군요. 어느 부대였죠?"

"맹호부대 사령부 장교식당에서 68년부터 73년까지 일했어요."

"그랬군요. 데오 레이와는 같은 고향인가요?"

"아닙니다. 저는 퀴논시에 살았습니다."

이름이 '루옹 반 롱'이라는 여자는 1948년생이었고, 아버지를 비롯한 자매들 셋이 한국군 부대에서 일했기 때문에 보복이 두려워 조국을 탈출했다고 말했다. 브루나이에는 비슷한 처지로 조국을 탈출한 사람이 많은데, 특히 한국군 부대에서 일했던 여자들끼리 모임을 만들어 자주 만난다고 말했다. 열두세 명이나 되는 모임의 회원 중에는 한국 근로자와 현역 군인의 아이를 낳은 여자가 다섯이나 있다고 했다. 그 아이들 모두 이 나라에서 잘 자라고 있다고 묻지도 않는 말을 덧붙였다.

아이들 아버지를 찾을 생각은 하지 않느냐는 내 물음에 그녀는 쓸쓸하게 웃으며 대답했다. 처음에는 찾으려고 무진 애를 썼다고 했다. 두 여자가 한국에 가서 아이의 아버지를 만났지만, 싸늘한 냉대만 받고 쫓기다시피 되돌아왔다고 말했다. 그 순간, 가슴이 서늘해지는 느낌과 함께 심장의 피가 머리끝으로 확 솟구치는 아찔한 충격을 받았다. 그렇다! 레이에게도 내 핏줄이 이어졌을지도 모른다. 나는 1년이 넘도록 레이와 동거하다시피 했었다.

그러나 이 여자에게 그 말을 차마 묻지 못했다. 아니, 물을 수 없다. 잠시 뒤면 꿈에도 잊을 수 없던 레이를 만난다. 아이가 태어났든 아니든 레이의 입에서 나오는 대답을 듣고 싶다. '그 아이들 모두 이 나라에서 잘 자라고 있다'던 이 여자의 말이 새삼 곱씹어졌다.

잠시 어색한 분위기가 흐를 때, 두 여자가 동시에 일어나서 손을 흔들었다. 나는 덜컥 내려앉는 가슴을 부여안고 덩달아 벌떡 일어나서 바라보았다. 저만큼 앞에 사람들 틈새를 비집으며 데오 레이가 달려오고 있었다. 베이지색 바지에 밝은 하늘색 티셔츠를 입은 레이를 나는 첫눈에 알아보았다. 점점 가까워지는 그 얼굴에서 눈을 떼지 못한 채 넋을 잃고 바라보았다. 26년의 세월은 레이를 고스란히 돌려놓은 듯 그 모습은 내가 마지막으로 안았던 그 모습 그대로였다.

허리 높이로 둘러진 휴게소 칸막이 출입구 앞에서 안절부절 못하고 서 있었고, 달려온 레이는 내 앞에 우뚝 멈추어 섰다. 처연하게 서 있는 레이를 망연히 마주보며 신음처럼 뇌었다.

"데오 레이!"

꿈에도 잊을 수 없었던 여자를 와락 그러안았다. 우리는 4반세기를 넘어 이내 한 몸이 되었다. 맞비비는 얼굴은 서로의 눈물에 흥건히 젖었다. 레이의 가슴을 으스러져라하고 힘주어 안았다. 천지간에 우리 둘뿐이었다.

등을 두드리는 손길을 느끼고는 정신을 차렸다. 나는 레이의 얼굴을 양손으로 감싸 잡고 그윽이 들여다보았다. 스물두 살의 데오 레이가 고스란히 내 손안에 있다. 루옹 반 롱이 레이를 잡아 이끌어 자리에 앉히지 않았다면 언제까지고 레이를 안고 그렇게 서 있었을 것이다.

우리를 반강제로 떼어놓은 것이 미안했던지, 롱이 방그레 웃으며 말했다. 이슬람국인 이 나라에서는 대중 앞에서 그런 행위를 할 수 없다고 말했다. 그제서 정신을 차려보니 많은 사람들이 둘러서서 우리를 지켜보고 있었다.

나는 그만 머쓱해서 주위를 한번 둘러보고는 그러나 마나 옆에 앉은 레이의 손을 잡고 비로소 입을 열어 말했다.

"레이, 보고 싶었어!"

가슴이 터지도록 할 말이 쌓였지만 고작 그 말밖에는 할 수 없어 답답하다. 레이는 말없이 내 손을 잡으며 그냥저냥 눈물을 찍어내다가, 롱이 등을 두드리자 고개를 들었다. 눈물이 얼룩진 얼굴을 롱이 정성스레 닦아주고 있었는데, 어머니와 딸 같은 그 모습을 지켜보며 마음이 안정되어 저절로 하뭇하게 웃음이 나왔다. 워낙 말이 없는 여자이기는 하였지만, 레이는 얼굴을 매만지고 나서도 짬짬이 고개만 들고 바라보다가 얼른 숙이고는 할 뿐이었다.

문득 4반세기의 간격을 느끼며 저만큼 멀어지는 것 같은 레이를 이윽히 바라보았다. 그렇다! 레이는 남의 여자였고, 나 역시 남의 남자다. 우리에게는 쉽사리 다가설 수 없는 세월이 있다. 서먹하게 식어지는 분위기를 되살릴 책임이 있음을 느끼며 어정쩡하게 말했다. 전에처럼 반말을 해야 할는지, 존댓말을 해야 할지조차 갈피를 잡을 수 없다.

"레이, 그동안 잘 있었어요? 난 레이를 하루도 잊은 적이 없었지."

레이는 방긋이 웃으며 말했는데, 그 웃음이 무척 쓸쓸하다는 느낌이 들었다.

"잘 있었습니다. 나도 장 병장님 보고 싶었어요. 소설가가 되었다고 들었습니다."

"아 참, 박대균 병장을 만났었다고?"

"그랬어요. 정말 이상하게 만나게 되었어요."

가장 궁금했던 것을 자연스레 물을 수 있게 되었음을 다행으로 생각하며 물었다.

"그랬다더군. 참, 박 병장이 내 전화번호를 적어 주었다고 하던데……"

레이는 잠시 멈칫하더니 손수건으로 눈언저리를 닦으며 말했다.

"네, 그랬어요. 몇 번이나 전화를 했었지만 차마 말을 할 수가 없었어요. 그냥…… 장 병장님 목소리만 듣다가……, 끊고는 했지요."

순간적으로 가슴이 화끈하게 뜨거워져서 레이의 손을 덥석 잡았다.

"왜? 전화를 걸었으면 말을 했어야지. 난 레이의 전화를 얼마나 기다렸는데……."

"전화를 하기 시작하면, 끝이 없을 것 같아서……."

"……!"

그리고 보니 지난 1년간 이상한 전화가 많이 왔었다. 집 전화로만 오는데, 벨이 울려 수화기를 들고 말을 하면 잠시 조용하다가 끊기고는 했었다. 나중에는 신경질이 나서 소리를 지른 적도 한두 번이 아니었다. 나는 벅차오르는 희열을 감당할 수 없어 정신마저 멍해졌다. 아! 레이 역시 나를 잊지 못하고 있었다. 그랬을 것이다. 우선 내가 레이의 전화를 알았다면 참지 못했을 것이다.

저 여자의 가슴속에 늘 내가 있었음을 거듭 확인하며 눈앞이 부옇게 흐려졌다. 흐려지는 눈을 닦고는 레이를 다시 보았다. 하지만 내 마음을 당장 말로는 표현할 수 없어 그저 답답하기만 하다. 다만 내가 1년 남짓 가르쳐 준 우리말을 아직도 또렷이 하고 있음이 너무 고맙고 감격스럽다. 우리말을 잊지 않았음은 곧 나를 잊지 않았음이었다.

감정을 가라앉히고는 다시 손을 잡았다.

"우리말을 잊지 않고 있었군요. 고마워, 레이."

"잊을 수가 없지요. 장 병장님이 두고 가신 책을 모두 읽었는 걸요. 요즈음에는 장 병장님이 쓰신 소설책도 다섯 권이나 읽었어요."

"아니, 어떻게 내 책을……!"

"서점에 부탁해서 샀지요."

나는 군에 입대하기 전부터 현대문학을 정기구독하고 있었는데, 월남에서도 계속 받아보고 있었다. 그때는 딱히 소설가가 되겠다는 생각은 없었지만 책읽기는 좋아해서 많은 책을 읽고 있을 때였다. 당시 많은 책을 내무반에 둘 수 없어 100여 권을 레이에게 맡겼었다. 레이는 조국을 떠나 난민생활을 하면서도 지금까지 30여 권을 갖고 있다고 말했다.

우리 네 사람은 레이의 안내로 중국식 레스토랑에서 점심을 먹기로 했다. 이 나라의 상권 30% 이상을 중국계 상인들이 차지하고 있는 데다, 음식문화 또한 중국 음식을 최고로 친다고 한다. 과연 중국풍의 대형식당이었는데, 레이는 정식 광둥요리를 시켰다. 나는 술 생각이 간절했지만 이룰 수 없는 바람이었다.

식사를 마치고 밖으로 나오자 레이가 건너편 건물에 있는 찻집을 가리키며 말했다.

"저 찻집에서 조금만 기다려 주세요. 집에 잠시 다녀오겠습니다."

미처 생각지도 않았던 말에 흠칫 놀라 바라보았다. 그렇구나! 레이에게는 남편과 자식이 있는 집이 있다. 우리는 26년 전의 장일도 병장과 데오 레이가 될 수 없다. 레이의 손을 잡고 억지웃음을 웃으며 머리를 끄덕여 주었다.

세 여자는 나를 남겨 둔 채 어깨를 나란히 걷고 있었는데, 두 여자보다 머리 하나는 더 큰 레이의 뒷모습이 유난히 쓸쓸해 보였다. 저 뒷모습을 보는 것이 마지막이 아닐까 생각하면서도 천천히 고개를 저었다. 레이는 틀림없이 다시 올 것이라고……. 그러나 이러한 상황에서 오지 않을지도 모른다는 생각이 드는 것 또한 정상적인 사고일 것이다.

역시 좁은 바닥이라서 그런지 찻집에도 한국 해군이 많았다. 거의가 사관생도들이었는데, 의무장 이상호 원사와 군의관 김성곤 대위가 나를 보고는 반색을 하며 다가왔다. 그들은 다짜고짜 월남 애인을 만났냐고 물었다. 생도들이나 수병들은 모르지만, 장교나 부사관들은 나와 레이에 관한 얘기를 모르는 사람이 없을 정도인 모양이었다. 그들은 만났다는 내 말에 손뼉을 치며 축하해 주었다.

한창 햇볕이 뜨거운 시간이라 냉방이 잘 되는 시원한 찻집에 한국 해군들이 모여들기 시작했다. 한 팀이 문화탐방을 마치고 시내로 들어온 모양이었다. 브루나이 해군본부에서 대형버스 다섯 대를 지원해 주어 교대로 단체 문화탐방을 하고 있었다. 이럭저럭 모이다 보니 장교들과 부사관들이 금방 열 서넛이나 모였다. 나는 그들에게 캔 음료를 샀고, 그들은 나와 레이의 해후를 축하하며 박수를 쳐주었다.

그때, 레이가 나타났다. 차림은 그대로였지만 옅은 화장을 한 얼굴은 청순하고 해사해서 눈이 부실 지경이었다. 가무잡잡한 동남아시아계 여자들에 비해 얼굴이 희고 늘씬한 중국계 여자의 해사한 그 모습은 단박에 야광처럼 빛났다. 하얀 정복차림의 우리 해군들이 꽉 들어찬 찻집에 들어서서 레이는 눈이 동그래진 채 어쩔 줄 몰라 당황하고 있었다.

놀라워하는 그 모습이 더욱 아름다워 잠시 지켜보다가 레이의 손을 잡고 빈자리로 이끌었다. 잠시 어리둥절하던 해군들은 우리를 에워싸고 박수를 치며, 휘파람을 부는 등 감탄을 겸한 야유를 넣기 시작했다.

난데없는 소란에 놀란 레이는 눈을 동그랗게 뜨고는 어쩔 줄 몰라 쩔쩔매고 있었다. 레이의 어깨를 감싸 안고 진정시킨 뒤에 둘러선 해군들에게 인사를 시켰다. 영문을 모르던 사관생도들과 수병들은 내 말을 듣고 다시 환성을 지르며 박수를 쳤다.

얼굴이 발갛게 달아오른 채 당황해서 어쩔 줄 모르던 레이는 허리를 굽실거리며 또렷한 우리말로 인사를 했다.

"감사합니다, 고맙습니다."

해군들은 우리말을 곧잘 하는 레이에게 다시 박수를 치며 놀라워했다. 오랜만에 한국 군인들에게 둘러싸인 레이는 마냥 즐거운 모습으로 40명이 넘는 그들에게 캔 음료를 대접했다. 손수 음료수 캔을 따서 사관생도들 손에 쥐여주기도 하고, 인사를 청하는 장교들과 손을 잡기도 하였다.

마침 그 자리에 인사참모 이상우 중령이 있었는데, 함정의 당직참모에게 전화를 걸어 나의 외박을 신청해 달라고 부탁했다. 내가 아무리 민간인 신분이지만, 순항훈련분대의 편승요원이므로 사령관의 지휘계통에 따라 할 의무가 있다.

브루나이에 정박하기 전에 나는 사령관 황경수 제독에게 데오 레이와의 관계를 얘기했었고, 사령관은 애인을 만나기만 하면 특명으로 외박을 허가하겠다고 농담 삼아 말했었다. 모든 사실을 알고 있던 당직참모 박건우 소령은 사령관과 통신이 되는 대로 외박 특명을 받아 놓겠다고 대답했다.

레이가 손수 운전하는 승용차를 타고 시내관광에 나섰다. 레이의 승용차는 난생처음 타보는 최신형 벤츠였다. 이 나라가 아무리 부자나라라지만 베트남 난민 신분으로 이런 차를 소유하고 있는 레이의 신분이 궁금했다. 시내에 굴러다니는 차들 중에서도 이런 고급 차는 드물었다. 나는 궁금증을 참지 못하고 물었다.

"레이는 이 나라에서 잘살고 있는 모양이군요. 차가 아주 고급인데?"

레이는 잠시 웃기만 하더니 늦은 대답을 했다.

"남편이 사주었어요. 차차 얘기해요. 우선 시내 구경이나 해요."

자신도 모르게 레이의 말을 곱씹었다. '남편이 사주었어요!' 레이의 남편이 사준 고급 차를 지금 내가 타고 있다. 왠지 모르게 가슴 속이 휭하니 쓸쓸해지는 것 같아 어깨를 으쓱 펴고는 눈길을 차창 밖으로 돌렸지만, 그렇고 그런 거리의 풍경은 눈에 들어오지 않는다. 이런 차를 사주는 레이의 남편은 과연 어떤 사람일까? 나는 지금 레이에게 무엇인가? 그러나 그 해답은 찾아도 소용이 없고, 구태여 찾을 필요도 없다. 더 이상 생각하기도 싫어 머리를 흔들었다. 옆에 앉은 레이가 범접할 수 없는 아득한 거리감으로 느껴져 돌아보았다.

레이는 살포시 웃음을 머금은 채 운전을 하다가 내 눈길을 의식하고는 방긋 웃으며 마주 보았다. 그 웃음과 마주 보는 간절한 눈빛에서 내 생각이 한갓 기우였음을 단박 느낄 수 있었다. 레이는 역시 내가 사랑하던 스물세 살의 레이 그대로였다.

감정을 절제하지 못하고 핸들을 잡은 작고 예쁜 손을 감싸 잡았다. 레이의 볼이 소녀의 볼처럼 발갛게 물이 오르고 있었다. 나도 순간적으로 얼굴이 화끈하게 달아올라 얼결에 손을 놓고 말았다.

레이가 마침 차창 밖으로 보이는 거대한 황금빛 돔을 가리키며 말했다.

"저 모스크를 따이한 사람들이 지었어요."

"그래요. 나도 어제 들어가 보았어요. 이슬람사원을 처음 들어가 보는 데다 웅장한 건물과 주변 분위기가 워낙 엄숙하여 숨을 못 쉴 지경이더군. 레이도 이슬람을 믿어요?"

"나는 아니지만 아이들은……. 이슬람을 믿으면 이런 옷차림을 할 수가 없어요."

아이들이란 말에 나는 가슴이 철렁했지만 왠지 초조하던 마음이 안정되어 깊은숨을 내쉬었다. 나 자신도 모르는 마음의 내면에는 레이가 이슬람교도가 아니기를 간절히 바라고 있었음이 분명하다.

월남전 당시, 자주 레이의 집에 갔었는데 프랑스식으로 지은 뾰족한 지붕 옥탑방에 불상이 안치되어 있었다. 그들 가족이 불공을 드리는 모습은 보지 못했지만, 집안에 늘 은은한 향내가 풍기고 있어 가족들 모두가 불교 신자임을 알 수 있었다.

그 뒤부터 나는 불교를 믿는 건 아니지만 알고 있는 만큼 석가여래를 숭상했고, 사찰과 불상을 예사롭지 않게 생각하곤 했었다. 뿐만 아니라 산행을 하거나 여행을 할 때도 일부러 산사를 찾아 대웅전 앞에서 두 손 모아 합장을 하고는 레이를 떠올리며 안녕을 빌고는 했었다.

레이는 몇 군데 차를 세우고는 구경을 하라고 했지만 나는 별 흥미가 없어 그냥 가자고 했다. 시내를 먼저 돌아본 해군들 말대로 볼거리가 별로 없었다. 걸어서도 한 시간 정도면 시내 구경을 거의 할 수 있다고 그들은 말했다.

삼엄하게 경비를 서고 있는 웅장한 왕궁의 정문을 구경하고는 우리나라 유원지 비슷한 교외로 나왔다. 천연의 밀림지대에 조성된 듯한 울창한 열대림 속에 맑은 개울물이 흐르고 군데군데 통나무로 만든 앉을 자리가 있었다. 사람들은 어쩌다 눈에 뜨일 뿐, 아름다운 새 소리가 끊이지 않는 숲속은 고즈넉했다.

우리는 가지와 넝쿨이 울울창창하게 뒤엉킨 웅장한 열대수림 아래 나란히 앉았다. 나는 더 참지 못하고 레이를 품에 안았다. 물론 레이를 안아보기도 오랜만이지만, 해군 함정에 승함한 이후 두 달이 넘도록 여자를 안아보지 못했었기에 더욱 참을 수 없다.

오랜만에 사랑하던 여자를 품에 안고는 어쩔 수 없이 온몸이 떨렸다. 레이 역시 두방망이질 치는 내 가슴의 고동을 느끼는지 가슴에 얼굴을 묻은 채 파르르 떨고 있었다. 눈물이 가득한 호수 같은 눈을 들여다보던 나는 격정을 참지 못하고 방싯하게 열리는 레이의 입술에 내 입술을 포개었다. 입술이 닿자 레이의 입술이 꽃잎처럼 벌어졌다. 나는 변함없는 우리의 사랑을 확인하며 참을 수 없는 열정이 온몸을 휩쓸고 있음을 느꼈다. 달디단 샘물 같은 그 입술을 오래도록 머금었다.

이곳을 어떻게 알았던지, 우리 해군 사관생도들 한 무리가 공원에 들어와 왁자하게 떠들고 있었다. 냉정을 되찾은 나는 레이에게 이것저것 궁금증을 물었다. 그러나 가장 궁금해 몸 달아했던 문제는 차마 대놓고 물을 수 없어 에둘러 말했다.

"레이……, 쫑에게는 박대균 병장 아들이 있었다지?"

레이는 흠칫 놀라는 표정이 되어 나를 빤히 마주 보다가 대답했다.

"그랬어요. 박 병장님을 닮은 아들이었지요."

"후라이 쫑은 베트남에 남아 있을까?"

"그건 모르겠어요. 박 병장님이 귀국한 뒤에 쫑 언니는 사이공으로 간다고 했었는데, 어떻게 되었는지 알 수가 없어요."

그 얘기는 나도 박대균에게서 들었다. 박대균은 서둘러 귀국하면서 쫑에게 다섯 달 뒤에 사이공에서 만나자고 했지만 월남이 공산화되면서 다시 갈 수가 없었다고 했다. 레이의 표정을 살피며 마음을 다져 먹고는 더 참을 수 없어 핵심을 물었다.

"레이……, 우리에게는 아이가 없었던 것이 참 다행이었어, 그렇지?"

"……!"

레이는 큰 눈을 동그랗게 뜨고 나를 바라보다가 고개를 툭 떨구었다. 얼결에 마음에 없던 말을 해놓고는 마구 뛰는 가슴을 쓸어내리며 곤혹스럽게 바라보았다. 레이는 눈물이 가득 고이는 눈으로 나를 이윽히 바라보다가 고개를 돌렸다. 가슴이 서늘하도록 당황스럽고 안타까워 레이의 두 손을 모아 잡고 다독였다.

내가 하고 싶었던 말은 그게 아니었다. 어떻게 말하겠다고 준비를 했던 것은 아니었지만, 금방 한 말은 전혀 염두에 없던 엉뚱한 말이 튀어나왔다. 하지만 그게 아니었다고 말해야 할지, 무슨 말이든 더 해야 할 것이지만 가슴만 답답할 뿐 말이 되어 나오지 않았다.

아니다! 전혀 엉뚱한 말이 아닐지도 모른다. 내 마음의 밑바닥에는 그런 본심이 잠재해 있었는지도 모른다. 그렇더라도 나는 지금에서야 그것을 깨달았을 뿐이고, 그것은 내 진심이 아니라고 애써 부정하며 몹시 당황하여 쩔쩔매며 고개를 돌려야 했다. 눈물이 흐르는 레이 얼굴을 차마 마주 볼 용기가 나지 않았다.

손수건으로 눈물을 훔친 레이는 나를 힐끔 쳐다보고는 다시 고개를 숙인 채 띄엄띄엄 말했다.

"그래요. 그렇지만…… 다행이라고, 생각하는군요."

"……?"

정신이 아득했다. 저런 말은 대체 어떻게 받아들여야 하나? 아무리 정신을 가다듬어도 묘한 여운이 남는 애잔한 그 말을 도통 이해할 수도 없고, 재우쳐 확인할 용기도 나지 않았다. 게다가 레이는 분명, '그래요'라고 대답했다. 당시 레이는 자신의 몸 상태를 잘 파악하고 나를 상대했었음을 떠올리며 더 이상 묻지 않기로 작정했다. 그렇더라도 레이는 과연 내 진심을 알기나 한 것일까? 그래도 한 가닥 바람이 있었는데, 그 바람마저 사라진 텅 빈 가슴은 얼음을 가득 채운 듯이 서늘하게 식어갔다. 엉뚱하게 튀어나온 말 한마디가 서로의 가슴을 에는 비수가 되고 있음을 알면서도 나는 그 비수를 어떻게 거둬들일 수 없어 그저 안타깝다. 어색해진 분위기를 살릴까 생각하다가 종작없다 싶으면서도 궁금했던 것을 물었다.

"레이는 어떻게 브루나이에 정착하게 되었어요?"

나를 잠시 물끄러미 바라보던 레이는 당혹스러움을 얼버무려 덮으려는 안간힘이 엿보이는 말투로 다분히 의도적이라고 느껴질 만큼 작은 목소리로 조근조근 말했다. 들릴 듯 말 듯 한 목소리는 나로 하여금 이야기에 귀를 기울이지 않을 수 없게 하였다. 따라서 우리 사이의 아이 문제는 자연스레 뒷전으로 밀려났다.

레이의 가족들은 사이공 정부가 무너지기 직전인 75년 1월에 뿔뿔이 흩어졌다고 했다. 늙은 아버지와 본처 자식들은 큰아들이 있는 하노이로 이주하였는데, 아버지가 5년 뒤에 죽었다는 소식을 들었다고 했다. 남부 월남 경찰이던 레이의 오빠는 가족과 동생을 데리고 재빨리 말레이시아로 탈출했다. 말레이시아에서 근 1년간 숨죽이고 살던 가족들은 이듬해 브루나이에 정착하여 지금까지 그런대로 살고 있다고 말했다.

이들 가족이 브루나이에 안전하게 정착하게 된 배경에는 다름 아닌 레이의 희생이 있었다. 말레이계 브루나이 토착민인 남편은 당시 마흔두 살이었는데, 아내가 죽고 아들이 없어 레이에게 청혼을 했다고 한다. 보트 피플 신세는 면했지만, 부초에 다름 아니던 이들 난민 가족은 레이가 열다섯 살이나 더 많은 브루나이 홀아비와 결혼하면서 손쉽게 영주권을 얻어 정착했다고 했다. 레이의 남편은 현재 이 나라 국왕의 둘째 왕비 궁전의 경비대장이라고 한다. 이들 부부 사이에는 스물한 살과 스무 살 아들이 있다고 말하며 레이는 돌연 흐드득 어깨를 떨었다.

레이의 흐느낌을 보는 순간, 나는 울컥 감정이 북받쳐 어깨를 와락 그러안았다. 등을 두드리며 격정을 삭이려고 애쓰지만, 뛰는 가슴과 혼란한 감정은 절제되지 않았다. 아이들 나이를 강조하며 흐느끼는 레이의 애틋한 마음이 내 가슴으로 올올이 전해져 견딜 수가 없다.

그렇다! 레이에게는 내 아이가 있었음이 분명하다. 그 아이가 지금 스물다섯 살의 청년이 되었던, 어떠한 연유로 없어졌든 간에 있었든 것만은 분명하다는 확신이 들었다. 울음을 애써 참는 레이를 안고 나는 몇 번이나 도리질을 쳤다. 설사 그렇더라도 이 여자가 스스로 말하기 전에는 내가 먼저 그 진위를 물을 수 없다. 그 궁금증이 내 가슴에 커다란 못이 되어 박히더라도 내 입으로 진위를 가릴 수 없음을 뼈저리게 느끼며 회한을 씹어야 했다.

이윽고 감정을 가라앉힌 레이가 내 가슴을 살며시 밀었다. 우리 해군들 한 무리가 와자하게 떠들며 이쪽으로 다가오고 있었지만 나는 개의치 않고 레이를 당겨 다시 가슴에 안았다. 애잔한 눈빛으로 쳐다보는 레이의 입술이 파르르 떨리고 있었다.

나는 떨리는 입술을 열고 끓어오르는 내 가슴의 열정을 불어넣었다. 레이의 입술은 여전히 내가 사랑했던 스물두 살의 입술 그대로였다. 레이의 가슴을 열고 오랜만에, 참으로 오랜만에 어머니의 체취를 맡았다. 아—아! 레이의 가슴은 아직도 나를 한없이 행복하게 해주는 그윽한 어머니의 체취를 고스란히 간직하고 있었다. 나는 레이의 가슴에 얼굴을 묻은 채 거듭 결심하고 스스로 다짐했다. 이 아름다운 가슴에 더 이상의 아픔은 주지 않기로……!

운명적인 사랑

레이의 안내로 캐피털 호텔에 여장을 풀었다. 두 달장근이나 협소한 침실공간과 관속 같은 침대에서 옹색하게 지내다가 쾌적한 호텔 방과 넓은 침대를 보자 저절로 불끈불끈 힘이 솟았다. 온몸으로 기지개도 켜고 팔을 휘둘러 몸을 풀었다. 침대에 네 활개를 생긴 대로 활짝 벌리고 벌렁 누워 들썩들썩 매트리스를 굴러보기도 했다.

뒤늦게 들어온 레이가 야젓잖은 내 짓거리를 넉넉하게 웃으며 바라보고 있었다. 마치 개구쟁이 아들을 바라보는 그런 표정과 웃음이었다. 나는 레이의 아름다운 웃음에서 눈을 떼지 않은 채 물끄러미 바라보다가 침대에서 일어나 손짓으로 불렀다.

금방 얼굴이 발갛게 달아오른 레이가 수줍은 몸짓으로 멈칫

멈칫 다가왔다. 답답해진 나는 벌떡 일어나 레이를 받아 안고 침대에 쓰러졌다. 솟구치는 욕망을 억제하며 예나 지금이나 품에 꼭 맞는 레이를 안고는 지난 세월만큼 오래오래 감격을 누렸다. 새근새근 숨결이 높아지는 입술을 열고 사랑을 확인했다.

레이가 내 얼굴을 감싸 잡고 밀어냈다. 수줍게 웃으며 고개를 젓는 레이를 안아 일으켰다. 앉은 채로 가볍게 안아주고는 일어섰다. 하루 온종일 땀에 찌든 몸 그대로 레이를 안을 수는 없다. 함께 욕실에 들어가자는 내 말에 레이는 펄쩍 뛰는 시늉을 하며 까르르 웃었다.

남방셔츠와 바지를 벗고 욕실로 들어갔다. 오랜만에 넓고 깨끗한 욕실에서 하루 온종일 땀과 열정에 젖은 몸을 정성 들여 씻었다. 함정에서도 매일 샤워를 하기는 하지만 한정된 물을 마음껏 펑펑 쓰기가 미안할뿐더러, 뒷사람이 기다리기 일쑤여서 대강 땀만 씻어 내는 정도였기에 늘 몸이 찌뿌드드하니 개운치 못했었다. 뿐만 아니라 함정에서는 해군들이 주인이고 나는 손님이어서 늘 조심스러웠다.

욕조에 뜨거운 물을 가득 채우고 오랜만에 몸을 풀었다. 욕조에서 나오자 온몸에 생기가 돌고 날아갈 듯 가뿐하고 상쾌했다. 이런 즐거움을 누리기가 난생처음인 것처럼 흥겨워 저절로 흥얼흥얼 콧노래가 나왔다.

팬티만 입은 채 욕실에서 나오자 레이가 놀라는 눈으로 바라보다가 얼굴이 붉어지며 슬그머니 돌아섰다. 옷을 벗은 내 몸을 처음 보는 여자들의 반응은 거의가 저렇게 돌아서거나 와락 달려들어 안기곤 한다. 어려서부터 운동을 한 나는 지금도 집에서 매일 한 시간씩 덤벨과 아령으로 운동을 한다. 헬스클럽은 가고 오는 시간이 아까워 집에서 시간이 날 때마다 운동을 하고, 매주 두 번은 산행을 해서 내 몸은 근육질 체구다. 게다가 가슴에 털이 많다. 턱밑에서 오목가슴까지 털이 수북하다.

레이가 샤워를 하는 동안 해군함정으로 전화를 걸었다. 당직 참모는 사령관의 외박 특명이 났다면서 출항일 09시까지 귀함하고, 내일 오후 여섯 시에는 우리 대사관 초청의 리셉션이 있는데 월남 애인과 함께 꼭 참석하라는 사령관의 특명이 있었다고 덧붙여 강조했다. 모레 아침까지를 레이와 함께 보낼 수 있는 외박특명이었다.

혹시나 했던 일이 해결되어 마음이 홀가분해지자 갑자기 시원한 맥주 생각이 간절하다. 하지만 그 간절함은 안타까운 바람일 뿐이다. 세상에는 참 별 희한한 나라도 있다고 투덜거리자니 더욱 술 생각이 간절해진다. 시원하게 목구멍을 훑어 내려가는 알싸한 맥주 맛이라니! 냉장고를 열고 주스를 벌컥벌컥 마셔도 술의 목마름은 가시지 않았다.

레이가 샤워를 끝내고 나왔다. 옷을 모두 입은 차림이어서 잠시 어리둥절하다가 목욕향기가 싱그러운 레이를 선채로 안았다. 금방 목욕을 끝낸 난숙한 여인의 몸에서 풍기는 그윽한 체취는 나를 무아의 경지로 이끌었다. 하지만 서두르지 않았다. 아니, 서두르기가 두려웠다. 우리는 이렇게 내일모레 아침까지 즐길 수 있는 것이다.

레이를 안고 행복에 겨워하다가 퍼뜩 정신이 들었다. 나는 지금 엄청난 착각에 빠져 있다. 레이는 내 여자가 아니라 마흔 여덟 살 남의 여인이라는 엄연한 사실을 비로소 깨달았다. 레이는 이제 곧 남편이 있는 가정으로 돌아가야 한다.

버썩 다급해진 나는 서둘러 레이를 안고 침대로 갔다. 이 여자를 맨 처음 안을 때처럼 떨리는 손으로 앞섶을 풀었다. 여자도 마치 그때처럼 눈을 지려 감은 채 바르르 떨고 있었다. 마침내 보얀 알몸이 된 레이는 내 목에 팔을 감으며 '흑!'하고 감격을 삼켰다. 그 감격의 뜻이 전기가 통하듯이 내 가슴으로, 마음 깊숙한 저변으로 울려와서 화끈하게 열이 올랐다. 내가 아내를 안을 때마다 레이의 체취를 그리워했듯이, 레이 역시 남편을 받을 때마다 나를 생각했음을 온몸으로 감지할 수 있었다.

너무나 소중한 내 여자를 정성을 다하여 사랑했다. 백옥 같은 온몸 구석구석을 뇌리에 깊이 새기며 사랑에 열중했다. 세상의 어떤 여자를 안더라도 이 여자를 안는 감정이 될 수 없을 것이라는 확신이 들 때, 레이의 깊은 곳에 나를 심었다. 레이가 세

상의 어느 남자를 받아 안더라도 오직 나만을 느끼도록 정성을
다하여 온몸을 심었다.

레이는 지금까지 내가 안았던 어떤 여자보다도 내 품에 꼭 맞
는다는 사실이 더욱 황홀하다. 처음 안아보는 여자와 다름없는
오랜 세월이 흘렀음에도 불구하고, 바로 엊그제 안았던 여인처
럼 내 마음대로 여자를 기쁘게 해줄 수 있다. 레이 역시 나와 같
은 느낌임을 온몸으로 체감하며 정성을 다하여 사랑에 열중했
다.

흐느끼며 희열에 떨며 온몸으로 나를 받아들이던 레이가 가
쁜 숨을 몰아쉬며 내 귀에 속삭였다.

"이제는…… 영원히 잊지 않을 겁니다!"

"그래! 나도 영원히 잊을 수 없어."

나는 마음속으로 대답을 하며 세상에서 가장 아름다운 말을
해준 그 입술에 오래도록 사랑을 새겨 넣었다.

레이가 팔베개를 하고 털이 다보록한 내 가슴을 어루만지며
행복한 얼굴로 말했다.

"젊어서 보다 몸이 더 좋아졌어요. 운동 많이 해요?"

"그래요. 난 술을 많이 먹으니까 술을 이기기 위해 운동을 하
는데, 이제는 습관이 돼서 운동을 안 하면 몸이 아파요."

"그렇군요. 좋은 습관이네요."

레이가 일어나 타월을 걸치고 욕실로 들어갔다.

나는 가볍게 샤워를 하고 나서 간절하게 맥주를 마시고 싶다고 농담 삼아 말했다. 레이는 깜짝 놀라는 시늉을 하더니 서둘러 어딘가로 전화를 걸었다.

"나도 깜박 잊고 있었어요. 호텔에서는 외국인에 한해서만 맥주를 팔아요."

그 순간, 나는 너무 기뻐서 무릎을 철썩 쳤다.

"그러면 그렇지, 자기들끼리만 사는 세상도 아닌데……."

비로소 생기가 돌아 레이를 덥석 안고는 방안을 돌았다. 맥주를 들고 온 웨이터만 아니었으면 레이를 안고 어지럽도록 방안을 돌고 싶었다. 잘 식은 맥주는 기막힌 맛이었다. 내 생전에 이렇게 맛이 좋은 맥주는 처음이었다. 세상에는 어느 것 하나 소중하지 않은 것이 없음을 새삼 깨달으며 맥주 두 캔을 단숨에 비웠다.

방긋방긋 웃으며 나를 바라보던 레이가 말했다.

"그만 마셔요. 이제 식사하러 가야지요."

정신이 번쩍 들었다. 정말 그렇다. 우리는 아직 저녁 식사를 하지 않았다. 아직 또 한 번의 즐거움이 남아 있음에 흐뭇해서 시계를 보았다. 레이를 만난 뒤부터 시간이 어떻게 갔는지 몰랐었는데 일곱 시 이십 분이었다.

외국에서 끼니때마다 별난 음식을 먹는다는 것이 얼마나 큰 즐거움인지를 나는 이번 여행에서 번번이 느끼고 있었다. 시간을 알고 먹는 것을 생각하자 갑자기 배가 고파지기 시작했다. 해군 함상에서는 다섯 시면 저녁 식사를 한다. 망망대해의 다섯 시는 해가 중천에 떠 있는 시간이다. 함상艦上훈련 중인 해군은 하루 네 끼의 식사를 한다. 아침 식사는 7시, 점심은 12시, 저녁 식사는 해가 한나절인 5시다.

돌을 먹어도 삭힐 한창 젊은이들인 데다가 롤링과 피칭으로 사람을 뒤흔들어 소화를 도와주기 때문인지 금방 배가 고파진다. 저녁 다섯 시부터 이튿날 아침 일곱 시까지 열네 시간을 꼬박 굶고는 배겨날 장사가 없기 때문에 밤 9시에 야식을 먹는다. 우유를 비롯한 음료수와 과일은 어느 방이나 있지만 그것은 간식일 뿐이고, 야식도 엄연한 한 끼의 식사로 만두나 라면, 국수 때로는 자장면이 나오는 정식 식사다.

두 달이나 그렇게 길들여진 내 뱃속은 금방 허리가 휠 듯이 허기가 졌다. 뿐만 아니라 목구멍을 화끈하게 훑고 내려가는 독한 술을 마시고 싶은 생각이 간절하다. 혹시나 하고 술을 마실 방법을 물어보았다.

"저어…… 식당에서도 술을 마실 수 없겠지?"

레이는 활짝 웃으며 대답했다.

"걱정 마세요. 좋은 술이 있어요."

레이는 어디론가 전화를 걸고는 나가자고 말했다.

호텔을 나선 레이는 아주 자연스레 내 팔을 끼며 방싯 웃었다. 밤거리에서 보는 레이의 웃음은 매혹적이었다. 그제서 보니 스물두 살의 풋사과 같던 레이가 아니었다. 온몸으로 감지되는 여자의 풍만한 몸매와 만개한 함박꽃 같은 웃음이 아름다움의 극치를 이루고 있음을 새삼 느낄 수 있다.

나는 세상에서 가장 행복한 사나이가 되어 여자에게 팔을 맡기고는 이국의 밤거리로 나섰다. 끈적거리는 한낮의 바람과는 달리 얼굴을 스치는 상큼한 밤바람은 이루 말할 수 없이 기분을 상쾌하게 한다. 어제와 같은 시간대의 밤거리였지만, 어젯밤 혼자 이 거리를 걸으면서도 이런 기분을 느끼지 못했었다. 자연은 언제나 변함이 없는데 인간은 자기의 감정에 따라 자연을 평하고 탓하게 되는 것임을 새삼 깨달으며 주위를 휘둘러보았다.

고층빌딩이 없는 이 나라의 수도 반다르스리브가완시의 밤거리는 매우 고즈넉하다. 자동차도 사람도 뜸한데 가로등과 건물 간판의 전광등은 대낮처럼 휘황하다. 브루나이의 상징이라는 〈오마르 알리 사이푸틴 모스크〉의 황금빛 돔이 휘황한 조명을 받아 환상적인 아름다움을 발산하고 있다. 오마르 모스크는 1958년에 완공했다고 하는데, 아직도 금방 지은 건물처럼 휘황하고 찬란하다.

황금빛 돔을 왼쪽으로 보며 잠시 걷던 레이는 이오니아식의 기둥이 웅장한 건물로 들어섰다. 그 건물의 2층이 대형 레스토랑이었다. 레이는 내 팔을 놓고 거침없이 걸어가서 카운터의 여자와 무슨 말을 주고받았다. 카운터의 여자는 레이 또래의 중국계 여자였는데, 레이는 중국말을 유창하게 했다. 나는 지금까지 레이가 중국말을 저토록 잘한다는 사실을 알지 못해 또 한 번 놀랐다.

우리는 냉방이 잘 되어 매우 쾌적한 기분이 드는 아담한 별실로 안내되었다. 레이는 북경식 오리구이가 어떠냐고 물었고 나는 물론 좋다고 대답했다. 오리구이에 양주라면 천하에 더 바랄 게 없는 식사가 아닌가! 게다가 더욱 감격스러운 것은 레이는 내가 오리고기를 좋아한다는 것을 잊지 않고 있음이었다.

옛날 베트남 레이의 집 옆으로는 제법 큰 개울이 흐르고 있었는데, 레이 아버지가 심심풀이로 오리를 기르고 있어서 가끔 잡아먹곤 했었다. 중국에서 오랫동안 망명생활을 했던 레이 아버지는 굽고 튀기는 중국식의 오리 요리를 손수 해서 온 가족을 즐겁게 했었다. 나도 네댓 번이나 초대되어 식구들과 함께 오리구이와 볶음요리를 맛있게 먹고는 했었다.

주문한 음식이 나오기 시작할 무렵 낮에 헤어진 루옹 반 롱이 불쑥 나타났다. 성장을 한 그녀 역시 휘황한 불빛 탓인지 눈부시게 아름다워 나는 감탄했다. 지금 내가 누리는 즐거움이 그녀의 덕이었기에 너무 반가워 벌떡 일어나 손을 잡고 흔들었다.

그녀는 자리에 앉으며 들고 온 가방에서 무엇인가를 꺼내 식탁에 얹었다.

언뜻 보기에도 양주 같아서 반가운 마음에 얼른 들고 보았는데, 이런 세상에…… 난생처음 보는 나폴레온 코냑이었다.

너무 황홀해서 멍해진 나를 말끄러미 바라보던 루옹 반 롱이 말했다.

"그 코냑이 백 년이나 묵은 고급이랍니다."

"백 년……! 아니, 정말 이 술을 내가 먹어도 되는 겁니까?"

너무 놀라는 내가 우습게 보였던지 두 여자가 까르르 웃고는 롱이 말했다.

"데오 레이 집에는 그런 것들쯤 얼마든지 있습니다."

나는 더욱 어리둥절해서 두 여자를 두리번거렸다. 술은 팔지도 먹지도 않는 나라지만, 역시 인간이 사는 세상에는 술이 있게 마련이라고 생각하며 새삼스레 흐뭇하게 웃었다. 문득 이런 술이 얼마든지 있다는 레이의 현재 생활이 대충 이해가 되면서 웃음을 거두었다. 때마침 오리구이와 음식이 나오기 시작했다.

통째로 구운 오리구이를 실내 밀차에 얹어 밀고 들어 온 웨이트리스는 마치 검무를 추는 듯한 능숙한 칼질로 오리 고깃점을 저며 식탁에 올리는데, 어여쁜 여자의 칼 솜씨가 가히 놀라웠다. 게다가 저며 놓는 고깃점마다 살코기에 붙은 껍질이 고만고만하니 먹기 딱 알맞게 일정했다. 오리구이는 고깃점마다 껍질이 붙어야 제맛이라는데, 이 웨이트리스는 오리 한 마리에서 100점 이상의 고깃점을 일정하게 저며낸다고 레이가 말했다.

배고픔도 잊은 채 예술적인 칼 놀림을 멀거니 들여다보는 내게 레이가 술병을 건네며 어서 마개를 따라고 재촉했다.

나는 정신이 번쩍 들어 술병을 땄다. 레이가 다시 받아 내 잔에 술을 채웠고 나는 두 여자의 잔에 술을 따랐다.

루옹 반 롱이 잔을 들며 어눌한 우리말로 더듬거렸다.

"두 사람의 만남을 축하합니다!"

레이는 마치 한국 사람처럼 또렷하게 말했다.

"감사합니다!"

건배를 하고 향이 진한 술잔을 코에 대고 음미하다가 참지 못하고 단숨에 비우고는 음식을 먹기 시작했다. 두부전병에 싸 먹는 오리구이 맛도 절묘하지만, 백 년이나 묵었다는 나폴레온 코냑은 나를 무아지경으로 끌어들였다. 술이 입술에 닿으면서부터 전신으로 스며드는 그 향기는 차마 삼키기가 아까워 입안에 머금고 몇 번이나 굴려야 했다. 레이는 연방 생글생글 웃으며 술을 따르고 안주를 권했고 나는 아름다운 사랑에 취하고, 그윽한 술의 향기에 취하고, 즐거운 분위기에 취해 끝내 정신이 몽롱해졌다.

나폴레온 코냑 한 병을 다 비우고 술에 취한 나는 레이에게 많은 얘기를 했다. 그리움에 지쳐 헤어날 수 없었던 지난날들을 얘기했지만 데오 레이는 다소곳이 듣기만 했다. 급기야 나도 정신이 들어 주책을 부리고 있음을 깨달았다. 역시 우리에게는 건

널 수 없는 강이 흐르고 있음을 느끼며 자리를 정리하고 일어섰다.

호텔로 돌아온 레이는 쭈뼛거리며 말했다.

"미안합니다. 오늘 밤은 같이 지낼 수 없어요."

정신이 번쩍 들었다. 너무도 당연한 말이지만 레이에게서 직접 듣는 그 말이 느닷없이 하늘에서 뚝 떨어지는 것처럼 생경하게 들렸다. 그렇지만 이미 각오하고 있었기에 웃으며 받아들일 수 있었다. 남의 아내로서 아들을 둘이나 두었다는 여자를 지금까지 내 마음대로 할 수 있었던 것만으로도 더할 수 없는 죄악이라는 생각이 들었다. 그에 대한 벌을 받아야 한다면, 철위산에 있다는 구간지옥이라도 달게 가겠다는 기꺼운 마음이 불같이 일었다. 그렇더라도 말로는 어떻게 표현할 수 없어 그저 쓸쓸하게 웃으며 고개만 끄덕여 주었다.

조심스레 내 눈치를 살피던 레이가 다가와 살포시 품에 안기며 말했다.

"내일은 아침부터 밤까지 같이 보낼 수 있어요."

하릴없이 고개만 끄덕이고는 레이를 안은 팔에 힘을 주며 입술을 포개었다. 다시 한번 레이를 안고 사랑을 불태우고 싶었지만 술에 취한 내 육신은 이미 마음 같지 않아 욕망을 북돋우지 못했다. 시간은 벌써 열 시가 가까워지고 있다.

나는 못내 안타까웠지만 멈칫거리는 레이를 돌려세워 양쪽 어깨를 잡은 채 문 앞으로 밀다시피 걸었다. 집에서 눈을 멀뚱거리며 아내를 기다리고 있을 왜소하고 가무잡잡한 초로의 말레이계 노인이 떠올라 씁쓸한 웃음이 저절로 나왔다.

돌아서서 말끄러미 쳐다보는 레이를 가볍게 안아주고는 문을 열어 주었다. 말없이 방에서 나가 고개를 푹 숙인 채 어둑한 복도를 흐르는 듯이 조용하게 걸어가는 레이의 뒷모습이 너무 안타까워 콧등이 시큰하게 아려왔다.

우두커니 서서 레이가 사라진 텅 빈 복도를 지켜보며 오랜만에, 참으로 오랜만에 여준석 대위를 떠올렸다. 깎은 밤같이 반듯하고 빈틈없이 야무지던 여준석 대위! 그 사람이 아니었으면 레이와 나는 월남에서 행복하게 살고 있었을까? 나는 지금까지 끊임없이 레이를 그리워하면서도 그런 생각은 단 한 번도 해보지 않았고, 우리의 헤어짐은 어쩔 수 없는 운명이었다고 체념했었다.

그랬을 것이다. 오래전에 여준석 대위를 까맣게 잊었던 것은 체념이었을 것이고, 여준석 대위에 대한 증오심보다 레이를 그리워하는 마음이 더 강했기 때문이었을 것이다. 누군가를 끊임없이 그리워하며 산다는 것도 삶의 한 방편으로 생각한다면, 그리움의 아픔도 행복이 될 수 있겠음을 비로소 깨달으며 텅 빈 방으로 들어섰다.

새삼스레 방안을 휘둘러보았다. 아직도 레이의 체취가 가득한 방안을 하염없이 고개를 숙인 채 몇 바퀴나 돌았다. 아무 생각도 없이 그저 그렇게 코를 벌룽거리며, 내 뇌리에 깊이 각인된 어머니의 냄새 같은 레이의 체취를 따라 방안을 돌고 또 돌았다.

사랑의 모습

전화벨 소리에 놀라 잠이 깨었다. 습관적으로 시계를 보았는데 여덟 시가 훌쩍 넘었다. 송수화기를 들자 방울소리 같은 레이의 목소리가 들렸다. 방문을 두드렸지만 기척이 없어 전화를 걸었다고 한다. 어제는 하루 온종일 긴장하고 즐거웠던 데다, 술도 기분 좋게 취했겠다, 오랜만에 잠자리 편했겠다, 정신없이 곯아떨어져 잤던 모양이었다.

나이 탓이었던지, 좀체 몸에 익숙할 수 없는 해군 함상의 밤이 나는 매우 불편했었다. 끊임없이 웅웅거리는 기관소리와 알게 모르게 느껴지는 몸의 흔들림, 마음 놓고 몸을 뒤채기도 어려운 좁디좁은 2층의 침대에서 깊은 잠을 이루기 어려웠다.

3층의 침대 중에 나는 2층을 쓰고 있었는데, 누우면 위층의 침대밑창이 코에 닿을 만큼 낮고 옹색한 데다 롤링과 피칭이 심한 날은 안전벨트를 매지 않으면 굴러떨어지기 일쑤였다. 잠이 들었다가도 속이 울렁거리는 듯싶어 깨어나면, 심한 롤링으로 누운 몸이 흔들리곤 했다. 그렇게 황천이 심한 밤은 다시 잠들기도 어려워 매우 괴로웠다. 그러나 다행으로 심한 멀미를 한 적은 없었다. 오히려 해군들은 더러 멀미를 해도 나이 든 내가 말짱하자, 함장 하정문 대령은 타고난 해군 체질이라며 나를 놀리곤 하였다.

오랜만에 숙면을 취한 나는 상쾌한 기분으로 레이를 맞이했다. 레이는 어제보다 더 우아하고 아름다운 모습과 차림이었다. 베이지색 바지에 연보라색 블라우스, 약간 옅은 화장을 한 얼굴은 난숙한 여인의 우아함이 짙게 드러나고 있었다. 어제와 달리 마음이 안정된 탓인지 레이의 모습에서 이제 스물두 살의 청순함은 찾을 수 없다.

숨이 막히도록 우아하게 아름다운 레이를 가볍게 안으며 말했다.

"레이, 새하얀 아오자이를 입은 모습이 보고 싶어."

레이는 쓸쓸하게 웃으며 대답했다.

"입고 싶어도 입을 수가 없어요. 이 나라에서는 그런 옷을 입을 수 없거든요. 더구나 나같이 나이 먹은 여자들은요."

듣고 보니 그렇다. 이 나라 여자들의 몸에서 맨살을 볼 수 있는 부분은 양손과 눈, 코, 입뿐이다. 온통 치렁치렁하게 긴 옷이 아니면 발등이 덥히는 바지에다, 히잡이나 차도르로 이마와 볼, 목까지 휘감아서 한 마디로 눈만 빠꼼하다는 표현이 맞을 것이다. 거리에서 그런 여성들을 볼 때마다 참으로 답답하겠다는 안타까움을 느끼곤 했었다. 더구나 이 더운 열대지방이라!

바비인형으로 대표되는 아름다움의 기준을 비판한 미국의 여성학자 나오미 울프가 모로코를 여행하던 중, 여성의 몸을 알뜰히 가리는 부르카, 히잡, 차도르를 보고 감탄했다던가? 여성을 성적 대상화 하는 서구의 시선을 원천적으로 차단하는 자유의 상징이라고. 나오미 울프는 이슬람 여성들의 전통의상을 찬양했다가 여성들로부터 욕을 바가지로 먹었다고 한다. 선택할 권리가 없는 비참한 처지를 당신이 아느냐고.

이슬람 전통의 그러한 세상에서 몸매의 곡선이 그대로 드러나고 넓적다리가 벌겋게 드러나는 아오자이를 입고 거리를 활보한다면 눈총을 맞고 죽어도 죽을 것이다. 레이가 이슬람을 믿지 않는 것이 내게 행복으로 다가오는 것이 즐거워 어이없이 껄껄 웃자 레이가 따라서 웃으며 말했다.

"그러잖아도 집에서는 가끔 입어 보기도 합니다. 그러나 오래전에 입었던 아오자이가 이제는 몸에 맞지 않아 입고 움직일 수도 없어요. 그렇지만 가끔씩 마음이 괴롭고 조국이 그리울 때 아오자이를 입으면 마음이 안정되기도 해요."

레이는 긴말을 더듬거리고는 여전히 쓸쓸하게 웃었다. 왜 아니라! 조국을 지척에 두고도 갈 수 없는 그 안타까운 마음을 나는 너무도 충분히 이해할 수 있다. 레이가 조국을 떠날 수밖에 없었던 이유 중에는 내 책임이 대부분일 것이다.

레이의 쓸쓸한 마음을 달래줄 겸 거듭 말했다.

"그렇지만 레이의 아오자이 입은 모습이 정말 보고 싶어."

그것은 내 진심이었다. 레이를 처음 품에 안았던 날, 비에 흠뻑 젖어 몸에 착 달라붙은 자주색 아오자이를 떨리는 손으로 벗기던 그 황홀했던 감정을 나는 지금도 어제처럼 기억한다. 내 생애에서 가장 행복했던 월남에서의 추억을 적어도 레이와 함께 있는 동안만은 철저하게 현실로 느끼고 싶어 안달을 하고 있음을 나 스스로 느낄 수 있다. 그러나 내 마음은 투정에 불과하다.

"레이, 미안해. 입고 싶지 않으면 그만둬도 괜찮아."

레이는 애잔한 눈으로 머리를 내저으며 대답했다.

"아니, 입어 보겠어요. 당신 앞에서 입고 싶어요."

순간적으로 정신이 번쩍 들어 레이의 얼굴을 들여다보며 되뇌었다.

"당신! 당신 앞이라……!"

온몸으로 번지는 환희를 느끼며 레이를 힘껏 안고는 방긋 벌어지는 입술에 키스했다. 격정을 참을 수 없어 번쩍 들어 안고는 돌아서서 침대에 뉘였다. 나는 레이의 가슴에 얼굴을 묻으며 거듭 뇌었다.

"그래, 당신이야! 당신이었어⋯⋯."

서둘러 레이의 옷을 풀어헤쳤다. 나를 당신이라고 부르는 여자를 사랑해줄 의무가 내게 있음을 느끼며 성급하게 사랑하는 이의 몸을 탐했다. 그러나 서둘지 않았다. 아주 오래도록 감미로운 입맞춤의 짜릿한 즐거움을 서로 알뜰히 공유했고, 손으로는 신비로운 온몸 구석구석을 탐닉했다.

어제 오후에도 나와 레이를 무아지경에 들게 했던 내 육신은 신기하게도 힘차게 꿈틀대기 시작했다. 레이의 몸놀림이 묘하게 리듬을 탄다고 느끼는 순간, 나는 속절없이 화끈한 늪 속에 빠져들고 말았다. 순간적으로 찔끔하여 온몸의 동작을 멈추었다. 내 의지에 관계없이 이렇듯이 타의에 의해 끌려 들어가기는 난생처음이었다. 정신을 바짝 차리고 여자의 요구에 따라 서서히 움직여 주었다. 때로는 강하게, 때로는 부드럽게⋯⋯. 연속되는 새로운 경험에 몇 번이나 자지러지다가는 가까스로 정신을 차리기를 몇 차례 거듭했다.

나 자신을 이토록 절묘하게 절제하기도 처음이었지만, 내 행위에 맞춰 온몸으로 화답하며 희열의 신음을 씹는 여체를 대하기도 난생처음이었다. 어제의 행위와는 완연히 다른 여자를 더욱 힘차게 안으며 애써 나 자신을 절제하였다. 레이는 스물두 살의 앳된 여자가 아니라 난숙한 여인이 되어 있었다. 나는 비로소 새롭고 신비로운 세상이 얼마든지 있다는 것을 새삼 깨달았다.

　우리는 호텔 1층에 있는 레스토랑에서 간단하게 아침식사를 한 뒤에 레이가 운전하는 차를 타고 관광에 나섰다. 레이가 먼저 안내한 곳은 로열 무지어음(Royal Museum)이라는 이 나라의 국립박물관이었다. 이전에는 영구의 수상이던 처칠 박물관이었는데, 93년에 국립박물관으로 개관하였다고 레이가 말했다.

　박물관에 전시된 전시품은 과연 국립박물관답게 온통 이 나라 현 국왕의 물품 일색이었다. 브루나이왕국 제29대 하사날 볼키아 국왕의 어린 시절 사진과 착용했던 공용복, 국왕이 왕위에 올랐을 때의 시가행진을 모형으로 재현해 놓은 광경은 이 나라 국왕의 권위를 짐작하고도 남을 만하였다.

　나로서는 별로 볼거리가 없는 박물관을 건성으로 돌아보고 휴게실에 들어갔다. 기념품매장을 겸한 휴게실에서 잠시 쉬며 들을수록 흥미로운 이 나라 사람들의 일상생활 이야기를 들었다. 하사날 볼키아 국왕은 개인적으로는 세계 제일의 부자로 기네스북에 올라 있고, 딸의 성년식에 1억 달러짜리 비행기를 선물했다고 한다.

그렇다고 국왕만 부를 누리는 것이 아니다. 이 나라 국민들은 개인 소득세도 없고, 의료비와 교육비도 없다. 본인이 원하면 외국 유학도 국비로 지원한다. 공공요금과 은행대출 이자도 공짜나 다름없고, 공원이나 놀이시설도 모두 무료다. 나이가 들어 퇴직을 하면 국가에서 연금을 주고, 설날이면 국왕이 국민 1인당 우리 돈 100여만 원의 세뱃돈을 준다고 한다. 이 나라에서 제일 싼 것이 석유라서 성인이면 누구나 승용차가 있다. 그리하여 집집마다 자동차가 식구 수대로 있다. 이러한 천국이 지구상에 있다는 사실이 나는 도무지 믿어지지 않았다. 별로 감동적일 수 없는 박물관을 구경하고 시들해졌던 나는 레이에게 수상촌을 볼 수 있겠냐고 물었다.

레이는 물론 볼 수 있다고 대답했다. 이 나라 말로 캄퐁 아에르(KamPong Ayer)라는 수상촌도 부촌과 빈촌이 있다고 한다. 브루나이 강의 남쪽에 있는 수상촌이 부촌인데 그곳은 육지와 연결되는 다리가 없다. 돈이 많은 사람들이기 때문에 집집마다 모터보트가 있어 강을 건너고, 가족 개개인마다 승용차가 있어 육지의 주차장에 있는 승용차로 출퇴근을 하고 쇼핑을 비롯한 외출도 한다. 그러므로 부촌은 볼 수가 없다. 수상촌에 사는 사람들은 거의가 원주민인데, 그들은 지상에 아무리 좋은 주택을 공짜로 주어도 굳이 수상가옥을 고집한다고 했다.

레이는 오마르 모스크 주변의 수상촌 앞에 차를 세웠다. 시뻘건 흙탕물이 넘실거리는 넓은 강 가장자리로 초라해 보이는 목조 수상가옥이 즐비하게 늘어서 있었고, 여기저기 육지와 연결되는 허술한 나무다리가 있었다. 물속에 기둥을 박고 수면 위로 2미터쯤 높이에 집을 지었는데, 집들의 모양이 각양각색이었다.

금방 무너질 듯싶은 나무다리는 건너보니 의외로 튼튼했다. 30여 미터의 다리를 건너 수상촌에 들어가자 겉보기와는 달리 완전한 하나의 마을이 형성되어 있었다. 우리는 미로와도 같은 통로를 따라 마을의 안쪽으로 들어갔다. 뭍에서 보기와는 영판 달리 모든 집들이 매우 튼튼하고 집안도 정갈해서 수상가옥이라는 것을 전혀 느낄 수 없을 정도였다. 집집마다 에어컨에 냉장고는 물론 대형 TV며 가전제품이 규모 있게 배치되어 있었다.

뿐만 아니라 수상촌에도 상수도며 도시가스가 설치되어 있어 아무런 불편이 없다고 레이가 말했다. 불편함이 없고 여유가 있어서 그런지 사람들도 매우 친절했다. 어린아이들도 외국인에게 낯을 가리지 않았다. 내가 안고 사진을 찍어도 생글생글 웃으며 포즈를 취해주기도 하였다.

수상촌을 보고 나서 그렇고 그런 시내 구경에 싫증을 내자 레이가 민망스러운 듯이 쭈뼛거리며 말했다.

"정글 속의 원주민촌에 가보시겠어요? 좀 멀기는 하지만……"

듣던 중 반가운 소리였다. 이 나라 인구 중의 6%가 토착 원주민이라는 것을 알고 있던 나는 소설가로서의 발상으로 그들의 생활상을 보고 싶었었다.

"그거 좋지! 작은 나라에서 멀어봐야 얼마나 멀겠어?"

"길이 험해서 두 시간 정도 걸려요."

"길이 얼마나 험한데……. 그런데, 레이가 거길 잘 알아요?"

"잘 알아요. 울창한 밀림 속을 한 시간 넘게 달려야 해요."

멋모르고 즐거워하던 나는 울창한 밀림이라는 말에 순간적으로 흠칫 놀랐다. 방글라데시나 말레이시아 등 열대 밀림지대에 들어갈 때는 적어도 네다섯 명 이상씩 조를 짜서 들어가야 한다는 관광시의 주의사항을 들었다. 한적한 밀림지대에는 국적을 알 수 없는 떼강도들이 출몰하여 금품을 약탈하고 예사로이 인명을 살상한다고 했다. 께름칙한 느낌이 들어 뜨악하게 멈칫거리자 레이가 이상하다는 듯이 쳐다보았다.

"정글 속 길이라면 인적이 없을 텐데 위험하거나 그런 거 없을까?"

"길이 좀 험하기는 해도 평지라서 위험하지는 않아요."

"아니, 그게 아니라, 정글 속에 떼강도나 총기를 소지한 악당들이 있을지도 모른다고 하던데……."

레이가 돌연 까르르 웃으며 말했다.

"그런 거는 없어요. 다른 나라는 몰라도 이 나라에서는요. 더 깊은 밀림 속으로 들어가면 모르겠지만, 나우비오라는 그 원주민촌은 정부에서 보호하기 때문에 지금까지 그런 위험은 없었지만, 글쎄……모르겠어요. 그만둘까요?"

나는 펄쩍 뛰며 손을 내저었다.

"아니야, 어서 가요. 숲이 울창한 정글지대를 보고 싶어."

레이는 나를 차에서 기다리게 하고는 매점으로 달려가더니 이내 간단한 음료며 간식거리를 한 보따리 사서 들고 왔다. 시내를 돌아 도심을 벗어난 레이는 풍광이 아름다운 곳에 자리 잡은 성체같이 웅장한 저택 서너 채를 구경시켜 주었다.

도저히 개인의 주택이라고는 상상도 가지 않는 그 건물들이 국왕 친인척들의 저택이라는 말에 나는 입을 다물 수 없었다. 뿐만 아니라, 국왕의 친인척 차량의 번호판에는 〈ROYAL FAMILY〉라는 글자를 붙인다고 한다. 엄청나게 넓은 땅에 울창한 숲, 그에 걸맞은 웅장한 건물. 주위를 둘러싼 담장과 철책 군데군데 정복을 입은 경비원들이 서성대고 있었다. 궁이라고도 불린다는 어느 한 저택의 예를 든다면, 국왕 동생의 둘째 부인 친정어머니의 집이라고 했다. 풍광이 좋은 곳마다 국왕 친인척들의 이러한 저택이 있다는 말에 나는 그저 허탈하게 웃었다.

레이의 벤츠 승용차는 시내를 벗어나 비포장도로를 달리고 있었는데 도로 주변의 풍경들이 열대지방의 그것 같지 않고 사막처럼 황량했다. 사방을 둘러봐도 나무는 물론 잡초도 제대로 자라지 않는 하얀 모래벌판과 모래둔덕의 연속이었다.

난데없는 풍경에 궁금증을 못 참고 물었다.

"아니, 대체 바닷가도 아닌데 웬 백사장이야?"

레이는 말없이 차를 세우고는 내리자고 말했다. 물론 궁금했으므로 차에서 내려 도로 옆의 모래를 한 움큼 움켜쥐었다. 유난히 하얗고 까슬까슬한 모래는 손가락 사이로 물처럼 흘러내렸다.

가까이 다가온 레이도 모래를 한 움큼 쥐며 말했다.

"이것은 그냥 모래가 아니랍니다."

"아니, 모래가 아니면?"

"유리의 원료가 되는 석영사라고 합니다."

"뭐야, 석영사……!"

너무 놀라 사막 같은 벌판을 휘둘러보았다. 군데군데 연약한 잡초가 군락을 이루고 있을 뿐, 흰 모래가 둔덕과 얕은 골짜기를 이루는 황량한 벌판은 끝이 아물거렸고, 멀리 아득한 지평선 끝에 검푸른 밀림지대가 펼쳐져 있었다. 세상에, 이 황야가 몽땅 유리의 원료 규사硅砂라니! 너무도 엄청난 현실 앞에 그저 감탄만 연발할 뿐이었다.

레이는 내 감탄에 한 술 더 보탰다. 이 나라에는 한 세기를 파먹어도 남을 매장량의 금과 니켈이 있는데 아직 손도 안 대고 아껴두었다는 것이다. 국왕의 사돈에 팔촌까지 귀족이고, 그들을 깍듯이 귀족대접 해준다는 이 나라 사람들을 나는 조금씩 이해할 수 있었다. 지구상의 인간들 그 어느 종족인들 등 따습고 배부른 것을 싫어하랴!

규사의 벌판을 벗어나자 마침내 검푸른 밀림지대가 나타났다. 밀림의 바다! 산봉우리는커녕 높은 둔덕 하나 없는 밀림의 바다였다. 나는 월남의 정글을 누비고 다녔지만 이렇게 눈이 아득하도록 펼쳐진 평야지대의 밀림을 보기는 처음이었다.

밀림 속으로 뚫린 한 줄기 비포장도로를 한 시간쯤 달려가자 원시림이 빼곡한 높고 낮은 산들이 나타나고, 햇빛이 차단된 음습한 공기와 함께 서늘한 정글 속의 두려움이 으스스하게 엄습했다. 정글 속의 두려움! 시도 때도 없이 스콜이 쏟아지는 어둑시근한 정글에 들어서면 섬뜩하도록 차가운 공기와 함께 으스스한 두려움이 엄습한다. 금방 스콜이 지나갔는지 정글은 흠뻑 젖어 더욱 싱그러웠고, 차창으로 빨려드는 공기는 소름이 돋도록 서늘하다.

인적이라곤 없는 이런 밀림지대에 사내들 몇이 손에 흉기를 들고 나타난다면, 꼼짝없이 당하는 수밖에 달리 방법이 없겠다는 생각이 들자 섬뜩해졌다. 차에서 내려 밀림 속을 걷고 싶었지만 감히 엄두가 나지 않았다. 이런 정글지대라면 기관총을 쏴갈기고 돌아서기만 해도 종적을 찾을 수 없을 것이다.

불안해지는 마음을 달랠 겸 농담 삼아 말했다.

"과연 울창한 정글이군. 금방 뭐가 나타날 듯이 으스스 한데. 정말 이런 정글이 안전한 거야?"

"글쎄요. 나는 이 길을 가끔 다니지만, 지금까지는 별일 없었어요."

"가끔 간다면, 그 원주민촌에 레이가 잘 아는 사람이 있는 모양이지?"

"그래요. 나를 브루나이에 오게 한 사람이 그 원주민촌 촌장입니다."

나는 깜짝 놀라 운전을 하는 레이의 손을 덥석 잡으며 물었다.

"그래! 아니 어떻게 촌장을 알게 되었지?"

"아버지를 잘 아는 사람입니다. 조국을 탈출해서 말레이시아에 갔었는데, 그때 오빠가 수소문해 찾아서 도움을 청했어요."

뭔가 알 것 같으면서도 궁금한 점이 많았지만 험한 길을 운전하는 사람에게 자꾸 말을 시킬 수 없어 그저 고개만 끄덕일 뿐이었다.

아름다운 이별

굴곡이 점점 심해지는 밀림 속의 비포장도로를 반 시간쯤 달려가자, 높은 산자락 밑으로 빠끔하니 앞이 트이더니 이내 드넓은 개활지가 나타나고, 야트막한 언덕 밑으로 수상촌 가옥 비슷한 목조 건물이 한 채 보였다. 밑에 물만 없을 뿐 건물 구조는 수상가옥 그대로였다.

레이는 서서히 차의 속도를 줄이며 말했다.

"이곳이 원주민촌 나우비오랍니다."

나는 어리둥절해서 물었다.

"아니, 여기가 원주민 촌이야?"

레이는 나를 힐끔 돌아보며 머리를 끄덕였지만, 왜 그리 놀라느냐는 표정이었다.

하릴없이 뒤통수를 긁적거리며 얼버무렸다.

"아니, 이게 아닌데……."

억세 풀이나 야자수 잎으로 엮은 올망졸망한 움막이나 오두막의 원주민촌을 연상했던 나는 크게 실망하고 말았다. 울창한 밀림을 훤하게 쳐낸 평지에 나무기둥을 촘촘히 세우고 1미터쯤의 위에 판자로 지은 건물이 한 채 덩그러니 있었는데, 건물 전면의 그 길이가 20여 미터는 되어 보였다. 건물 앞에는 낡은 승용차 두 대가 있고 소형 트럭도 한 대 있었다. 조용한 정글 속에 유난히 크게 들리던 자동차 소리를 들었던지, 고만고만한 아이들 예닐곱이 건물 안에서 우르르 쏟아져 나왔다.

차에서 내린 레이와 나는 아이들에게 다가갔다. 레이는 언제 준비했는지 아이들에게 사탕과 초콜릿을 나누어주었다. 뒤이어 건물에서 어린아이를 안은 여자들 셋이 나오고, 건물 뒤켠에서 성성한 백발을 어깨까지 늘어뜨린 바깥노인이 웃통을 훌렁 벗은 채, 왼손에 시퍼런 정글도를 들고 성큼성큼 다가오고 있었다.

흠칫 놀라 레이를 보았다. 큰 걸음으로 성큼성큼 걸어오는 벌거벗은 노인의 그 행위가 금방이라도 시퍼런 정글도를 마구 휘두를 것만 같았다. 햇빛에 반사되어 번쩍이는 정글도도 그렇거니와 훌렁 벗은 노인의 등과 가슴에는 울긋불긋한 문신이 빼곡하게 새겨져 있어 더욱 섬뜩했다.

레이는 걱정 말라는 표정으로 내 등을 어루만지고는 노인에게 다가가 손을 내밀어 악수를 청했다. 노인은 그 험상궂은 네모진 얼굴을 활짝 펴고는 레이의 손을 잡고 우악스레 흔들며 큰 소리로 뭐라고 떠들고 있었다. 뒷말은 어림짐작으로도, 저 사람은 누구냐는 물음인 듯싶었다. 노인은 내게로 다가오더니 불쑥 손을 내밀며 노인답지 않은 여전하게 큰 목소리로 뭐라고 말했다.

엉거주춤 노인의 손을 마주 잡고는 레이를 돌이보았다.

레이가 내 곁으로 다가와 다정스레 팔을 끼며 말했다.

"멀리서 찾아와 매우 반갑다는 말입니다."

나도 그제서 덩달아 노인의 우악스런 손을 두 손으로 감싸 잡고 흔들며 인사치레를 했다.

"저도 반갑습니다. 감사합니다."

노인은 활짝 웃으며 솥뚜껑 같은 손바닥으로 내 등을 철썩철썩 두드렸다. 우리는 노인의 안내로 계단식 사다리를 타고 건물 위로 올라갔다. 건물의 모양새는 수상촌 가옥 모양 그대로였다. 사방에 굵은 기둥을 세우고 사람 키 높이 위에 나무판자로 마루를 놓았고, 지붕이 하나로 된 기다란 건물이었다. 그 넓은 마루 위에 칸막이를 하여 방을 만든 건물구조였다. 방을 만들고 남은 장마루는 폭이 4~5미터에 길이가 20여 미터쯤이었는데, 거실로 쓰는 듯 투박하게 만든 통나무 식탁이 네 군데 있고, 나무로 짠

의자가 대여섯 개씩 놓여 있었다. 우리를 안내해서 그 의자에 앉힌 노인은 금방 어디론가 사라졌다.

윗도리를 입지 않은 가무잡잡한 아이들이 레이와 나를 둘러싸고는 새카만 눈동자를 반들거리며 쉴 새 없이 뭐라고 종알거렸다. 레이는 아이들 손을 번갈아 잡아주고 같이 웃으며 일일이 말대답을 하고 있었다. 사방을 휘둘러보다가 출입문이 모두 닫힌 건물 내부를 보고 싶다고 말했다.

레이가 기겁을 하는 시늉으로 손을 내저었다.

"아닙니다. 안으로 들어가면 절대 안 됩니다."

"아니, 그건 또 왜지?"

"글쎄요. 왜 그런지는 모르지만, 외국인에게 건물 내부는 절대 보여주지 않아요."

원주민들이 사는 모습을 보고 싶었지만 이 사람들 풍습이 그렇다면 어쩔 수 없는 노릇이었다. 하기는 우리네였어도 외국인에게 집안 살림살이를 구태여 보여 줄 필요는 없을 것이다.

잠시 보이지 않던 노인이 누렇게 잘 익은 야자열매 세 개를 가슴에 안고 올라왔다. 노인은 싱긋 웃으며 야자를 들어 보이고는 식탁에 앉아 야자열매를 정글도로 퍽퍽 쪼개기 시작했다. 그제서 자세히 보니 노인의 상체에 새겨진 문신은 두 마리의 용이었다. 청룡과 황룡이 여의주를 다투는 정교한 문신은 살아 움직이는 듯이 생동감이 있었다. 능숙한 칼질로 야자열매를 치는 노인의 가슴에서 시뻘건 불줄기를 내뿜는 용머리가 울근불근 용틀임을 하고 있었다.

야자열매의 두꺼운 섬유 표피를 쳐내는 노인의 칼질은 보기에는 금방 손을 찍을 것 같이 아슬아슬하지만 그 솜씨가 묘기에 가까웠다. 넋을 놓고 바라보는 내게 노인이 야자열매를 불쑥 내밀었다. 두꺼운 섬유 표피를 V자형으로 쳐내고 속껍질에 구멍이 뚫렸는데, 그 구멍에 원주민 여자가 빨대를 꽂았다. 절묘하게도 야자의 속껍질에 뚫린 구멍은 빨대 굵기였다.

며칠 전 말레이시아에서도 야자수를 마셔 보았지만, 이런 식으로 한 방울도 흐르지 않게 구멍이 뚫린 야자수를 마셔보기는 처음이었다. 빨대를 통해 입안으로 빨려오는 액체는 의외로 시원하고 향기로웠다. 나는 마침 갈증이 나던 참이라 야자수 한 통을 쪽쪽 빨아 비웠다.

노인이 흐뭇하게 웃으며 지켜보다가 야자를 하나 더 주겠다는 손짓을 했지만, 나도 손짓으로 거절하고는 잘 먹었다고 합장을 하고 머리를 숙였다. 얼결에 한 행위였는데 잘한 짓인지 어쩐지는 모르지만 노인은 껄껄 웃으며 내 등을 두드렸다.

노인에게 야자열매를 쪼개서 그 속살을 긁어먹고 싶다는 손짓을 하였다. 노인은 놀라는 표정으로 양손을 치켜들고 눈을 희번덕거리더니 레이에게 뭐라고 물었다. 레이는 내가 월남전에 참전했던 사람이라고 말하는 것 같았다.

노인은 더욱 놀라는 시늉으로 나와 레이를 번갈아 보다가 엄지손가락을 치켜들고 흔들며 솥뚜껑 같은 손바닥으로 내 등을 아프도록 두드렸다. 상대방의 등을 두드리는 것이 노인의 버릇인 모양이었다. 노인이 능숙한 칼질로 야자열매를 정확하게 반으로 쪼개자, 아기를 안은 여자가 집 안으로 들어가더니 숟가락 두 개를 들고 나왔는데 놀랍게도 미제 군용 스푼이었다.

스푼을 받아들고 내가 너무 놀라워하자 레이가 웃으며 말했다.

"그 스푼은 내가 선물했어요. 베트남에서 떠날 때 스푼과 나이프 같은 것들을 많이 갖고 왔었거든요."

나는 금방 이해가 되었다. 이 나라 사람들은 거의 손으로 식사를 한다. 말레이시아나 이 나라의 도시에서도 젊은 여자들조차 식당에서도 손으로 음식을 집어먹는 광경을 보았던 터였다. 물론 풍습이 그렇겠지만 원주민들에게 스푼이 있을 턱이 없을 터였다.

레이가 덧붙여 말했는데, 야자열매 속살을 긁어먹기에 스푼이 그만이라는 것을 알기 때문에 스푼 열 개를 선물했다고 한다. 우리 일상에서 하찮은 숟가락 하나도 환경에 따라 귀한 선물이 된다는 사실에 나는 신선한 느낌이 들었다.

정말 오랜만에 보는 커다란 군용 스푼으로 야자열매 속살을 알뜰하게 긁어먹었다. 박 속같이 새하얀 속살은 아작아작 씹히는 식감과 함께 말로는 표현할 수 없는 고소한 맛이 일품이었다. 월남에서도 나는 특히 야자열매를 좋아해서 남들보다 많이 먹었었다.

노인에게 이 원주민 촌이 어떻게 형성되었는지 물었고, 레이는 내 물음을 노인에게 전했다. 노인은 돌연 쓸쓸한 표정이 되며 말했다. 지금은 비록 현대식으로 지은 건물이지만, 이곳은 정부에서 인정하는 유서 깊은 원주민촌 '나우비오'라고 했다. 원주민촌은 제2차 세계대전이 끝난 뒤에 형성되었다고 한다.

중국계 말레이인이던 촌장은 청년시절 레이의 아버지와도 교분이 있었다고 말했다. 당시 소위 개화파이던 촌장은 브루나이가 일본에 점령당하자 청년 동지들과 항일운동을 하게 되었다. 3년에 걸친 항일투쟁 끝에 전쟁이 끝났지만 브루나이는 다시 영국의 지배를 받게 되었다. 이에 실망한 촌장은 뜻이 맞는 동지들과 함께 이 정글 속으로 숨어들게 되었다고 했다.

5~6년 전만 해도 대여섯 가족의 20여 가구가 촌락을 이루고 있었지만, 하나둘 떠나고 지금은 노인의 가족 일곱 가구만 남아 정부에서 지어준 이 건물에서 산다고 했다. 이들 가족도 이제 노인이 죽고 나면 나우비오를 떠날 것이라고 말하며 노인은 쓸쓸하게 웃었다.

고유의 전통과 풍습이 사라져가기는 지구촌 어디나 매한가지인 모양이었다. 나는 홀로 남아 고향집을 지키는 우리나라의 시골 노인들을 떠올리며 이 노인은 그래도 행복하다고 생각했다. 새삼스레 노인이 우러러 보여 손을 잡아 다독이고는 가족 구성원이 어떻게 되느냐고 물었더니 레이가 곧바로 대답했다.

노인의 아들과 딸이 넷이고, 조카뻘인 사람이 세 가구. 모두 합해서 일곱 가구에 어른이 열다섯, 아이들이 스무 명이 넘는다고 한다. 큰 아이들은 베가완시에 나가서 공부를 하고, 어른들도 도시에 나가 있는 날이 많다고 한다. 노인의 조카와 사위 등 넷은 사냥을 하고, 약초와 열대 과일을 채취해서 판다고 했다. 지금도 세 사람은 사냥을 나갔는데 내일쯤 돌아온다고 했다. 이곳은 말레이시아와의 국경지대라서 국경을 넘나들며 사냥을 한다고 말했다.

레이는 돌연 어색하게 웃으며 말했다.

"이들이 사냥에서 돌아올 때면 따이한 사람들이 용케 알고 찾아와요."

깜짝 놀라서 물었다.

"아니, 따이한이 여기까지 어떻게 알고……?"

"따이한 사람들과 여기 사람들은 잘 통하고 있는 것 같아요."

레이의 야릇한 웃음과 말뜻을 뒤늦게 알아차리고는 얼굴이 화끈해서 그만 고개를 돌렸다. 이런 정글 속까지 용케도 알고 찾아다니는 극성스러운 따이한들이 민망스러우면서 짚이는 게 있어서 물었다.

"이 사람들이 사냥하는 동물들이 주로 뭐지?"

"멧돼지와 뱀이 많고, 때로는 곰도 잡고 천산갑도 잡아요. 원숭이도 잡는다고 하지만 본 적은 없어요."

"그런 동물들을 마구 잡아도 되는 건가?"

레이는 펄쩍 뛰면서 손을 내저었다.

"아니, 밀렵을 하지요. 허가된 사냥은 일 년에 한두 마리에 불과해요. 그래서 몰래 팔아요."

뒤통수를 긁적거리며 머리를 끄덕였다. 바로 어제였다. 해군 함정에서 내려 시내로 가려던 참이었는데, 어떤 사람이 내게 다가오더니 교민이라고 신분을 밝히며 속삭이듯 말했다.

"진짜 야생 웅담이 두 개 있다. 곰고기와 원숭이고기, 정력제 천산갑고기도 먹을 수 있으니 전화를 하시라."

사내는 두리번거리며 전화번호 적은 쪽지를 주었다. 명함이 아닌 쪽지도 그렇거니와 민간인인 나에게 접근한 것은 그 뜻이 명백하다. 정말 한국 사람들은 대단하다. 이런 정글 속을 어떻게 알고 찾아다닐까? 귀동냥으로만 들었던 소문을 현장에서 확인하며 나는 씁쓸한 기분을 감출 수 없다.

레이와 나는 원주민촌 주변 정글을 산책했다. 원주민촌에서 정글 속으로 잠시 들어가자 쇠말뚝에 스테인리스 판으로 만들어진 가로세로 50cm 정도의 표지판이 세워져 있었는데, 말레이시아와 브루나이의 국경표지판이었다.

국경이라고 하면 철조망이나 담장이 있고, 초소가 있고, 총을 든 두 나라의 국경 수비병이 있는 줄만 알았던 나는 너무도 하찮은 국경 표지를 보자 느닷없이 가슴속이 시원하게 맑아지는 기분이 들었다.

그럴 것이다. 지구상에 우리나라 허리 남쪽과 북쪽 같은 국경 아닌 국경이 또 어디 있으랴! 우리나라의 도나 군의 접경 같은 이러한 국경도 지구상에는 얼마든지 있다. 국토 전체가 말레이시아에 둘러싸인 이 나라에서, 더구나 울창한 정글 속에 어디가 국경이든 두 나라는 상관할 바가 아닐 것이다. 구태여 따진다면 한 나라나 다름없는 세계에서 세 번째로 큰 보르네오섬 말레이연방이었다.

우리는 국경을 넘어 말레이시아 정글 속으로 깊숙이 들어갔다. 그래도 국경을 넘은 외국이라서 그런지, 브루나이 정글보다 말레이시아 쪽 정글이 더욱 울창한 태곳적 밀림지대처럼 느껴졌다. 여기저기에서 가끔씩 생뚱맞게 느껴지는 새 소리가 날카롭고 길게, 때로는 곱고 짧게 이따금 들렸다. 새 소리는 가까이서 들리는 것 같아도 새는 보이지 않았다.

아름드리나무에 레이를 기대 세우고는 살그머니 안아주었다. 서로의 옷깃에 스며들었던 싱그러운 숲 향기가 비로소 코끝을 스쳐 감을 뚜렷이 느낄 수 있다. 나무둥치에 기대어 서 있는 레이의 가슴은 더욱 풍만하고 아름답다.

레이가 가슴을 탐하는 내 얼굴을 두 손으로 감싸 잡으며 말했다.

"이제 그만 돌아가야 합니다."

정신이 번쩍 들었다. 우리는 지금 말레이시아 정글 깊숙이 들어와 있다. 오후 여섯 시에 대사관 초청의 리셉션이 있다는 것이 생각났다. 나는 그 리셉션에 참석해야 할 의무가 있다. 레이의 가슴에 묻었던 얼굴을 들고는 약간은 열쩍기도 해서 천진스레 웃었다. 레이는 옷깃을 여미며 마치 어머니처럼 웃었다. 그 웃음은 영락없이 젖을 먹이고 앞섶을 여미는 어머니의 웃음이었다.

레이의 손을 잡고 왔던 길을 되짚어 정글을 빠져나왔다. 레이는 정글로 들어갈 때, 혹시 방향을 잃을지도 모른다며 군데군데 나뭇가지를 꺾어 표시를 해두었다. 정말 그 표시가 없었더라면 정글을 속절없이 헤맬 뻔했다. 하늘이 손바닥만큼도 보이지 않고 길도 없는 어둑신한 정글에서 방향을 잃고 헤맨다면, 그 결과는 너무도 뻔한 불행일 것이다. 되짚어 나오면서 보니 우리는 겁도 없이 꽤나 멀리 들어갔었다.

이튿날 오전 9시, 나는 레이 친구 둘과 함께 승용차를 타고 군항 무아라 포트에 들어왔다. 베트남 여자들은 나를 환송할 겸

따이한 해군의 함정을 보고 싶다고 말해서 함께 왔다. 출항이 10시였지만 벌써 환송객들이 몰려들고 있었다. 입항할 때는 환영객이 별로 없었는데 과연 해군장병들이 3박 4일간 이룬 국위선양의 보람으로 나타나는 것인지, 브루나이 사람들을 비롯하여 우리 교민들까지 많은 사람들이 모여들고 있었다.

레이를 비롯한 친구들과 함정을 배경으로 사진을 찍었고, 낯익은 교민들과도 기념사진을 찍었다. 빠르게 흘러가는 시간이 아쉬워 미적거려 보는 안타까운 짓이었지만 나는 이제 함정에 올라야 한다.

마침내 레이를 가볍게 안고는 작별을 하였다.

"레이, 잘 있어요. 이젠 자주 만날 수 있을 거야. 필리핀에 가서 전화할게."

레이는 내 품에 안겨 눈물을 글썽이며 더듬더듬 말했다.

"당신에게 꼭 할 말이 있었는데, 귀국한 뒤에 전화로 말하겠어요."

말을 마친 레이는 돌연 나를 뿌리치고 돌아서서 손수건으로 눈물을 닦고 있었다. 재회를 기약하는 안타까운 이별의 말을 기대했던 나는 가슴이 덜컥 내려앉았다. 전화로 말하겠다니! 하지만, 얼굴을 마주 보고 할 수 없는 그 말이 무슨 말인지 나 역시 차마 대놓고 물을 수는 없다. 더구나 이제는 긴말을 할 시간도 없다. 넋을 놓고 무르춤하니 서 있다가 레이의 등을 다독이고는 에멜무지로 말했다.

"그래요. 귀국하는 즉시 내가 전화할게. 이제 서로 지켜보기 안타까우니 그만 돌아가요. 루옹 선생님, 레이와 함께 어서 돌아가세요."

레이 친구에게 도움을 청했지만 그 여자도 안타까운 얼굴로 그저 웃기만 했다. 레이가 돌아서며 말했다.

"어서 함정으로 올라가요. 환송객들과 함께 출항을 지켜보겠어요. 이제 울지 않아요."

나는 끓어오르는 격정을 걷잡을 수 없어 억지로 배시시 웃는 레이를 다시 안았다. 환송행사 준비를 하던 함상 비행갑판의 해군들이 나를 알아보고 박수를 치며 야유를 보내고 있었다. 그들에게 손을 흔들어주고는 떨어지지 않는 발걸음으로 몇 번이나 돌아보며 계단을 타고 함정으로 올라갔다.

마침내 브루나이 주재 한국대사를 비롯한 내 외빈들이 참석한 환송행사가 끝나고, 두 척의 순항훈련분대 함정은 긴 고동을 울리며 브루나이 무아라 군항을 출항했다. 나는 갑판 난간에 붙어 서서 점점 멀어지는 레이에게 손을 흔들었다. 의외로 많은 교민을 비롯한 환송객들은 태극기를 흔들며 환송했다.

레이도 인파 속에서 태극기를 흔들며 지켜보고 있었다. 레이와 나는 두 번째 항구의 이별이다. 월남 퀴논 항을 떠날 때도 기약할 수 없는 이별이었기에 마음이 아프고 괴로웠다. 이제 이

항구에서의 이별도 그렇다. 레이를 다시 만날 수 있다는 기약도 없다. 월남전은 내게 또 다른 전쟁으로 이렇게 다가왔다. 레이가 훗날 무슨 말을 하던, 그 말은 내게 지울 수 없는 아픔일 것이다. 얼굴 마주 보고 할 수 없는 그 말이 무슨 말일지 정확하게 알 수는 없지만 그 뜻이 어렴풋이는 짐작이 간다. 나는 끝이 없는 전쟁의 전상戰傷자로서 아물 수 없는 또 하나의 상처를 안고 여생을 살아야 할지도 모른다.

레이는 환송인파가 모두 흩어지고 나서도 그 자리에 장승처럼 서 있었고, 나 또한 레이의 윤곽이 가물가물 흐려질 때까지 갑판 난간에 서서 손을 흔들었다. 끝내 하릴없이 돌아서는 나를 지켜보던 법무참모 최 소령과 군의관 김 대위가 아름다운 이별이었다고 말하며 웃었다.

아름다운 이별! 나는 이 시간 이후부터 또다시 채우고 또 채워도 차지 않는 허전한 가슴과 아무리 마셔도 가시지 않는 갈증의 고통을 앓아야 한다. 그 슬픔과 아픔이 또 다른 이별을 위한 만남의 싹이 된다면, 나는 기꺼이 감내하며 그 싹을 키울 것이다. 행복한 만남과 아름다운 이별을 위하여······.

고목나무에 핀 꽃

제00기 해군순항훈련분대의 마지막 열 번째 기항국인 일본 요코스카 군항에 입항하여 3박 4일간 일본 탐방을 마친 나는 1999년 1월 10일 귀국했다. 86일간 10개국 10개 항의 14,500마일 대장정이었다. 86일 중에 항해航海 56일, 기항국寄港國 탐방이 30일이었다.

항해와 문화탐방이 계속되며 교민취재와 문화유적지 탐방, 700여 명 순항훈련분대원들의 기행문 심사를 하는 등 정신없이 바빴던 나는 집에 오자마자 감기몸살로 몸져눕고 말았다. 항해 중 황천을 만난 듯이 어지럽고 속이 울렁거려 일어날 수 없을 지경이었다. 700여 명의 순항훈련분대원 중 내가 가장 고령인 데다가 석 달 가까이 잔뜩 긴장했던 터라 몸과 마음의 긴장이 풀리며 몸살이 났을 것이다.

집에 온 이튿날, 아내에게 브루나이에서 데오 레이를 만났다고 말했다. 날이 지날수록 말하기가 더 어려워질 것 같아서였다. 월남에서 결혼을 약속했던 중국계 여자가 있었다는 것을 아내는 결혼 초부터 알고 있었고, 나와 찍은 사진도 보았다. 그러나 박대균이 브루나이에서 레이를 만났다는 것은 아내에게 말하지 않았다.

아내는 깜짝 놀랐는지 매우 당황하고 어쩔 줄 몰라 하는 묘한 얼굴로 물었다. 지금까지 아내의 저런 얼굴을 본 적이 없어 머리가 화끈해졌다. 아무래도 나는 이 여자의 남편임에 틀림없다.

"아니, 대체 월남도 아닌 브루나이에서 어떻게 만났어요?"

그동안 짬짬이 해야 할 말을 궁리했음으로 대충 말해주었다. 꼼꼼히 따지고 대들 여자는 아니라고 생각했었는데 예감이 빗나갔다는 불안감이 들었다. 시시콜콜 캐고 들면 난 대책이 없지만 곧이곧대로 말할 수는 없다.

"백화점에서 만났어. 공중전화를 걸려고 갔다가 우연히 만났지. 공중전화가 백화점에만 있거든."

"참, 정말 용케도 만났네요. 그 여자 지금 몇 살인데요?"

역시 여자는 여자구나 싶어 겉으로 웃으며 대답했다.

"나보다 한 살 아래잖아."

"마흔여덟, 아직 좋은 나이네요. 물론 결혼은 했겠지요?"

"그럼 했지. 브루나이 사람인데 아들이 둘이래. 잘살고 있다더군."

"아니, 그 여자 어떻게 브루나이까지 갔대요?"

"월남이 망하자 난민으로 떠돌다가 그 나라에 갔다더군."

"그랬군요. 그래서, 오랜만에 만나 회포를 푸셨나요?"

나는 어쩔 수 없이 찔끔해서 얼버무렸다.

"글쎄, 만난 것만으로도 회포를 푼 것이 아닐까? 알아서 대충 생각해 둬."

아내는 마시던 커피잔을 들고 일어서며 말했다.

"그래요. 구태여 알아서 뭐하게요. 만 리 밖 타국에서 있었던 일인데……."

말끝을 사리며 일어서는 얼굴에 언뜻 슬픔의 그림자가 스치는 것을 느꼈다. 아내의 얼굴에서 지금까지 저런 느낌을 받은 적이 없음을 깨달았다. 하기는 이런 경우가 어찌 두 번 다시 있을 수 있을까마는 역시 여자는 여자구나 생각하며 마음이 짠하다. 아내 하정수는 현명한 여자다. 더 이상의 대화는 서로의 마음에 상처로 남을 것임을 알고 남은 커피잔을 들고 일어섰다. 내 가슴에 미안한 마음을 남기려고 의도적으로 한 행위였는지는 모르겠으나, 나는 어쩔 수 없이 레이와의 황홀했던 순간을 떠올리며 히죽이 웃었다.

이레를 앓고 일어나 정신을 차린 나는 브루나이의 데오 레이 핸드폰으로 전화를 걸었다. 귀국한 이튿날도 전화를 했지만 통화가 되지 않았었다. 오늘도 한나절 번호를 찍어도 통화를 할 수 없다. 브루나이의 통신 업무를 말레이시아에서 관장한다던 교민의 말을 떠올리며 집 전화로 걸었더니 통화가 되었다. 혹시 남편이나 자녀들이 전화를 받지 않을까 걱정했지만 레이가 받았다. 역시 레이와 나는 떳떳하게 전화도 할 수 없는 불륜의 관계가 분명함에 은근히 화가 난다.

레이는 밝은 목소리로 반기며 언제 귀국했느냐고 물었다.

"일주일 전에 귀국했지만 오자마자 몸살감기로 쓰러졌어요. 항해 중에도 안 하던 멀미를 집에서 했다니까. 핸드폰으로 몇 번 전화를 걸었는데 통화가 안 돼요. 그동안 잘 있었어요?"

"잘 있어요. 내가 전화를 걸까 하다가 기다렸어요. 핸드폰으로는 외국과 통화 할 수 없어요. 집 전화로 해요. 배를 타는 긴 여행에 그래도 그만하다니 기뻐요."

"그래요. 레이, 보고 싶어. 우리 언제 만날 수 있어요? 그대가 오라면 당장이라도 갈 수 있어."

레이는 잠시 생각하는 듯하다가 대답했다. 목소리가 금방 잠긴 듯 애잔하게 들렸다.

"나도 보고 싶어요. 하지만…… 며칠만 기다려요."

순간적으로 참 묘한 기분이 들었다. 내 품에서 즐거워하던 모습이 떠오르고, 이제 당신을 잊지 않겠다던 달콤한 속삭임이 귓가에 느껴졌다. 그런데 이 여자는 지금 며칠만 기다리란다. 그 며칠이 언제가 될지 아득하게 느껴져 종내 가슴이 먹먹하다.

내 기분을 느꼈는지 거듭 말했다.

"미안해요. 생각할 게 좀 있어서……."

나는 버썩 드는 의구심을 억누르며 말했다. 역시 이 여자는 남편과 자식이 있는 유부녀였다.

"그래요. 당연히 생각을 해야겠지. 그것도 아주 오래도록. 기다릴게요. 오래 생각해도 괜찮아요."

"그게 아닌데…… 지금 뭐라고 말할 수는 없지만 깊게 생각할 문제가 있어요. 며칠만 기다려요."

레이의 목소리가 금방 촉촉하게 젖는 듯싶어 안타깝다. 깊게 생각할 문제라면? 참고 참았던 궁금증을 묻지 않을 수 없다.

"레이, 물어볼 말이 있어요. 대답해 줄래요?"

잠시 침묵하던 레이가 대답했다.

"물어볼 말! 그래요. 물어봐요."

나도 잠시 생각하다가 물었다. 더 참을 인내심도 없지만 불쑥 말하려니 몸도 마음도 속속들이 번조롭다.

"그대가 헤어지면서 말했잖아, 귀국한 뒤에 전화로 할 말이 있다고. 그 말이 듣고 싶어요."

먼 나라일수록 말이 오가는 데 시간이 걸리기는 하지만, 가슴이 벌렁거리며 답답해질 때 대답이 들렸다.

"그래요. 그걸 지금은 말할 수 없어요. 좀 더 생각해보고 말할게요. 미안해요. 당신, 목소리 들어서 반갑고 좋아요."

다급해져서 자신도 모르게 목소리가 높아지며 되물었다.

"지금 말할 수 없는 게 뭔데? 말해 줘, 그게 뭔지. 답답해 미치겠어, 레이!"

"미안해요. 정말 미안해요. 아직은 말할 수 없어요. 며칠만 기다려요. 레이가 당신을 사랑하는 마음은 변함이 없다는 것을 알아주어요. 사랑해요, 당신!"

들리는 목소리에 눈물이 묻어있음을 느끼며 가슴이 뜨거워졌다. 격한 감정이 되어 다그쳤다.

"나도 당신을 사랑해. 하루도 당신을 잊은 적이 없었어. 그럼 내가 묻지. 레이, 우리에게 아이가 있었지? 그렇지?"

끝내 흐느낌 소리가 들렸다. 나는 울컥 치미는 격한 감정을 억누르며 말을 끄집어내기에 안간힘을 써야 했다. 애타게 기다려도 대답이 없어 조급하게 되물었다. 내 목소리에도 눈물이 묻었다. 26년간 궁금증과 함께 억눌렀던 눈물임을 레이가 알기나 할런지…….

"레이, 말해 줘. 어서 대답해봐."

울음을 참는 기척이 있더니 목소리가 들렸다.

"있어요. 당신을 닮은 아들이…….."

머리가 화끈하고 가슴이 벌렁거렸다. 손에 맥이 풀리며 송수화기가 책상에 툭 떨어졌다. 이내 텅 빈 가슴으로 무언가가 한 아름 안겨오는 포만감을 느끼며 떨어진 송수화기를 집어 들었다. 레이는 여전히 울고 있다. 나를 닮은 아들을 26년간 홀로 키운 어머니가 울고 있다. 그런데 나는 그다지 슬프지 않다. 가슴은 촉촉하게 젖으면서도 입으로는 '허허허허……! 너털웃음을 웃고 싶다.

"레이, 고마워! 세상에서 가장 고마운 말을 들었어요. 사랑해, 레이. 우리 어서 만나야지. 어서 대답해봐."

"그래요. 만나야지요. 하지만, 며칠만 기다려요. 우리 아들이기는 하지만, 아직 당신 아들은 아니지요. 그래서 기다려야 해요. 아들이 당신을 아버지라고 인정할 때까지……!"

촉촉이 젖은 듯한 안타까우리만치 차분한 음성을 들으며 나는 격하게 치미는 감정을 목울대로 느꼈다. 그 감정은 이내 눈물이 되어 흘러내렸다. '아직은 당신 아들이 아니다!' 귓가에 남은 젖은 음성이 둔중하게 가슴을 친다.

나는 레이의 아들이 아버지로 인정할 때까지 기다려야 한다. 그건 정말 그렇다. 그 아이가 아버지로 여기지 않으면 나는 그걸로 그만이다. 내가 할 수 있는 행위는 아무것도 없다. 그동안 아무렇지도 않게 입에 올리곤 했던 라이따이한 내 아들을 홀로 키운 어머니도 그것만큼은 맘대로 할 수가 없을 것이다. 그래서 며칠만 기다리라고 했다. 과연 그것이 며칠일까? 영영 아닐 수도 있다.

짧은 순간이지만 많은 생각으로 격정을 가라앉히고 말했다. 언제까지 송수화기를 잡고 있을 수는 없다.

"그래요. 기다릴게요. 당신 아들이 나를 아버지로 여길 때까지 기다릴게요. 그렇더라도, 그 아이가 나를 아버지로 여기지 않더라도 당신은 슬퍼하지 말아요. 당신을 사랑하는 내 마음은 변하지 않으니까. 레이, 내 말 듣고 있어요?"

"그럼요. 당신 마음 알아요. 너무 마음 쓰지 말아요. 며칠만 기다려요."

그래! 며칠일 것이다. 26년을 기다렸는데 며칠을 못 기다리랴. 레이의 아들이 곧 내 아들임에랴! 이제 전화를 끊어야 한다. 말이 많아지면 감정이 달라지고, 감정이 변하면 서로에게 부담이 된다.

"레이, 고마워. 그 아이는 변할 수 없는 당신과 내 아들이야. 기다릴게, 언제까지라도 기다릴 거야. 고마워, 내 아들을 잘 키워줘서 정말 고마워."

레이도 이제 이성을 찾았는지 음성이 차분하고 곱다.

"당신 아들이 있어서 나도 고마워요. 우리 곧 만날 수 있어요."

"알았어요. 이제 그만 전화 끊어요. 보고 싶으면 다시 전화할게."

레이는 잠시 침묵하다가 대답했다.

"그래요. 하지만, 이 시간쯤에만 전화를 해요. 그래야 받기가 좋아요."

"알았어요. 기억하지요. 잘 있어요."

전화가 끊어지고 나서도 나는 송수화기를 귀에서 뗄 수 없다. 레이의 목소리가 들리고 보이는 듯싶어 들여다보았다.

"있어요. 당신을 닮은 아들이……!"

송수화기에서 레이의 애잔하고 차분한 목소리가 들린다. 다시 들으니 자랑스러운 목소리다. 그래, 자랑스러워야 한다. 나를 닮은 아들을 잘 키웠으니 당연히 자랑스러워야 한다. 나를 닮은 아들이 보고 싶어 안달이 난다. 나이 쉰 살에 찾은 아들이 보고 싶지 않으면 사람이 아니다. 그러나 볼 수 없다. 가슴이 터지도록 안타깝지만 볼 수 없다.

일어서서 한참 우두커니 섰다가 거실로 나왔다. 아무것도 아무 짓거리도 할 수 없다. 귓가에 레이의 목소리만 들린다. '당신을 닮은 아들이……!' 당장 보아야 한다. 나를 닮은 아들을……. 화장실에 들어가 거울을 보았다. 거울에 있다. 나를 쏙 빼닮은 아들이 거울 속에 있다. 눈을 부릅떠보니 아니다. 턱수염이 희끗희끗한 초로의 노인이다. 나를 닮은 아들은 어떻게 생겼을까? 아무리 머릿속에 그려봐도 떠오르지 않는다.

마침내 생각이 난다. 부리나케 화장실에서 나와 사진첩을 찾왔다. 월남에서 찍은 사진첩은 맨 밑에 처박혀있다. 사진첩에서 오래 묵은 알싸한 곰팡이 냄새가 난다. 꺼내본 지 십 년도 넘었을 것이다. 몇 장을 넘기자 데오 레이와 찍은 사진이 나온다. 아! 찾았다. 나를 닮은 스물네 살의 아들이 거기 꽁꽁 숨어 있었다. 레이와 나를 닮은 아들이……! 눈물이 날 것 같은데 웃음이 난다. 소리 내서 웃을 수는 없어 입으로만 하뭇하게 웃었다. 나를 닮아 잘 생긴 아들 사진을 하염없이 보다가 눈이 시려 덮었다. 눈을 감으니 아들 모습이 또렷이 보인다. 문득 연암 박지원의 시가 생각난다. 형님이 죽은 뒤에 지은 시라고 한다.

형님 모습이 누구를 닮았던고
아버님 생각날 때 형님을 보았었네.
형님이 그리워도 어디서 본단 말인가
의관 갖춰 입고 냇가로 간다네.

냇물에 비치는 내 얼굴에 아버님 얼굴이 있고, 형님 얼굴이 있다. 250여 년 전의 박지원은 지금의 내 심정을 시로 읊었다. 이제 보니 정말 내 얼굴에 아버지 얼굴이 있다. 난 지금까지 그걸 알지 못했다. 따라서 내 얼굴에 아들 얼굴이 있는 것은 당연하다.

사진첩을 덮고 거실로 나왔다. 이런 날 박대균을 만나지 않을 수 없다. 자랑을 해야 한다. 레이에게 나를 닮은 아들이 있었다는 것을 자랑해야 한다. 그에게도 내 아들과 동갑인 라이따이 한 아들이 베트남 어딘가에 살고 있을 것이다. 그에게는 내 자랑이 가슴 아프겠지만 자랑하지 않을 수 없다. 내 자랑이 그의 아들을 찾는 계기가 될지도 모르니까.

박대균은 마침 서울 사무실에 있었다. 그는 외국에 나가 있지 않는 한 내가 부르면 열일 젖히고 만나준다. 부르면 언제든지 달려오는 친구가 하나만 있어도 행복한 사람이라고, 성공한 사람이라고 한다. 그렇다면 나는 무엇을 성공했을까 생각해보면 역시 친구 하나 잘 사귄 것이 성공일 것이다. 게다가 그는 돈이 많은 놈이라서 밥이든 술이든 언제나 사준다. 어쭙잖은 글 팔아 어렵사리 밥 먹고 사는 나 또한 당연한 듯이 늘 얻어먹는다. 한시가 급하게 아들 자랑을 하고 싶지만 약속 시간은 오후 여섯 시다.

네다섯 시간을 어떻게 보낼까 생각하다가 배낭을 지고 나섰다. 이렇게 기분 좋은 날은 책을 볼 수도 없고 작업도 할 수 없다. 많은 생각을 하며 공상을 하며 걸어야 한다. 나는 공상이 현실이 되는 경우를 종종 겪곤 한다. 명색이 소설가라서 현실에 가능한 공상을 해서겠지만 그런 경우의 기쁨과 포만감이 여간 즐겁지 않다.

아들을 어떻게 만날까 하는 공상과 나를 빼닮은 아들을 잘 키워준 데오 레이를 안아줄 즐거운 공상만 하며 북한산 둘레길을 세 시간 걸었다. 나는 일주일에 두 번은 열일 젖히고 산에 간다. 글 쓰고 산에 오르는 것이 내 직업이다.

오후 여섯 시, 박대균의 사무실이 있는 동네 종로3가에서 등산복 차림으로 만났다. 순항훈련에서 돌아와 전화는 했었지만 만나는 것은 넉 달 가까이 된다.

자리를 잡고 앉자마자 성질 급한 그가 먼저 물었다.

"데오 레이를 어떻게 만났다구?"

"우선 물 한 잔 마시고 숨 좀 돌리자."

자주 오는 집이라 물어보나 마나 한우 등심이 나온다. 단골 손님이라 안주인이 직접 고기를 구워준다. 맥주에 소주를 말아 목을 축이고 그가 재촉했다.

"어떻게 만났냐니까?"

"니 말마따나 큰 소리로 이름을 서너 번 불렀더니 금방 나오더라."

"이기죽대지 말구 말해봐."

나는 느긋하게 맥주잔을 비우고 알맞게 익은 고기를 몇 점 먹고 나서 데오 레이를 만나게 된 과정을 말했다. 시쁘장하게 듣고 난 그가 빈정댔다. 녀석은 언제나 속마음과 말이 반대다.

"건공대매로 하루 한나절을 묻고 다녔어? 참 끈질기고 집요한 놈이구면. 암튼 찾았으니 천만다행이다."

"약이 오른다 이거지?"

"내가 왜 약이 올라?"

"나는 찾았고, 너는 못 찾았으니까."

그는 피식 웃고는 술잔을 비우고 나서 시니컬하게 대꾸했다.

"그 여자 내가 찾았지 니가 찾았냐? 고맙단 말 한마디 없이 자랑만 늘어놓는 미친놈. 난 아예 내 여자 찾을 생각을 안 하잖아. 근데 왜 약이 올라."

어디, 이래도 약이 안 오르나 보자는 심보로 염장을 질렀다.

"오늘 레이에게 전화를 했다. 무슨 말을 했는지 궁금하지 않니?"

"그건 또 왜 내가 궁금해야 되니?"

"니가 말했잖아, 레이가 내 아이를 낳았을지도 모른다구……."

아니나 다르랴, 눈을 동그랗게 뜨고 대든다.

"그래서, 정말 애가 있었다 이거야?"

느긋하게 소주를 마시고 안주를 먹고 나서 대답했다.

"있었다. 나를 쏙 빼닮은 아들이란다."

"뭐, 아들! 처음 만났을 때는 없다고 했다잖았어?"

"없다고 한 것이 아니라, 귀국한 뒤에 할 말이 있다고 했지. 그래서 오늘 그 할 말이 뭐냐고 물었더니 울면서 말하더라, 당신을 닮은 아들이 있다고."

그도 술과 안주를 먹고 나서 느긋하게 이기죽댔다. 저 속은 지금 용광로처럼 들끓고 있음을 나는 안다.

"이것들이 진짜 울구짜구 신파 하구 자빠졌네. 너, 시방 나 약 올리는 거지?"

"왜, 약이 오르긴 오른다, 이거니?"

"이게 왜 염장을 질러! 니 아들 찾았는데 내가 왜 약이 올라. 이런 우라질 놈을 봤나."

나는 정색을 하고 대들었다.

"이제 농담 그만하구 진짜 얘기하자. 너두 아들 찾아야지?"

그는 시무룩하게 젓가락으로 반찬을 쑤석거리다가 그답지 않은 심각한 얼굴로 대답했다.

"찾긴 어디서 어떻게 찾냐. 죽었는지 살았는지도 모르는데……. 아이가 살아있었다면 찌옹이 나를 찾아 한국에 왔을 거야. 우리 집이 강원도 철원이라는 걸 알고 있거든. 베트남과 수교가 되면서 한국 근로자와 군인들 아이를 낳은 여자들이 한국에 많이 나왔었잖아. 찌옹이 주변머리 없이 좀 맹하긴 해도 애가 살아있었다면 찾아 왔을 거야."

"죽긴 왜 죽어. 너 하노이에 공장 차린 지 7년이 넘었잖아. 베트남 사람들 통해서 신문에도 내고 방송에도 내봐. 하는 데까지 해 보란 말이야."

그는 발칵 뻣성을 내며 대들었다.

"베트남이 브루나이만한 줄 아니? 열 배두 넘게 크다. 나두 찾고 싶은 맘이 왜 없겠니. 하지만 엄두가 나지 않아."

"그래, 이제부터 그 엄두를 내봐. 만약 찾는다면, 하노이 공장을 맡길 수도 있잖아. 얼마나 좋냐?"

"그렇게만 된다면 정말 좋지. 나두 작년에 데오 레이를 만나고 나서부터 그 생각을 줄곧 했어. 근데, 이상하게 못 하겠어. 번거로운 거 질색인 내 성격 탓인지도 몰라. 암튼 찬찬히 생각해 보자. 벌써 스물여섯 살이겠구나. 품에 안겨 방긋방긋 웃던 모습이 눈에 선하다."

금방 눈물이 흐를 것 같은 얼굴로 술잔을 연거푸 비우는 그를 안타깝게 바라보다가 말했다.

"그래, 맘을 굳게 먹구 시작해봐. 반드시 찾을 수 있어. 레이를 다시 만나면 나두 부탁할게. 사촌 자매간이니까 행적을 추적하면 찾을 수 있을지도 모르잖아."

"그래, 시작해보자. 그때 사이공으로 간다고 했으니 거기서부터 찾아보겠어. 자, 그만하고 술이나 마시자. 오늘은 좀 취해야겠다. 너 아들 찾은 거 축하한다. 이게 바루 고목나무에 꽃이 핀 격이구나. 대를 이을 아들이 하늘에서 뚝 떨어졌으니까."

"뭐야, 고목나무에 꽃이 펴!"

녀석의 말을 되받고 나니 정신이 번쩍 들며 머리가 환해진다. 대를 이을 아들이라! 나는 자식이 없기는 하지만 지금까지 그런 생각은 한 적이 없었다.

"왜, 아니냐? 너 죽은 날 제사 지내줄 아들이 하늘에서 뚝 떨어졌잖아."

문득 레이의 말이 떠오른다. 아들이 나를 아버지로 인정하지 않으면 그걸로 그만이다. 인정한다고 해도 같이 살 수도 없을 것이다. 머리가 산만하다.

"그렇기는 하다만, 아직 그렇게 생각하기는 이르다."

"암튼 너 아들 만나러 갈 때 나두 간다. 레이에게 부탁두 할 겸."

"그거참 좋은 생각이다. 같이 가자."

갑자기 마음이 복잡하고 언짢아져서 말을 돌렸다.

"자, 술이나 마시자."

우리는 잔을 부딪치고 술을 마시기 시작했다.

오전 열한 시에 레이에게 전화를 넣었다. 브루나이는 열 시다. 토요일과 일요일을 제외한 매일 이 시간에 전화를 건다. 시간을 확인하고 전화번호를 찍을 때마다 기분은 떨떠름하다. 오늘로 다섯 번째 전화를 걸지만 레이는 번번이 안부만 묻고 보고 싶다는 말만 했다. 나도 레이도 아들에 대한 말을 의도적으로 하지 않았다. 만약 내가 물었다가, 아들이 만나고 싶지 않다고 말했다는 대답을 듣는다면 그 충격을 감당할 수 없을 것 같았기 때문이다.

그러나 오늘은 꼭 물어야 한다고 생각하며 전화를 걸었지만 역시 말이 되어 나오지 않는다. 사흘 전에 이름은 알아두었기에 용기를 내서 물었다. 이름은 키엔이고, 어머니 성을 따서 데오 키엔이라고 했다. '데오 키엔!' 아들 이름을 듣고 나는 한동안 가슴이 먹먹했었다. 내 아들인데 성이 데오 씨라고 한다. 그래서 우리 집안 돌림자를 따서 장 아무개로 이름을 지어야겠다고 생각했었다.

"키엔도 잘 있겠지? 아직도 아무 말이 없어요?"

레이는 잠시 뒤에 대답했다.

"키엔을 아직 못 만났어요. 유럽 여행 중인데 3일 후에 돌아와요. 중요한 일로 여행 중이라 당신 말 하지 못했어요. 미안해요."

"그랬구먼, 알았어요. 기다릴게요."

전화를 끊었지만 섭섭한 감정이 구름처럼 일었다. 아무리 정서가 다른 이국인이지만, 애타는 아비의 심정을 이토록 몰라주나 싶어 화가 나려고 한다. 그렇지만 화를 낼 상대가 없다. 내 마음만 더 아플 뿐이다. 이제 생각하니 데오 레이는 참 생각이 깊고 입이 무거운 여자임에 틀림없다. 나도 그렇게 진득하니 기다려야 한다. 사흘이다. 사흘 뒤면 어떻게든 결정이 난다. 내 아들이 아비를 만나지 않겠다고 말하지는 않을 것이다.

레이는 1년 전 박대균을 만난 뒤부터 내가 소설가라는 것을 알았고, 내가 쓴 책들을 사다 읽고 있었다. 그러면서 아들에게 아비가 멀쩡하게 잘살고 있다는 것을 숨기지는 않았을 것이다. 그리 생각하면 아들이 나를 만나지 않을 수도 있다는 쪽에 무게가 실린다.

마침내 울화가 치밀어 일어섰다. 박대균에게 아들을 찾았다고 염장을 지르며 자랑을 늘어놓았는데, 아들이 만나지 않겠다고 한다면 참 한심한 꼴이 되고 만다. 박대균은 끊어질 대를 잇게 되었으니 고목나무에 꽃이 핀 격이라고 추켜세웠다.

배낭을 지고 나섰다. 지금 이런 상태로는 아무것도 할 수 없다. 걸으며 생각할 것이다. 서너 시간 걸으며 생각을 정리하면 모든 잡념이 스러질 것이다. 혼자 걸으며 마음을 정리하면 놀라운 사고력이 떠오른다. 사고력은 창의력과 상상력을 의미한다. 그러나 창의력과 상상력은 다르다. 창의력은 새로운 것을 찾아내는 능력이고, 상상력은 현재의 생각에 없는 사물이나 현상을 과거의 경험과 관념에 의하여 재생시키거나 만들어내는 마음의 작용이다. 혼자 걸으며 생각하면 창의력을 키울 수 있어 즐겁다. 나는 산행을 하며 얻은 상상력과 창의력을 작품의 바탕으로 삼아 글을 쓰곤 한다. 하여 늘 혼자 산행을 하거나 둘레길을 걷는다.

사흘 동안 레이에게 전화를 걸지 않았다. 물론 레이에게서도 전화가 오지 않았다. 참 야속한 여자다. 결국 나 혼자 애태우고 있었다는 억울함을 지울 수가 없다. 26년 세월의 간격은 너무 멀다. 어차피 우리는 각각 살아온 만큼씩 남남이다. 아비와 아들이 된들 함께 살아갈 수도 없다. 모르고 살았던 세월이 더 행복했을 수도 있다. 그러나 피는 물보다 진하다고 했다. 나는 요즘 그 말에 내 모든 것을 걸고 매달려있다. 나를 닮은 아들을 위해서라면 내 모든 것을 버릴 수 있다. 아들을 위해 나를 버리는 것을 이타성이라고 생각하지 않는다. 그게 반드시 옳다고 느끼기 때문이다.

　사흘이 가고 나흘이 되었다. 열한 시가 넘으면서 몇 번이나 송수화기를 들었다 놓기를 반복했다. 레이가 괘씸하다는 생각이 하루에도 몇 번씩 난다. 그래서 오기로 번호를 찍지 않았다. 앉아있을 수도 없이 마음이 번조로워 거실을 서성일 때 전화 벨이 울렸다. 이 시간에 집 전화기로 걸려올 전화는 레이뿐이다. 그러면 그렇지, 레이였다. 어쩔 수 없이 잔뜩 긴장하여 전화기를 들었다.

　"레이……!"

　레이가 먼저 말했다.

　"미안해요. 그동안 집에 없었어요."

　"아니, 왜? 여행을 했었나?"

　"베트남 사이공에 갔어요. 키엔이 거기 있어서요."

순간적으로 화들짝 놀라며 많은 생각이 스쳐 갔다. 내 아들이 베트남에 있다! 왜일까? 혼란스럽다.

"키엔이 왜 베트남이 있지? 아직도 여행 중인가?"

"아니요. 키엔은 사이공에 살아요."

"그래요! 언제부터?"

"오래됐어요. 그래서 당신이 사이공으로 오세요."

온몸이 화끈하도록 기쁨이 넘쳤다. 아들을 만난다. 그것도 브루나이가 아닌 베트남 시이공에서! 레이의 남편, 아들의 의붓아비가 있는 나라가 아닌 아들의 나라에서 만난다. 마음이 부풀어 날아갈 것만 같다.

"가야지 가고 말고. 오늘부터 준비해서 되도록 빨리 갈게."

"도착하는 날을 알려주면 내가 사이공에 먼저 가서 기다릴게요."

"그래요. 알았어요."

전화를 끊고 멍해졌다. 그러면 그렇지, 아들이 아비를 버릴 수는 없다. 나를 닮았다는 아들이다. 그래서 시일이 걸렸구나. 이제 이해가 된다. 애매하게 레이를 원망했다. 아들이 오래전부터 베트남에 살았다면 과연 언제부터였을까? 왜 엄마를 떨어져 베트남 사이공에 갔을까? 궁금증이 구름일 듯 일었지만 도무지 짐작조차 할 수 없다. 그렇다고 조급해할 필요는 없다. 며칠 뒤면 저절로 알게 될 테니까. 레이에게도 그건 전화로 묻지 않기

191

로 작정했다.

박대균에게 전화를 해주어야 한다. 그는 사이공에서부터 아들을 찾아보겠다고 말했다. 참 잘된 일이다. 그는 이천 공장에 있었다.

"박대균, 우리 사이공에 가게 생겼다."

"뭐, 사이공엔 왜?"

"내 아들이 사이공에 살고 있단다. 그래서 레이가 사이공으로 오라고 한다."

"그래, 거 잘됐네. 그럼 언제 갈꺼야?"

"비자 받고 빨리 준비해서 가야지."

"알았다. 내가 도와줄게."

전화를 끊고 돌아서서 베트남 사이공에 갈 준비를 서둘렀다.

르네상스시대 열리다

베트남 비자를 내는 등 여행 준비를 하며 아내에게 알렸다. 숨길 일도 아니고 숨길 수도 없어 사실대로 말했다. 자칫하면 피차간에 이혼을 들고나올 수도 있는 상황이다.

저녁식사 겸 아껴두었던 양주를 마시며 설명조로 말했다.

"베트남 사이공에 가게 되었어. 진즉 말하지 않아서 미안해."

"미안할 게 뭐 있어요. 우리 그런 거 서로 간섭하지 않기로 했잖아요? 근데, 왜 베트남에 가요?"

어쩔 수 없이 잠시 뜸을 들이다가 대답했다. 이번 일은 중대한 사건이 될 수도 있어 미리 대화를 구상했었지만 처음부터 말이 생각대로 풀리지 않는다. 첫 운을 어떻게 떼어야 할지 갈피를 잡을 수 없다. 첫 말이 잘 풀려야 매듭이 쉬울 것이다.

"이번엔 여행이 아니라 경우가 좀 달라. 차분하게 들어줬으면 좋겠어."

"아니, 뭔 말인데 선생님답지 않게 뜸을 들여요?"

우리 부부는 결혼 뒤 지금까지 대화방식이 이렇다. 서로 여보나 당신으로 부르지 않는다. 다섯 살 나이 차가 그리 많은 것도 아니지만 아내는 처음부터 '선생님'이었고, 나는 어쩔 수 없는 경우에만 '정수'라고 이름을 부른다. 보통은 그저 얼버무려 '어이'라거나 '이봐요'라고 부른다. 피차간에 '여보, 당신'이라는 말을 왜 못하는지 난 그걸 도통 알 수가 없다. 소설가와 출판사 직원으로 만나면서부터 선생님이 지금까지 선생님이다.

잠시 생각을 궁굴리다가 불쑥 말해버렸다.

"데오 레이에게 내 아들이 있었어."

아니나 다르랴, 아내는 눈을 생긴 대로 크게 뜨고 대들듯이 물었다.

"네에, 아들이……! 그게 정말이에요?"

"사실이야. 그 아이가 베트남 호찌민시에 산다고 했어."

아내는 이내 얼굴이 새침해지고 목소리도 새침하다.

"그 말을 왜 이제 해요? 근데, 구태여 안 해도 되는 거 아닌가!"

역시 말이 비꼬였다. 이렇게 나오면 어려워진다. 그래도 아내인데 너무 가볍고 쉽게 여기지 않았는지 모르겠다.

"며칠 전에 알았어. 브루나이에서 만났을 때도 몰랐고, 귀국해서도 열흘이 넘은 뒤에 전화로 말했어. 그게 사흘 전이야."

"참 이상한 여자네요. 그렇게 감추다가 왜 이제 말한 걸까요? 내 아둔한 머리로는 이해를 할 수 없군요."

역시 말에 가시가 있다. 그렇지만 나도 사실을 안 것은 분명 사흘 전이다. 난 지금 거짓말을 하는 게 아니다. 잘못이 있다면 사흘 전에 말하지 않은 것이다.

"아들이 그동안 나를 만나지 않겠다고 했던 것 같았어. 미안해, 나도 어쩔 수 없었잖아. 그렇지만 아들이 만나자는데 아비가 안 갈 수도 없고……."

"왜 이러세요? 전 가지 말라고 안 했잖아요. 당연히 가서 만나야죠. 축하해요. 선생님 아들이면 내게도 아들이잖아요."

"그야, 그렇지. 이해해주니 고마워."

"이해 안 할 수가 없잖아요. 천륜인데 내가 어떻게 말려요."

속에 꽉 들어 찼던 숨을 토해내고 받았다.

"천륜이라! 그렇구면, 부인할 수 없는 천륜이겠지."

아내는 잠시 고개를 갸웃거리다가 따라놓은 술을 한 모금 마시고는 갑자기 반짝이는 눈으로 나를 보며 말했다.

"근데, 뭐가 좀 이상하지 않아요?"

"이상해? 뭐가……!"

좀 더 생각하는 표정이더니 늦대답을 했다.

"나는 불임이 아닌데, 선생님은 불임이잖아요?"

아―차! 순간적으로 정신이 번쩍 들었다. 내가 그 생각을 왜 여적 못했었지? 난 지금 분명 아이를 낳게 할 수 없는 불임상태다. 이런 제기랄, 예상하지 못했던 복잡한 설명을 어쩔 수 없이 해야 한다.

느긋하게 양주를 마시고 노릇하게 구워진 햄을 안주로 먹고 나서 설명했다. 이 경우는 설명이 맞는 말이다. 돌이키고 싶지 않은 27년 전의 끔찍했던 상황을 설명해야 한다. 철천지원수로 여겨졌던 여준석 대위를 다시 떠올리며……

"말하자면 복잡하지만 간단하게 설명할게. 내 말은 거짓이 아니니까 믿고 이해해줘. 난 월남에서 자매부락 촌장 딸인 데오 레이를 사랑한다는 죄로 동료 전우들이나 특히 중대장으로부터 미움을 사게 되었지. 물론 그 과정에서 내 실수도 있었지만, 어느 날 중대장 막사에 불려가서 죽도록 얻어맞았어. 사정없는 발길질에 고환 양쪽이 터지고 말았지. 병원에 가서 수술을 받고 잘 나아서 괜찮을 줄 알았는데, 결혼 뒤에 검사를 해보니 고환에서 정상적인 정자가 생산되지 않는다고 했어. 그건 정수도 알잖아. 레이가 낳았다는 아들은 그 사건 전이었어. 이해가 돼요?"

아내는 내동 고개를 끄덕이며 듣고 나서 대답했다.

"그랬군요. 이해 안 할 수도 없잖아요. 천만다행으로 아들이

있었으니 얼마나 좋아요. 나도 기뻐요. 잘 준비해서 잘 다녀오
세요. 아 참, 데리고 오실 건가요?"

"어, 아 그건 아직 모르지. 상황을 봐서 내가 결정할게."

그거 역시 미처 생각하지 못했다. 아내는 식탁에서 일어나며
말했다.

"낮에 힘들어서 피곤해요. 먼저 들어갈게요."

"그래, 들어가."

어쩔 수 없이 서먹하게 된 자리를 턱을 괴고 앉아 미주알고주
알 캐고 들 성격의 여자가 아닌 게 이럴 때는 내겐 참 행복이다.
소설을 비롯한 수많은 원고를 교정보았으니 생각이 깊기는 나
보다 더 깊을 것이다. 하지만 내가 그동안 저렇게 길들였을지도
모른다고 생각하면 안 됐기도 하다. 앞으로 어쩔 수 없이 거쳐
야 할 난관은 있을 것이다. 생각을 잘 정리해야 일을 깔끔하게
매조지할 수 있을 것이다.

베트남 여행은 체류 15일 이내라면 무비자가 가능하다. 그러
나 15일 이상이면 비자를 받아야 한다. 아무래도 15일은 넘을
것 같아서 비자를 받기로 했다. 박대균이 힘을 써주었지만 비자
받는 데만 열흘이 걸렸다.

모든 준비를 마치고 레이에게 전화를 걸었다. 그동안 아들
키엔과 통화를 두 번 했지만, 아들은 우리말을 하지 못한다. 그

저 '아버지.' '어머니.' '안녕하세요.' '건강히 지내세요.' 정도
다. 그래도 목소리나마 듣고 싶어 전화를 하고 싶어도 너무 바
쁜 것 같아서 참아야 했다. 처음 레이가 바꿔준 전화로 아들이
어눌하게 말했었다.

"아버지, 안녕하세요. 아들 키엔입니다."

목소리가 귀에 익었다. 말 발음이 다르고 높낮이도 다르지만
영락없는 내 음성이다. 난생처음 듣는 아들의 목소리에 나는 어
쩔 수 없이 울컥했다. 떨리는 마음을 애써 진정하며 대답했다.

"그래, 아버지다. 우리 아들 잘 자라주었구나. 사진으로 보았
다. 어서 만나고 싶다."

"나도 아버지 사진 매일 봐요. 빨리 오세요. 어머니 바꿔요."

우리말을 듣고 할 줄 모르니 어머니에게 넘긴다. 레이가 받
았다. 기쁨이 넘치는 목소리다.

"아들 목소리 들으니 어때요?"

"감격스러워, 음성조차 나를 닮았어요."

"나도 가끔은 그렇게 느껴요."

"레이 고마워, 우리 아들 잘 키워줘서 너무 고마워."

"당신이 키엔을 내게 주어서 고마워요. 키엔이 나가야 돼요.
다시 전화할게요."

"그래, 알았어요. 키엔에게 아버지가 즐거워한다고 전해줘
요."

그 뒤에 레이는 브루나이로 돌아갔고, 아들과는 다시 통화할
수 없었다.

출국을 사흘 앞두고 브루나이의 레이에게 전화를 넣었다. 아
들과 상봉하려면 레이도 베트남 호찌민시로 가야 한다.

"준비는 다 했어요?"

"그럼, 다했지. 2월 3일 베트남 시간으로 오후 4시에 탄손낫
공항 도착이야."

"알았어요. 나는 내일 사이공에 가겠어요."

나는 아무래도 궁금해 묻지 않을 수 없다. 레이는 베트남이
아닌 제3국 브루나이 남자의 아내다. 그런데 이렇게 무시로 나
다녀도 되는지 모르겠다. 이 일로 부부간에 문제가 생긴다면 그
건 내게도 책임이 있다. 잠시 생각하다가 물었다.

"레이, 그런데 말이야. 그렇게 자주 집을 떠나도 되는 거야?"

역시 침묵이다. 문제가 없을 수는 없을 것이다. 더구나 남편
은 열다섯 살이나 더 먹은 노인이다.

가슴이 답답한 시간이 지나서 마침내 레이의 말이 들렸다.

"마음 쓰지 말아요. 조금 문제가 있기는 하지만 내 일은 알아
서 잘하고 있어요. 다시 만나게 되어 기뻐요."

문제가 있기는 있다니! 사랑하는 여자가 안쓰러워 마음이 아
프다.

"그렇다면 다행이야. 나두 기뻐요."

"당신에게 아직 말하지 못한 거 있어요."

나는 멈칫 놀랐다. 아직 말하지 못한 거가 있다니? 또 뭐가 있다는 것일까? 다급히 물었다.

"말하지 못한 거, 그게 뭐야?"

또 잠시 뜸을 들이다가 대답했다.

"아직은 말할 수 없어요. 당신이 놀랄까봐 미리 말했지만 아직은 말하지 못해요. 미안해요."

당황하지 않을 수 없다. 나는 생각의 정리가 빠르다. 그러나 순간적으로 아무리 생각해도 이해할 수 없다.

"아직 말하지 못한다니, 대체 그게 뭐야? 왜 말하지 못해?"

이런 상황을 이미 짐작했는지 레이는 금방 대답했다.

"아직 그거만 알고 있으면 돼요. 당신이 와서 보면 알게 됩니다. 미안해요. 나도 어떻게 할 수 없어요."

체념할 수밖에 없다. 데오 레이는 침착하고 야무진 여자다. 분명 무슨 범상치 않은 일이 있긴 있지만 딱 부러지게 밝힐 상황이 아닌 것이 확실하다. 이국 만 리에서 전화로 다그쳐 알아낼 일이 아니다. 아무리 궁금해도 참았다가 가서 보면 알 것이다.

"레이, 알았어요. 더 묻지 않겠어. 나 때문에 너무 신경 쓰지 말아요. 난 아무렇지도 않아요."

"고마워요. 나쁜 일은 없어요. 당신도 신경 쓰지 말아요. 내일 사이공에 가야 하니까 할 일이 있어요. 출국하는 날 핸드폰으로 전화해요."

"알았어요. 여행 조심해요."

"그래요. 당신도 조심해요."

전화를 끊고 나니 부쩍 궁금해 못 살겠다. 대체 아직도 못한 말이 무엇이란 말인가? 참 꼼꼼해도 너무 답답하게 꼼꼼한 여자다. 혹시, 내 아들을 만나는 자리에 남편도 함께 있겠다는 말일까? 그럴지도 모른다. 늙은 남편은 나를 만나겠다고 고집을 부리고, 레이는 반대를 하며 아직 결론을 내지 못했을 것이다. 레이는 나쁜 일은 아니라고 했으니, 그 노인을 내가 만나더라도 키엔을 내 아들로 인정은 하겠다는 뜻일까? 그럴 것이다. 레이가 자기 아들을 둘이나 낳아 주었으니 구태여 키엔을 자기 아들이라고 주장하지는 않을 것이다. 그래, 그것은 내가 걱정할 문제가 아니다. 키엔은 이미 나를 아버지로 인정하고 만나자고 했다.

그러나 한 가지는 미심쩍다. 그 노인이 내 아들을 어려서부터 키웠으니 양육비를 내라고 할 수도 있다. 그렇게 나온다면 나는 대항할 수 없다. 골백번 맞는 말이니까. 그러나 그건 아닐 수도 있다. 레이의 남편은 세계 제일의 부자나라에서도 부자로 산다고 했다. 설령 그 노인이 내게 양육비를 청구한다고 해도 그건 레이가 알아서 처리해줄 수도 있다. 만약 레이가 못한다면 내 재산을 다 털어서라도 아들을 찾아야 한다. 내 마음이 변하지 않는 한 그 문제는 크게 걱정할 일이 아니다. 일단 만나고 볼 일이다. 마음을 다져 먹고 나니 비로소 실감이 난다. 마침내 아들을 만난다. 죽어가는 고목나무에 꽃이 피듯 피어난 내 아들을 만나는 것이다. 더 이상 아무것도 생각할 필요가 없다.

박대균은 나와 같은 날 출국은 하지만, 자기 현지공장이 있는 하노이에 먼저 가서 일을 보고 사흘 뒤에 호찌민에서 나와 합류하기로 했다. 나는 인천공항에서 열한 시 반 출발이고 그는 열한 시에 하노이행 비행기를 탄다. 2월 3일, 박대균과 인천공항에서 만났다. 짐을 부치고 카페에서 차를 마시며 레이에게 전화를 걸었다.

"열한 시 반에 출발하는데 사이공 시간으로는 세 시 반에 도착할 거야 별일 없지?"

호사다마라고, 혹시 무슨 일이 있지 않을까 하는 노파심으로 물었다. 매사에 조심하고 대비하면 무슨 일이 생기더라도 충격이 덜하고 수습이 빠르다. 태평하고 있다가 당하면 허둥대다가 더 큰 일을 만들 수 있는 것이 인간사다.

"아무 일 없어요. 당신 조심해서 오세요. 참 박대균 씨도 같이 와요?"

"아니야, 박대균은 하노이 자기 공장에 들렀다가 사흘 후에 사이공에서 만나기로 했어요."

"알았어요. 우리 이제 곧 만나네요. 키엔은 지금 들떠 있어요."

"그래, 전화 좀 바꿔 봐요."

"지금은 없어요. 아침에 일 때문에 나갔어요."

"알았어요. 근데, 하나 알고 싶어요. 말해줄래요?"

"그게 뭔데요?"

잠시 뜸을 들이다가 에라 모르겠다, 하고 궁금한 걸 물었다.

"혹시, 당신 남편도 같이 만나는 거야?"

레이는 펄쩍 뛰었다.

"아니요. 그 사람이 왜 만나요? 브루나이에 있어요. 왜 그런 생각을 해요?"

나는 속이 시원해졌다. 아무렇지도 않게 생각했지만 심적으로는 어쩔 수 없는 큰 부담이었다.

"아니, 그냥 해본 말이야. 알았어요. 그만 끊어요."

박대균이 내동 듣고 있다가 물었다.

"왜, 남편이 같이 만나자고 했대?"

내 속마음을 드러내기 싫어 얼버무렸다.

"그게 아니라, 혹시 그럴지도 모르잖아. 의붓아들이지만 이십 년 넘게 키웠는데 같이 만나자고 할 수도 있잖아."

"글쎄다. 그럴 수도 있지만 레이 성격으로 봐도 그러지는 못할 것이다."

"나두 그렇게 생각했지만 혹시나 해서 확인한 거야. 무심코 갔는데 내 아들 옆에 그 노인이 떡 버티고 있어봐라. 그건 난처하잖아."

"그건 그렇다만, 그게 아니라고 했다며? 이런 시간 다 됐다. 그럼 나 먼저 간다. 사이공에서 보자."

박대균은 횡허케 출국장으로 가고 나는 하릴없이 멍해져서 잠시 더 앉았다가 일어섰다. 남은 시간 30분이 난감하다. 아들 키엔이 나를 어떻게 대할지, 나는 아들을 어떻게 대해야 할지를 생각했지만, 수 없는 상상만 떠오를 뿐이다. 잠시 서성이다가 출국장으로 올라갔다.

대한항공 여객기는 다섯 시간 반 만에 호찌민시 탄손낫국제 공항에 도착했다. 공항은 비교적 한산하여 짐을 찾고 출구 앞에 서기까지 30분이 걸렸다. 베트남 말로 떤선녓 공항은 출구가 하나다. 그래서 베트남 정부의 고관대작들도 이 출구를 이용한다. 단체관광이지 싶은 한국 사람 20여 명의 뒤를 따라 출구로 나가자 내 이름이 적힌 피켓이 보였다. 큼지막한 피켓에는 '장일도 선생님 환영합니다'라고 썼는데, 멀리서 보아도 40대로 보이는 남자가 들고 있었다. 그 옆에 서 있던 레이가 나를 알아보고 손을 흔들었다.

나도 반가워 손을 흔들며 살펴보지만 환영 나온 사람은 둘뿐인 듯싶다. 불현듯 불길한 느낌이 든다. 사진으로 보아도 나를 닮았던 아들이 보이지 않는다. 부자지간에 27년만의 첫 상봉인데 이게 무슨 일인가? 여자들처럼 얼싸안고 펑펑 울지는 않더라도 등을 두드리며 품위 있게 눈물을 흘리리라고 상상했는데, 어쩔 수 없이 풍선에 바람 빠지듯이 기대가 사그라진다.

레이가 달려와 품에 안겼다.

"당신, 잘 오셨어요."

얼굴은 웃고 있지만 눈에 눈물이 맺혔다. 첫 만남도 아닌데 왜 눈물일까? 나는 안은 팔에 힘을 주며 불안하다. 키엔에게 무슨 일이 있는 것일까? 등을 다독이고는 물었다.

"키엔은 왜 오지 않았어요?"

레이는 손수건으로 눈을 닦고는 대답했다.

"집에서 기다려요. 어서 가요."

"왜 집에서 기다려? 무슨 일이 생겼어요?"

레이가 내 손을 잡아당겼고, 피켓을 들었던 사람이 내 가방을 받으며 깊숙이 허리를 꺾어 우리말로 인사를 했다.

"반갑습니다."

내가 인사를 받으며 레이를 보자 밝게 웃으며 말했다.

"키엔의 매니저 응엔 디오입니다."

나는 깜짝 놀랐다. 매니저라니, 키엔이 연예인이란 말인가? 그러면 그걸 왜 이제 말해? 정말 데오 레이 이 여자 대책이 없구나 싶으면서도 궁금증이 일어 물었다.

"매니저, 무슨 매니저?"

"어서 가요. 차에서 얘기해요."

매니저가 내 가방을 끌고 주차장으로 갔다. 앞서간 매니저가 승용차 트렁크에 가방을 넣고는 재빨리 자동차 문을 열었다. 나는 자동차에 대해서는 손방이라 잘 모르지만 검은색으로 번쩍번쩍 빛나는 고급 차였는데 마크가 벤츠였다. 달리 사람이 없고 보면 매니저라는 사람은 운전기사다. 아니나 다르랴, 운전석에 앉아 시동을 걸고 주차장을 빠져나간다. 베트남 사람들은 운전기사를 매니저로 부르는 모양이다.

아들이 괘씸하다는 생각이 들어 레이의 손을 잡으며 거듭 물었다.

"키엔은 왜 공항에 나오지 않았어요?"

레이는 배시시 웃으며 대답했다. 어머니가 웃는 걸 보면 아들 신상에 문제가 있는 것은 아니다 싶어 더 괘씸하다.

"당신, 매우 궁금했지요? 우리 아들 키엔은 세계적인 피아니스트에요."

나는 소스라치게 놀라 다급히 물었다.

"피아니스트? 피아노를 친다는 게야?"

"그래요. 특히 사이공에는 키엔을 모르는 사람이 없을 만큼 유명해요. 그래서 공항에 나오지 못했어요. 사람들 보는 앞에서 당신을 그러안고 울면 안 되지요. 당신이 이해해요."

갈피를 잡을 수 없이 정신이 산만하다. 대체 내 아들이 세계적인 피아니스트라니! 매니저를 기사로만 여겼던 내 얄은 소갈머리가 부끄럽다. 그렇지만 은근히 부아가 치민다. 대책 없는 이 여자를 어떻게 해줘야 하나. 부아는 분명 부아지만 즐거운 부아다.

"레이, 당신 대체 감당 못 할 여자야. 그걸 왜 이제 말해? 그동안 답답해서 죽을 뻔했잖아."

레이는 얄밉도록 생글생글 웃으며 대답한다.

"저런, 그랬어요? 키엔이 말하지 말라고 했어요. 사실은 내 생각도 그렇구요. 그렇지만 당신, 또 한 번 놀랄 일이 있어요. 미안해요."

"뭐야, 또 한 번! 뭐가 또 있어?"

여전히 생글거리며 자랑스러운 얼굴로 마주 본다. 장한 일을 해낸 아이들 표정이 저렇다. 대체 이 여자, 뭐가 그리 자랑스러운가! 와락 안아주고 싶지만 매니저가 후사경으로 보고 있다.

"또 미안해요. 이거도 키엔이 말하지 말라고 했어요. 내 마음도 그렇구요."

나 이거야 원. 자기만의 아들도 아닌데, 아들을 써먹어도 너

무 써먹는다 싶어 또 약이 오른다. 그러나 역시 즐거운 약 오름
이다.

"당신, 대체 언제까지 나를 약 올릴 거야? 브루나이에서 처음
만났을 때부터 지금까지 아리송한 궁금증으로 약을 올렸잖아."

"그랬어요? 그때는 안 그랬는데……."

"안 그러긴, 말하려다가 귀국하면 말하겠다고 했잖아."

"약 오른다는 게 그건가요? 그렇지만 그때는 그럴 수밖에 없
었어요."

"그래요. 그건 나두 이해해요. 근데, 이제는 키엔을 만나기만
하면 되는데 또 놀랄 일이 대체 뭐야?"

"기쁘게 놀랄 일이라고 했어요. 이제 말할 시간도 없네요. 집
에 다 왔어요."

이야기하다 보니 밖의 경치를 볼 여유도 없었는데 차가 고속
도로에서 우측으로 빠진다. 공항에서 30여 분 걸렸다. 밀림 속
의 도로를 따라가자 열대림 속에 집들이 드문드문 보인다. 모두
2층 3층으로 지은 고급 주택들이다.

자동차는 마을 한가운데 있는 아담한 이층집 앞에 멎었다.
매니저가 재빨리 내려 문을 열었고, 레이가 내리며 내 손을 잡
았다. 레이의 손을 잡고 내려서서 집 현관을 보았다. 문이 열리
며 사진으로 본 아들 키엔과 그 또래의 여자가 나오더니 계단을
내려온다.

한데, 여자의 얼굴이 눈에 확 뜨인다. 나는 걸음을 멈추고 두 남녀를 보았다. 여자는 어디서 보았던지 분명 눈에 익은 얼굴이다. 순간적으로 얼굴이 화끈하도록 달아올랐다. 저 모습, 동생 장여정이 아닌가! 정신이 산만해 눈을 비비고 다시 보았다.

두 사람이 달려와 내 품으로 뛰어들었다.

"아버지!"

나는 두 남녀를 받아 안았다. 그러안고 등을 두드리며 생각했다. '아버지!' 두 사람이 동시에 외친 말이다. 여정이를 닮은 여자는 며느리가 분명하다. 그렇다면 며느리를 이렇게 그러안고 있을 수는 없다. 정신을 차려보니 두 사람이 내 양쪽 볼에 얼굴을 비벼대며 운다. 내 얼굴이 두 사람의 눈물에 젖었다. 어느새 내 눈에도 눈물이 흐르며 격한 감정이 치민다. 레이가 다가와 우리를 얼싸안는다. 우리 네 식구는 한 덩어리가 되어 첫 상봉의 감격으로 울었다.

며느리가 내 얼굴을 양손으로 감싸 잡으며 우리말을 한다.

"아버지, 보고 싶었어요."

여전히 눈물이 흐르는 얼굴을 마주 보며 손을 잡아 살그머니 내 얼굴에서 떼었다. 아무리 베트남식 정서라지만 시아비와 며느리와 이래서는 아니 된다. 며느리가 다시 내 품으로 달려들며 말했다.

"아버지, 내가 딸 디엔입니다. 아버지 딸 디엔!"

나는 얼결에 받아 안으며 소스라치게 놀라고 말았다. '딸이라니, 딸 디엔이라니!' 조금 전 차에서 레이가 한 말이 머리를 친다. 머리가 떵하다. '또 한 번 놀랄 일!' 그렇다면 이 여자는 분명 내 딸이다. 쌍둥이 딸! 세상에 어떻게 이런 일이……. 그렇구나! 내 아버지도 쌍둥이였다.

너무 기쁘고 감격해서 딸의 얼굴에 마구 볼을 비벼댔다. 두 얼굴에 눈물범벅이다. 역시 아들보다 딸이 더 애틋하다. 어머니와 아들은 눈물을 훔치며 얼싸안은 아버지와 딸을 바라본다.

어머니가 딸 등을 다독이며 타이른다.

"디엔, 그만 들어가야지."

나도 딸의 등을 두드리며 거들었다.

"그래, 어서 들어가자."

딸이 수줍은 듯 품에서 벗어나며 내 손을 잡고 현관으로 건는다. 집안은 고풍스러우면서 화려하다. 이런 집은 난생처음 본다. 나는 거실에서 아들 키엔을 다시 안았다. 키가 175cm인 나보다 한참 크고, 나를 닮아 수염을 깎은 턱이 새파랗다. 사람들은 나를 젊은 시절의 영화배우 최무룡을 닮았다고 하지만, 나보다 더 잘생긴 아들 등을 두드리며 감격에 겨워 말했다.

"키엔, 참 훌륭하게 자라주었구나. 고맙다."

옆에 선 딸 디엔을 다시 안았다. 딸도 나보다 크고, 어머니보다 아름답다. 딸의 가슴이 내 가슴에 느껴진다.

"디엔, 예쁘게 자랐구나. 내 딸, 정말 고맙다."

행복한 얼굴로 하뭇하게 웃는 내 여자 레이를 안았다. 안은 팔에 힘을 주며 얼굴을 대고 온몸으로, 마음으로 고마움을 표했다. 레이도 내 등을 조여 안으며 반응한다. 나는 행복하다. 내 생애에 이런 행복이 오리라고는 공상으로도 못했다.

"당신, 고맙고 또 고마워. 내 아들과 딸을 이렇게 훌륭하게 키워줘서 너무 고마워."

고맙고 행복하면 눈물이 나게 마련이다.

"나도 고마워요. 키엔과 디엔을 한꺼번에 내게 주어서 너무 고맙고 행복해요. 이제 우리 앉아서 이야기해요."

딸이 내 옆에 앉고, 어머니와 아들이 다탁을 가운데 두고 마주 앉았다. 가사도우미지 싶은 여자가 배꼽 손을 하고 공손히 다가와 레이에게 말했다. 레이는 귀부인처럼 온화하게 웃으며 망고 주스와 커피를 시킨다.

가장 궁금했던 것을 레이에게 물었다.

"레이, 우리 쌍둥이 언제 어떻게 태어났어요?"

레이는 자랑스럽고 대견스러운 눈으로 남매를 어루더듬으며 대답했다.

"그때를 생각하면 지금도 아득해요. 임신한 사실이 알려지자 집안은 발칵 뒤집혔고, 겁나고 두려워 집밖에 나갈 수도 없었어요. 게다가 배가 점점 불러오고 쌍둥이라는 것이 알려지며 더욱 무서웠어요. 아버지가 아니었으면 난 죽고 싶었어요."

레이는 말을 중단하고 옆에 앉은 아들 손을 잡아 어루만지며 눈물이 가득 담긴 눈으로 바라보다가 가슴에 안았다. 아들이 엄마를 마주 안으며 흐르는 눈물을 닦아준다. 가슴이 먹먹해지며 울컥 눈물이 솟구친다. 남산만 한 배를 그러안고 고통스러워하는 그 모습이 눈에 선하다.

"당신, 미안해요. 그 엄청난 고통을 안겨줘서 너무 미안해요."

"그랬어요. 당신이 너무 원망스러웠어요. 한국군이 철수하고 당신이 올 수 없게 되자 절망했어요. 아버지와 오빠가 아니었으면 난 정말 죽으려고 했어요. 몸도 마음도 죽을 지경에 이르렀어요. 그러다가 1973년 4월 16일에 쌍둥이를 낳았어요."

조마조마하게 안고 있던 가슴을 내려놓으며 길게 한숨을 내쉬었다. 4월 16일이면 내가 귀국한 지 8개월 만이다. 임신 기간도 그렇지만, 아비 없는 핏덩이 쌍둥이를 안고 망연자실했을 레이가 안타까워 가슴이 미어진다. 나는 다탁을 돌아가 레이를 가슴에 안았다.

"레이, 고마워요. 고통을 이겨내고 우리 쌍둥이를 잘 키워줘서 너무 고마워요."

레이는 마주 안으며 눈을 맞추었다. 눈에 가득 고였던 눈물이 흘러내린다. 혼란한 전쟁 말기에 적의 자식을 낳아 길러야 했을 그 고통이 나는 감히 상상도 가지 않는다. 한국군의 아이를 낳은 사실이 알려지면 온 식구가 몰살을 당할 것이다.

딸 디엔이 젖은 목소리로 진정시킨다.

"아버지, 어머니 그만 해요."

다음 말은 내가 알아들을 수 없다. 레이가 내 가슴에서 벗어나며 말했다.

"기쁜 날 왜 울기만 하느냐고 해요. 우리 그만 울어요."

그럴 것이다. 쌍둥이도 유년시절은 돌아보고 싶지 않을 것이다. 더구나 지금은 아비 자식 간에 첫 만남이다.

"그래요. 난 더 듣고 싶지만 다음에 해요."

"나도 하고 싶은 말 많아요. 다음에 다 말할게요."

분위기를 돌릴 겸 아들에게 물었다. 내게는 가장 궁금한 것 중의 하나다.

"키엔은 왜 처음부터 모든 걸 숨겼지? 아버지를 놀래주려고 그랬니?"

어머니의 통역을 들은 아들과 딸이 한꺼번에 까르르 웃는다.

"아버지, 미안합니다."

키엔이 대답하고 어머니에게 말했다. 레이가 아들의 말을 전했다.

"키엔이 어차피 공항에 나갈 수 없는데 말하지 말자고 했어요. 나도 그게 좋을 것 같아서 그렇게 했어요. 더 감격적이 아니었나요?"

우리는 또 한바탕 웃었고, 생과일을 갈아 믹스한 주스가 먼저 나왔다. 나는 갈증이 나던 참이라 향긋한 주스를 양껏 마시고 또 물었다.

"그럼, 디엔이 있다는 것은 왜 숨겼지?"

디엔이 손뼉을 치며 웃고는 제 가슴을 엄지로 찍으며 장난스레 말했다. 처음 보는 내 딸이지만 볼수록 우아하게 아름답다.

"아버지, 그건 내가 말했어요."

어머니가 받았다.

"맞아요. 그건 디엔이 말했어요. 쌍둥이가 태어났다고 말하면 아버지가 너무 놀란다고 숨기자고 했어요."

그럴 것이다. 이란성 쌍둥이가 태어났다고 했으면 나는 적잖이 놀랐을 것이다. 그리고 뭔 일이 났을지도 모를 일이다. 나는 또 궁금증을 물었다. 즐겁고 흐뭇한 궁금증이다.

"그럼, 디엔은 왜 공항에 나오지 않았어?"

아들과 딸이 한꺼번에 웃었고, 어머니가 행복한 얼굴로 대답했다.

"디엔은 오빠보다 더 유명해요. 그러니 나갈 수 없지요."

나는 또 한 번 온몸이 화끈하도록 놀랐다. 처음 본 쌍둥이 자식 중 누가 동생인지 묻지 않은 것도 부끄럽거니와 오빠보다 유명하다니! 이들은 참 여러 가지로 내가 감당 못 할 사람들이다.

"그래, 키엔이 오빠였구나. 아버지가 너무 당황하고 기뻐서 묻지 못했구나. 미안하다. 한데 당신, 그건 또 무슨 말이야. 디엔이 오빠보다 유명하다니?"

"키엔이 세계적인 피아니스트이듯이 디엔은 세계적인 바이올린과 첼로 연주자랍니다."

울컥 치미는 감동으로 옆에 앉은 딸을 와락 안았다. 딸도 마주 안으며 자랑스레 웃는다. 나는 등을 다독이며 얼버무려 말했다. 이럴 때 무슨 말을 해야 할지 갈피를 잡을 수 없다.

"디엔, 고마워 아주 훌륭해. 아버지는 지금 숨이 막힐 것처럼 기뻐. 너희들이 과연 내 아들이고 딸인 게 맞는 거야?"

레이가 아들을 품에 안으며 행복한 얼굴로 대답했다.

"그럼요. 당신을 닮은 우리 아들과 딸이잖아요."

너무 행복해서 또 눈물이 날 것 같아 남은 주스를 벌컥 마시고 감정을 가라앉혔다. 향이 짙은 커피잔이 내 앞에 놓였다. 이제 차분하게 커피를 마시며 켜켜로 쌓인 행복한 궁금증을 풀어야 한다. 나라가 망하고 난민이 되었던, 내가 사랑했던 여자가 그 난리 통에 쌍둥이를 낳아 어떻게 이토록 장하게 키웠는지 알아야 한다.

커피를 마시며 레이가 말했다.

"우리 아들과 딸은 한국에도 두 번 가서 연주했답니다. 키엔, 작년에도 갔었지?"

"그래요, 어머니. 메이."

작년 5월? 생각이 난다. 5월 중순경이었을 것이다. 예술의전당에서 세계적인 프랑스 필하모닉오케스트라 연주가 있었는데, 연일 성황이었다고 신문과 방송에서 떠들었다. 그런데, 프랑스 필하모닉오케스트라 악단에 내 아들과 딸이 있었단다. 대체 어떻게 동양인 베트남 남매가 세계적인 프랑스 오케스트라 악단의 단원이 되었단 말인가? 그것도 주 악기인 피아노와 바이올린 연주자로⋯⋯. 믿어지지 않지만 이것은 현실이다.

"작년 5월에 서울 예술의전당에서 세계적인 오케스트라 연주가 있었다는 것을 방송중계로 보았다. 대체 그 악단에 우리 아들딸이 있었다니, 아버지는 너무 감격스럽다."

레이가 받아 말했다.

"우리 아들딸은 늘 함께 연주해요. 작년 12월 10일부터 1월 20일까지 유럽 8개국을 순회하며 연주했어요. 뮤지컬 배우들과 함께 공연하는 아이들에게 당신 이야기를 해줄 수 없었어요. 그래서 기다려 달라고 했어요. 그거도 미안해요."

그랬었구나. 그런 걸 몰랐으니 나는 오해하고 초조했었다. 아들이 아비 만나기를 싫어하는 줄 알고 초조하고 괘씸한 생각도 수없이 했다. 아들을 설득하지 못하는 레이도 원망스러웠다. 레이가 경솔하게 아버지를 찾았다는 사실을 남매에게 알렸다면 마음이 산만해서 연주를 제대로 할 수 없음은 자명하다. 각기 다른 수많은 악기를 연주하는 단원 중 누구 한 사람이라도 연주에 실수가 있으면 그 연주회는 망친다. 레이는 참 생각할수록 현명한 여자다.

"당신, 고마워요. 그런 줄도 모르고 난 당신과 아들을 원망했어요. 정말 미안해요."

"당신 마음 알지만 어쩔 수 없었어요. 또 있어요. 키엔은 국내 행사 연주 때문에 10일 전에 귀국했지만, 디엔은 유럽 연주를 마치고 3일 전에 왔어요. 그래서 디엔 의향을 물을 수 없었어요. 그거도 미안해요."

또 가슴이 벅차오른다. 너무 행복하고 감격스러워 가슴이 벅차다. 레이는 모든 상황을 빈틈없이 정리했다. 이제는 내가 미안해야 한다.

"당신이 미안할 것 하나도 없어요. 당신은 너무 현명해요. 내가 미안하고 또 미안해요. 당신, 정말 너무 고마워요."

키엔이 어눌하게 말했다.

"아버지, 미안하지 말아도 돼요."

디엔은 베트남 말로 한참 뭐라고 했는데, 레이가 통역했다.

"아버지가 미안하지 않아도 좋다고 해요. 키엔과 디엔이 아버지 유전자를 받아 세계적인 음악가가 되었으니 자기들도 아버지가 고맙고 행복하다고 말해요."

나는 또 가슴이 벅차다. 27년 만에 첫 상봉한 아들과 딸이 아버지를 인정하고 이토록 태어나게 한 것을 고마워하다니……!

감격에 겨워 콧잔등이 시큰하다. 철천지원수로 여겼던 여준석 대위가 생각난다. 그가 나를 불임남자로 만들지 않았다면 자식을 두셋은 낳았을 것이다. 나는 그 자식들을 양육하기 위해 아등바등했을 것이다. 그런 데다 하늘에서 떨어지듯 장남 쌍둥이 남매를 만났더라면, 지금처럼 행복하고 감격스럽지 못할 것은 자명하다.

아들과 딸에게 말했다.

"키엔, 디엔 나는 너희가 아버지로 인정해주지 않을까봐 걱정했다. 27년이 지나도록 너희가 태어난 줄도 몰랐으니까. 지금 생각하면 우리 모두는 정해진 운명이었다. 내가 결혼했지만 자식이 태어날 수 없었던 것도 숙명적이었다. 숙명적으로 태어난 너희 남매는 이제 내게 여생의 행복이고 살아야 할 낙이다. 너희를 낳아준 어머니가 고맙고, 잘 자라준 내 아들과 딸이 고맙다."

내 말을 꼼꼼히 듣고 난 레이가 놀란 얼굴로 물었다.

"아니, 결혼을 했는데 자식이 없어요?"

"그래, 없어요. 아내는 정상인데 내가 낳을 수 없어요."

레이가 어리둥절 하는 쌍둥이에게 말하고 놀란 얼굴로 물었다.

"그게, 어째서 그래요?"

어쩔 수 없이 중대장 여준석 대위와의 관계를 설명해야 한다. 레이도 당시 상황을 약간은 알고 있을 것이다.

"당신도 생각날 거예요. 강제귀국당하기 직전 중대장에게 죽지 않을 만큼 맞았어요. 발길질에 양쪽 고환이 터지고 머리를 철모로 맞아 뇌출혈이 생겨 병원에 입원했어요. 수술을 받고 이상이 없었는데 결혼해서 검사를 했더니 내가 불임 남자였어요."

"생각나요. 그거 나 때문에 일어난 사건이라는 거 알아요. 당신이 월남에 다시 못 온다는 거 알았을 때, 임신 9개월이었어요. 당신 아기를 임신하지 않았으면 나 죽었을 거예요. 그래서 더 미안하고 고마워요. 늘 당신 생각하며 두 아이 키웠어요."

나는 레이에게 평생 갚아도 남을 빚을 졌다. 솔직하게 엄밀히 따진다면, 이 여자에게서 대를 이을 자식을 얻으려고 사랑의 행위를 한 것이 아니다. 젊은 날의 객기로 사랑이라는 굴레에 씌워져서 동생을 닮은 이국의 여자를 천생연분으로 알고 사랑했지만 이런 일이 벌어지리라고는 상상도 못 했다.

지금 생각하면 숙명적이었다는 느낌이 들기는 하지만 당시는 그것도 아니었다. 좋은 기억은 추억이고, 나쁜 기억은 경험이다. 그런데 레이는 조국을 떠나 난민으로 살면서도 두 아이를 키우며 나쁜 기억을 추억으로 그리워하며 매일 나를 생각했을 것이다.

말레이시아에 정착했다가 브루나이의 나이 많은 홀아비에게 시집을 와서 아비 없는 두 자식을 길러야 하는 그 고통이 오죽

했을까! 레이가 나를 사랑하지 않고 베트콩 레옹 찌 탁과 결혼했더라면 통일된 조국에서 영웅의 아내로 살았을지도 모른다. 나는 레이에게 너무나 큰 죄를 짓고 말았다. 죽을 때까지 속죄해도 남을 죄를 졌다.

입에 발린 말은 얄미운 사치다. 나는 심장의 고동을 느끼도록 레이를 그러안고 속죄의 눈물을 흘렸다. 내 등을 쓰다듬는 레이의 손길에서 나를 이해하고 용서하고 있음을 느끼며 어깨를 잡고 얼굴을 보았다. 내 사랑하는 여자도 울고 있다. 얼굴은 웃지만 눈에는 눈물이 흐른다.

지켜보던 아들과 딸이 박수를 치며 외친다.

"아버지, 어머니 파이팅!"

좀 겸연쩍기도 하여 팔을 들며 외쳤다.

"그래, 우리 모두 힘내자. 파이팅!"

우리 네 식구는 박수를 치며 행복하게 웃었다. 나는 지금 난생처음 가족적 분위기에 젖는다. 어려서부터 가족끼리 이렇게 모여앉아 웃어본 적이 없다. 우리 식구, 우리 가족이라고 말해본 기억도 없다. 그런데, 나는 지금 그런 말들을 아주 자연스럽게 하고 있다. 정말 이래도 되는 것인지 불현듯 불안감이 든다. 이렇게 행복해 본 적이 없어 더욱 그렇다. 불안하지 않다면 그게 외려 이상할 것이다. 그렇다! 과연 우리는 가족이 될 수가 있을까? 아버지인 나는 한국으로 돌아가야 하고, 어머니는 남편이 있는 브루나이로 돌아가야 하고, 여기 베트남에는 아들딸이 남는다. 그렇다면 식구나 가족이 아니다. 이것은 난제難題다. 엄청난 난제가 남아있다. 마음속에 불안감이 들지만 그걸 지금 드러낼 수는 없다.

딸 디엔이 주방을 들락거린다. 어머니 레이도 이집의 주인은 아니다. 당연히 그럴 것이지만 갑자기 손님이 되어버린 어색한 기분으로 시계를 보았다. 여섯 시가 되어간다. 두 시간 가까이 차를 마시며 대화를 나누었다. 궁금증이 켜켜로 쌓였지만 한꺼번에 풀 수는 없다. 궁금증이 풀림에 따라 우리가 식구가 될지, 이산가족이 될지 어떻게든 정리가 될 것이다. 매사 순리대로 풀어야 한다.

슬픈 추억

샤워를 하고 나자 레이가 실내 간편복을 내준다. 반팔 티셔츠와 가벼운 면바지다. 부드럽고 몸에 딱 맞는 옷이다. 레이와 함께 거실 맞은편 방으로 들어갔다. 음식점의 홀처럼 넓은 식당이 그윽한 분위기를 자아낸다. 밝거나 화려하지 않고 마음이 안정되는 아늑한 느낌이 든다. 편안하게 식사를 할 분위기다.

"아버지, 여기로……"

딸이 자리로 안내하는데 중국식 회전 식탁이다. 그제서 보니 오른쪽에는 서양식 식탁도 있다. 중국 음식도 자주 먹는 모양이다. 레이와 나란히 앉았는데 아름다운 정원이 그대로 보이는 자리다. 망고가 주렁주렁 열린 나무도 보이고 아름드리 야자나무는 밑둥치만 보이고, 망고스틴과 용과가 열린 나무도 보인다.

나무의 크기와 간격으로 보아 캐다 심은 것이 아니라 열대수림 속에 터를 잡고 집을 지은 것이 분명하다. 딸은 어머니 옆에 앉았는데, 아들은 술병을 들고 와서 내 옆에 앉는다. 술병을 보고 나는 탄성을 질렀다.

"아니, 나폴레온 코냑!

술병이 책모양인 나폴레온 코냑이다. 이런 모양의 술병은 백 년 이상 묵은 브랜디도 있다는 것을 안다.

아들이 술병을 따서 잔에 따르며 말했다.

"아버지, 받으세요."

음식을 만드는 주방은 보이지 않는다. 이내 여자 둘이 음식을 내오는데 주방은 한참 안쪽인 모양이다.

레이가 말했다.

"당신이 좋아하는 중국식 광둥요리를 준비했답니다. 어때요?"

시장기가 들던 참이라 침을 꿀꺽 삼키고는 대답했다.

"좋아요. 내가 좋아하는 거 당신도 알잖아요."

"그래서 광둥요리 전문가를 키엔이 초청했어요."

재료를 알 수 없는 부드러운 수프가 나오고 이름도 모르는 음식이 차례로 나오는데 맛이 일품이다. 우리 네 식구는 잔을 들었고 내가 건배를 했다.

"우리 가족의 행복을 위하여!"

짙은 호박색 술잔 넷이 모여 부딪치고 술을 마셨다. 술맛이 감로주다. 즐겁고 행복한 자리의 술맛은 배가한다. 감격스럽다. 내가 이토록 행복해도 되는지 불안감이 들도록 행복하다.

식사자리는 조용히 음식 맛을 음미하며 먹어야 한다. 잡담은 분위기도 음식 맛도 망친다. 조용히 음식과 술을 서로 권하며 코냑 두 병을 비웠다. 아들과 딸도 술을 곧잘 마신다. 내 예상대로 나폴레온 코냑은 100년짜리라고 아들이 말했다.

식사를 마치고 내가 물었다. 대체 이런 술을 마시는 정도면 부흥의 정도가 어떠한지 나도 알아야 한다.

"키엔, 이런 코냑은 값이 대단할 텐데 어떻게 구하고 이렇게 마실 수 있는지 매우 궁금하다."

레이가 대답했다.

"우리 아들과 딸은 여덟 살 때부터 프랑스에 가서 8년간 음악 공부를 하였고, 4년간 대학에 다녔어요. 그래서 프랑스 필하모닉오케스트라 단원이 되었어요. 이런 브랜디도 쉽게 구할 수 있지만 좀 비싸서 보통 때는 못 마셔요. 이번에는 당신을 위해서 키엔이 준비했어요."

나는 깜짝 놀랐다. 술이 문제가 아니라 두 아이가 프랑스에서 공부를 했다니 어찌 그리되었는지 알아야 한다.

"프랑스에서 공부를 했다니, 어떻게 그럴 수 있었어요?"

레이는 과거를 회상하는 듯 쌍둥이를 대견스런 눈길로 어루

더듬으며 말했다.

"브루나이에는 두 아이를 가르칠만한 선생님도 없고 그런 학교도 없어요. 쌍둥이의 재능을 알게 된 남편 아잔이 프랑스로 유학을 보내자고 했어요. 자세한 이야기는 다음에 해요."

놀라움과 함께 궁금증이 또 하나 늘어 당황했다. 대체 의붓아버지가 쌍둥이를 12년간이나 프랑스 유학을 시키다니! 상황이 이렇게 전개될 줄은 몰랐다. 그도 그렇거니와 쌍둥이가 어떻게 베트남에 정착하게 되었는지 알다가도 모를 일이었다.

"남편이 우리 쌍둥이를 프랑스에 유학 보낸 것도 그렇지만, 어떻게 아이들이 베트남에 오게 되었어요?"

레이가 일어서며 말했다.

"우리 거실로 나가요. 나가서 이야기해요."

그건 그렇다. 식사를 끝냈으니 우리가 나가야 자리를 치울 것이다. 거실로 자리를 옮기자 이내 향이 짙은 보이차가 나온다. 나는 이제부터 가슴이 터지도록 쌓인 궁금증을 풀어야 한다. 그렇다고 서둘면 아들딸에게 체면이 서지 않는다.

레이에게 눈으로 뜻을 전하자 눈치가 빨라 이내 알아낸다.

"많은 이야기를 어디서부터 해야 할지 모르겠네요. 당신이 소설가가 되었으니 소설로 써보세요. 당신이 쓴 소설 모두 읽었어요. 우리의 과거가 얼핏얼핏 드러나는 소설도 있어서 공감이 갔어요."

어머니와 아들딸이 기억을 더듬으며 내게 들려준 이들의 지난 삶은 고난과 역경을 뛰어넘으며 처절하게 살아왔음을 알 수 있다. 나라가 패망하자 목숨을 부지하기 위해 난민이 되어 제3국까지 갔다가 쌍둥이는 다시 조국으로 돌아왔다.

1964년 8월 2일, 미국 존슨 대통령은 베트남 근해의 통킹만에서 미국 제7함대 소속 구축함 매덕스호와 C·터너조이호가 북베트남군의 이뢰정으로부터 공격을 당했나는 보고를 받았다. 보고를 받은 존슨 대통령은 즉시 미해군 비행대에 북베트남을 보복 폭격하라는 특명을 내렸다. 하찮은 나라가 감히 선전포고 없이 미국을 선제공격했으니 자존심이 상했을 것이다. (나중에 드러난 사실이지만, 당시 린든 B·존슨 대통령이 베트남에 군사적 간섭을 하기 위해 통킹만 사건을 조작한 것으로 드러났다.)

이 사건을 계기로 미국 의회는 거의 만장일치로 소위 '통킹만 결의안'을 채택했다. 결의안의 목적은 미국군에 대한 어떠한 무장공격도 격퇴하고 더 이상의 침략을 방지하기 위해 통수권자로서 대통령이 취하는 모든 조치를 승인하고 지지하기 위한 것이었다.

1965년 2월 7일, 미국은 통킹만 결의안에 의해 마침내 북베트남 전역에 폭격을 시작하였다. 존슨 대통령은 이때부터 연인원 547,000여 명의 지상군을 투입시켰고, 하루에 1,200대의 비

행기를 출격시켜 북베트남을 공격했다. '롤링선더'라고 일컬어
지는 이 폭격으로 폭탄 1,500만 톤을 북베트남 정글에 퍼부으면
서 미국과 베트남 전쟁은 걷잡을 수 없이 확산되었다.

　미국이 베트남전쟁에 참전한 9년 전쟁은 1973년 1월 27일,
프랑스 파리에서 미국·월남·월맹 간에 '파리평화협정'이 조인
되며 마침내 종결되었다. 미국은 베트남전쟁에 2,400억 달러의
전비를 투입하였고, 5만7천여 명이 전사했다. 이로써 미국의 베
트남전 참전은 미국 역사상 가장 치욕적인 패전으로 끝나며 미
군은 철수하기 시작했다. 이에 따라 한국군도 철수하며 남부 월
남은 자력으로 북베트남과 대치하기에 이르렀다.

　당시 남부 자유월남의 오딘 디엠 정권은 국민들 위에 군림하
며 넘쳐나는 전쟁달러로 부패해갔다. 월남의 수도 국제도시 사
이공은 국제사기꾼과 건달들과 돈을 좇는 미희들로 흥청거렸
고, 사이공 거리는 밤이면 불야성을 이루었다. 월남은 미국과
한국의 막강한 군사적 지원을 받으면서도 스스로 일어설 생각
도 없이 그저 흥청거리다가 안으로부터 썩어 소멸된 나라였다.

　1975년 4월 30일, 남부 월남은 마침내 패망했다. 남부 월남
을 점령한 북베트남 정부와 군부는 무자비한 숙청을 단행했다.
월남의 군부와 경찰, 정부 공무원은 물론 특권층의 기업인들까

지 소위 인민재판으로 현장에서 처형했다. 또한 월남에서 좌파로 활동했던 인사들까지 잡아 들여 감금하고 모진 학대로 죽였다. 이때 죽은 남부 월남 인사들이 30여만 명이 넘었다는 기록이 있다. 이에 따라 월남 패망을 전후하여 해로를 통하여 탈출한 난민이 110만여 명에 이르렀다.

경찰이던 레이 오빠 데오 타찐은 1975년 2월, 아내와 세 살배기 아들, 레이와 두 살배기 쌍둥이를 데리고 말레이시아로 탈출했다. 월남이 패망하기 두 달 전에 이미 대세를 알고 탈출한 것이다. 월남을 탈출하며 이들 남매는 많은 미국 달러를 갖고 있었다. 오빠는 경찰공무원으로 모은 돈이지만, 레이는 내가 군복무 시 틈틈이 주었던 돈이었다. 당시 나는 보급계를 보면서 부수입으로 생기는 달러를 레이에게 주어 우리가 결혼하여 살 집을 퀴논시에 사게 하였고 살림살이도 준비하게 했었다. 레이는 오빠의 권유로 미리 집을 팔고 오빠의 집에 2개월간 기거하다가 함께 탈출했다. 데오 타찐은 경찰 동료 다섯 가족과 돈을 모아 말레이시아 상선을 빌려 비교적 쉽게 탈출할 수 있었다고 했다.

말레이시아 지인의 안내와 배려로 쿠알라룸푸르에 정착한 데오 타찐은 프랑스어와 말레이어를 할 줄 알아 대기업체 본사 건물의 경비원으로 취업이 되었다고 말했다. 레이 남매는 수중에 있던 돈을 모아 집을 사서 함께 2년을 살았다. 아이들 셋과 어른 셋, 여섯 식구였지만 여퉈두었던 미국 달러가 있어 오빠의 월급만으로도 그런대로 2년을 살았다고 했다.

1978년 3월 어느 날, 레이에게 청혼이 들어왔다. 레이가 27세, 쌍둥이가 다섯 살 때였다. 소개를 한 사람은 레이 아버지와 친분이 있던 브루나이 원주민촌 촌장 리크아르 웅고크였다. 브루나이에서 레이와 내가 만났던 나우비오 원주민촌 촌장이었다.

상대는 브루나이 사람인데 나이가 42세라고 했다. 처가 2년 전에 죽고 딸 둘이 있는 홀아비인데, 브루나이 누리이만왕궁의 경비대장으로 돈이 많은 부자라고 했다. 상견례를 한 뒤에 레이는 나이가 너무 많아 거절했지만 그쪽에서는 모든 조건을 다 들어준다고 했다. 전처의 두 딸은 자기 어머니에게 맡길 것이며 레이의 쌍둥이는 자기가 키우겠다는 전격적인 제안을 했다. 여러 날 고민을 하던 레이는 오빠의 권유도 있지만 쌍둥이의 양육을 위해서는 우선 돈이 있어야 한다는 것을 깨달았고, 언제까지 오빠에게 의지할 수도 없는 형편이었다.

레이는 마침내 브루나이 부자 홀아비와 결혼하기로 결심하고 조건을 제시했다. 브루나이의 국교인 이슬람교를 믿지 않겠으며 얼굴을 가리는 히잡도 쓰지 않겠다고 했다. 그러나 남자는 그 조건은 받아들일 수 없다고 했다. 왕궁의 경비대장은 부인을 동반하고 국왕과 함께 왕궁 전용 모스크에서 예배를 본다. 그런데 결혼을 하고 부인과 예배를 보지 않으면 국법을 어기는 것이다. 게다가 경비대장 부인이 평상시에도 맨얼굴로 국왕을 대할 수는 없다. 이는 이루어질 수 없는 결혼이었다.

레이의 거절도 끈질겼고, 나이든 홀아비 구애도 끈질겼다. 마흔두 살 홀아비가 스물일곱 살의 여자, 그것도 미모가 뛰어난 젊은 여자를 포기할 수 없었을 것이다. 이름이 다토 알락 아잔이라는 홀아비도 밀레이계 사람 치고는 훤칠한 키에 이목구비도 뚜렷한 사람이었다.

구애에 지친 아잔은 조건을 제시했다. 일단 브루나이에 와서 자기의 생활환경을 보고 다시 이야기하자고 했다. 레이는 그것도 거절했지만, 오빠의 권유도 있어서 마지못해 오빠와 함께 브루나이에 갔다.

반다르스리브가완시 외곽에 있는 집을 보고 레이는 입이 딱 벌어졌다고 당시를 회상했다. 집은 궁전에 버금갈 만큼 크고 온갖 채색으로 화려한 이슬람 건축양식이었다. 레이는 태어나서 그런 호화스러운 집은 처음 보았다고 말했다.

협상은 다시 시작되었다. 그러나 레이는 고집을 꺾지 않았다. 적성에 맞지 않는 종교를 강제로 믿을 수 없으며, 얼굴만 빠끔하게 내놓는 의상을 입고 평생 살 수 없다고 주장을 굽히지 않았다. 아잔의 집에 온 지 사흘째 되던 날, 마침내 아잔이 모든 조건을 다 들어준다는 조건으로 무릎을 꿇고 프러포즈를 했다.

레이는 더 이상 거절할 명분이 없어졌다. 비록 나이는 열다섯 살이나 더 먹었지만, 이런 집에서라면 쌍둥이를 잘 키울 수 있을 것이라는 기대로 결혼을 승낙했다고 말했다. 결국 데오 레이는 사랑했던 한국인 장일도의 다섯 살 쌍둥이 남매를 잘 기르기 위해 자신을 희생하기로 작정했던 것이다.

1978년 6월 15일, 베트남 난민 데오 레이와 브루나이 토착민 홀아비 다토 알락 아잔은 브루나이 상공장관 주례로 결혼식을 올렸다. 아잔은 이슬람을 거부하는 레이와의 결혼으로 왕궁경비대에서 강등되어 국왕의 동생 둘째부인 궁전의 경비대장으로 좌천되었다. 물론 봉급도 감봉되었지만, 아잔은 할아버지 대부터 브루나이 귀족으로서 재산이 어느 정도인지 가늠도 할 수 없는 부자였다.

결혼을 하자 아잔은 약속대로 열두 살과 아홉 살인 전처의 딸을 자기 어머니 집에 보냈다. 그러나 레이는 두 딸을 불러놓고 물었다. 너희들이 원한다면 함께 살겠다. 나는 너희를 친딸로 알고 기르겠다. 의외로 두 아이는 순순히 응했다. 집에는 방글라데시 국적의 정원사와 토착민 하인, 운전기사까지 남자 세 명이었고, 역시 방글라데시 국적의 주방 가사도우미를 비롯한 여자 세 명이 있었다.

결혼을 했지만 레이는 도대체 집안에서 할 일이 없었다. 아는 사람이 없으니 외출도 할 수 없고, 지리를 모르니 함부로 나다닐 수도 없다. 게다가 레이는 집단생활이나 나다니는 것을 싫어하는 성격이었다. 할 일이라고는 키엔과 디엔을 데리고 놀아주는 것이 일이었다. 쌍둥이는 아직 국적이 정해지지 않아 유치원에 갈 수 없을뿐더러 말이 통하지 않아 더욱 그렇다.

오후 4시 두 딸이 학교에서 돌아오면 피아노와 바이올린을 가르치는 프랑스인 가정교사 둘이 온다. 두 아이는 각기 다른 방에서 개인교습을 받는데, 큰 아이는 1층에서 피아노를 배우고, 작은 아이는 2층에서 바이올린을 배운다. 이들은 하루 2시간씩 개인교습을 받는다.

두 딸이 학교에 가고 나면 키엔과 디엔은 피아노를 치고 바이올린을 켜곤 했는데 문제가 발생했다. 두 딸은 자기들의 악기에 남이 손대는 것을 병적으로 싫어했다. 레이도 그것을 이해하고 쌍둥이에게 하지 못하도록 타이르지만, 두 아이는 참지 못해 안달을 하며 음식도 먹지 않는 등 병이 날 지경에 이르렀다.

레이는 비로소 쌍둥이에게 음악적 소질이 있다는 것을 알았다. 생각다 못해 레이는 남편에게 알렸다. 남편은 즉석에서 승낙하고 피아노와 바이올린을 사주고, 별채에 방 두 칸을 마련하여 프랑스 교사에게 교습을 받도록 해주었다. 따라서 두 가정교사는 오후 2시에 출근하여 4시까지 쌍둥이를 가르치고, 4시부터 두 딸을 지도한다. 레이는 베트남에서 프랑스계 중·고등학교를 다녔기 때문에 프랑스어에 능통하여 가정교사들과 금방 친해졌다. 두 교사 역시 재능이 있는 쌍둥이를 사랑하여 최선을 다해 지도하게 되었다.

키엔이 피아노를 배우고, 디엔이 바이올린을 배우는데, 6개월이 지나면서 쌍둥이의 재능이 드러나기 시작했다. 해가 바뀌어 1979년 3월, 만 여섯 살인 쌍둥이는 교습을 받은 지 8개월 만에 3년간 개인교습을 받은 두 딸들 실력보다 훨씬 앞서게 되었다.

이때부터 집안에 분란이 일어나기 시작했다. 두 딸은 질투심으로 쌍둥이를 학대하기 시작했고, 열네 살인 큰딸은 레이에게 정면으로 대들었다. 밥도 한 식탁에서 먹지 않고 2층 자기들 방에서 내려오지 않았다. 뿐만 아니라 쌍둥이를 가르치는 교사에게는 배울 수 없다고 버티었다.

브루나이에는 피아노와 바이올린을 전문적으로 지도할만한 교사가 없다. 수소문 끝에 두 가정교사의 주선으로 프랑스인 개인교사 두 명이 왔다. 비로소 집안이 평안해지기는 했지만 레이는 좌불안석이었다. 우선 예민한 쌍둥이가 의붓아버지와 두 딸의 눈치를 보며 기를 펴지 못했다.

생각다 못해 레이는 분가를 하겠다고 남편에게 말했다. 그러나 남편은 조금만 참아달라며 거절했다. 그때까지 쌍둥이 국적

문제도 해결되지 않았다. 그렇게 그해 11월이 되었다. 키엔과 디엔 두 아이는 오직 음악에만 열정을 쏟은 탓인지 두 교사가 하나같이 자기들의 능력으로서는 더 이상 두 아이를 지도할 수 없다고 말했다.

레이에게는 청천벽력 같은 말이었다. 고민하던 레이는 남편에게 이혼을 하자고 말했다. 남편은 이혼을 할 수 없다 하였고 분가도 거절했다. 레이가 임신 7개월이 넘었으니 남편으로서는 당연한 거절이었다.

어느 날 남편 아잔은 두 개인교사를 불러놓고 쌍둥이의 재능을 물었다. 두 교사는 키엔은 피아노에 디엔은 바이올린과 첼로에 천부적인 재능이 있다고 대답했다. 따라서 자기들로선 더 이상 두 아이를 지도할 수 없다고 했다.

사실 이 문제를 두고 레이와 교사는 이미 의논을 했던 터였다. 그러나 돈이 문제였다. 두 아이를 프랑스로 유학 보내자면 엄청난 돈이 든다. 남편이 아무리 돈이 많아도 의붓자식에게 그것도 십여 년간 돈을 대주지는 않을 것이라고 생각하며 안타까워하던 참이었다.

피아노 교사가 조심스레 말했다.

"키엔과 디엔을 프랑스로 유학 보낼 것을 말씀드립니다. 두 아이가 음악을 제대로 배울 수 있는 적령기이기도 합니다."

듣고 난 아잔은 한참 생각하다가 교사에게 물었다.

"어떤 방법으로 두 아이를 보낼 수 있는가?"

"프랑스에는 음악에 재능이 있는 학생들을 교육하는 음악전문학교가 있습니다. 기숙사도 있으니 어렵지는 않겠지만 교육비는 많이 들 것입니다."

"그럼, 당신이 주선해 줄 수 있는가?"

"알아보겠습니다. 두 아이를 보내겠다면 내일이라도 귀국하여 알아보겠습니다."

아잔은 레이에게 물었다.

"당신, 두 아이를 보낼 수 있겠어요?"

레이에게는 바라고 바라던 일이었다. 그러나 드러내 반길 수는 없다. 잠시 생각하다가 대답했다.

"당신이 그렇게 해준다면 따르겠어요. 그러나 나에게는 두 아이를 감당할 돈이 없어요."

아잔은 벌컥 역정을 내었다.

"그게 무슨 말이야? 내 딸이 당신 자식이듯이 쌍둥이는 내 자식이야. 그런 말 다시는 하지 말아요."

레이는 너무 고마운 말에 울컥했다. 그렇게만 해준다면 모든 난관이 해결된다. 영특한 쌍둥이는 불안하기만 한 집을 벗어나 오히려 잘 적응할 것이지만 아직 어린아이들이라 걱정은 된다. 그러나 집안은 조용해지고 따라서 마음도 편할 것이다.

"고마워요. 그래주신다면 더 좋은 당신 아내로 살겠어요."

"당연한 것을 왜 그리 말해. 당신은 이제 내 아들을 낳을 아내야. 쌍둥이가 가면 두 아이도 엄마를 따를 것이야."

"그럴 거예요. 좋은 엄마가 되겠어요."

아잔은 쌍둥이를 불러 앉히고 물었다. 아이들은 지도교사로부터 프랑스에 음악전문학교가 있다는 말을 들었고, 엄마에게서도 그런 말을 들었던 터라 좋다고 대답했다. 두 아이에게는 이 집을 벗어나는 것만으로도 엄청난 행운이었다. 엄마가 그리울 것이지만, 하고 싶은 음악을 마음껏 할 수 있다는 기쁨에 감격의 눈물을 흘리며 의붓아버지에게 고맙다고 말했다.

쌍룡 날아오르다

1980년 1월 5일, 키엔과 디엔은 프랑스 파리의 〈라 스콜라 캉트룸〉 음악전문학교에 입학했다. 파리 생자크 거리 중심부에 위치한 라 스콜라 캉트룸은 1894년에 세워진 전설적인 음악학교다. 브루나이에서 키엔과 디엔을 지도한 개인교사도 이 학교 출신이었다.

라 스콜라 캉트룸의 교과 과목은 다양하다. 현악, 관악, 건반악, 타악 등의 악기와 성악, 작곡까지 교육한다. 음악에 관한 모든 교육을 시키는 전문학교다. 만4세 이상이면 입학이 가능하고 위로는 연령 제한이 없고 연중 수시로 입학이 가능하다.

아잔과 레이 부부는 파리에 와서 학교와 시설을 보고 만족했다. 아잔은 교장과 담임이 될 교사들에게 두 아이를 특별히 부탁하며 그들이 놀랄만한 선물을 주었다. 교사들은 부부가 보는 앞에서 두 아이를 테스트해보고 만족해하며 책임지고 교육시키겠다고 약속했다.

키엔과 디엔은 학교 기숙사에 들어갔다. 기숙사는 남녀 구분으로 비슷한 연령의 아이들 4명이 한 침실을 쓴다. 쌍둥이는 말을 배우면서부터 엄마가 프랑스 말을 가르쳤다. 말레이시아에 정착해서도 아이들을 유치원에 보낼 수 없어 엄마가 프랑스어를 가르쳤는데, 브루나이에 와서 프랑스 개인교사로부터 음악을 배우며 말도 배워 거의 완벽하게 하는 수준에 이르렀다.

레이 부부가 프랑스에서 돌아오자 두 딸이 또 심술을 부리기 시작했다. 자기들도 프랑스 음악학교에 가겠다는 것이었다. 레이는 가슴이 철렁했다. 이들이 가면 쌍둥이를 괴롭힐 것은 불을 보듯 뻔하다. 게다가 두 아이는 음악적인 재능이 없다. 그것은 아버지도 알고 있다. 그런 아이들을 음악전문학교에 보내면 이도 저도 안 되고 사람만 버린다. 게다가 두 딸은 한창 공부해야 할 나이다.

레이의 설득에 아잔은 수긍했다. 두 딸을 타이르고 달랬다. 자신들의 실력을 알고 있던 두 아이는 아버지 말대로 영국으로 유학을 가기로 했다. 그로부터 3개월 뒤인 4월 중순에 두 딸은 영국으로 가고, 레이는 아들을 낳았다. 공교롭게도 쌍둥이가 태어난 4월 16일이었다.

두 딸이 영국으로 유학을 가고부터 레이에게는 행복한 나날이었다고 회고했다. 그리고 이듬해 11월에 레이는 둘째 아들을 낳았다. 레이는 한 달에 한 번씩은 프랑스 파리에 가서 쌍둥이를 만나곤 했다. 키엔과 디엔은 학교에서 천재로 알려졌다. 따라서 두 아이에게 특수교육을 시키고 있었다. 키엔은 피아노 전공이었지만, 디엔은 바이올린과 첼로를 전공으로 배운다. 디엔은 천재적인 음악가의 재질을 타고났다.

이 무렵 레이에게는 또 다른 행운이 찾아왔다. 행운은 인간이 아무리 찾으려고 해도 찾을 수 없다. 저절로 찾아오는 것이 진정한 행운이다. 말레이시아에서 난민으로 고생하던 오빠가 베트남으로 가게 되었다. 레이에게는 배다른 오빠인 데오 딴오는 월남통일 당시 북베트남 육군 대령이었다. 베트남이 통일되며 월남의 수도 사이공은 베트남의 국부 호찌민의 이름을 따서 호찌민시가 되었다.

그리고 이태 뒤인 1977년 소장으로 진급한 데오 딴오는 호찌민시 방어사령관으로 부임했다. 딴오는 그때부터 레이 남매를 찾기 시작했다. 3년간의 수소문 끝에 마침내 동생 타찐의 행방을 알고 말레이시아로 사람을 보냈다.

월남이 패망하기 전, 타찐이 퀴논시 경찰국에 있을 때부터 이

들 형제는 7년간 만난 적이 없었다. 형은 월맹군 장교였고, 동생
은 월남 경찰이었으니 표면상으로는 서로 적이었다. 이들의 아
버지는 빈딘성 짜옹마을 촌장이면서 인민해방전선(베트콩) 전
사들을 돕고 있는데, 그것은 큰아들이 월맹 정규군 장교였기 때
문이었다.

1973년 미군이 월남전에서 전면 철수하며 북베트남 정규군
이 남부 월남을 속속 점령할 때, 장남인 딴오는 빈딘성에 있던
아버지를 하노이로 이주시켰다. 아버지가 3년 전에 죽으면서
동생 타찐과 레이를 꼭 찾으라는 유언을 남겼고, 장남은 아버지
유언을 지킨 것이다.

두 형제는 10년 만에 호찌민시에서 만났다. 형 딴오는 의젓
한 베트남 장군이었고, 동생 타찐은 나이 30세에 쪼그라들어 남
의 나라에 숨어 사는 난민이었다. 딴오는 동생을 귀국시키고 경
찰에 복귀시켜 하루아침에 파출소 소장 자리에 앉혔다. 통일된
베트남 호찌민시 방어사령관 권력은 그만큼 막강했다.

이때, 레이도 호찌민시에 와서 큰 오빠도 만나고, 열세 살 먹
은 레이를 성폭행했던 셋째 오빠도 만났다. 셋째는 여전히 음
흉한 눈으로 레이를 꼬나보았으나, 레이는 배다른 두 오빠가 고
마웠다고 말했다. 자신도 이제는 행복하고, 친오빠도 마음 편
히 살 수 있게 되어 모든 것을 용서했다고 말했다. 게다가 더욱
기쁜 것은 베트남 국적인 키엔과 디엔이 이제 마음 놓고 조국에

돌아올 수 있게 된 것이다.

키엔과 디엔이 라 스콜라 캉트룸 음악학교에 입학한 지 8년
이 되던 1988년, 쌍둥이는 음악학교를 졸업했다. 키엔은 그동안
이탈리아, 영국, 독일, 프랑스에서 개최하는 국제 피아노 콩쿠
르에서 모두 1위를 하였고, 1988년에는 폴란드 바르샤바의 쇼
팽 국제피아노콩쿠르를 석권하며 세계적인 피아니스트로 인정
받았다. 쇼팽 국제피아노콩쿠르는 5년마다 열리는데, 16세 이
상 30세 미만에게 출연자격이 주어진다.

디엔 역시 여덟 살부터 폴란드, 미국, 독일 등에서 개최하는
국제 바이올린 콩쿠르에서 모두 1위를 석권하였고, 독일과 미
국, 프랑스에서 개최하는 국제 첼로 경연대회에서 1위를 차지
하며 바이올린과 첼로 2개 현악기의 세계적인 연주자로 국제무
대에 오르게 되었다. 키엔과 디엔은 이미 15세부터 파리 오케스
트라에서 정식 단원으로 세계 순회연주를 하고 있다.

이때부터 키엔과 디엔은 베트남에서도 천재적인 신동 음악
가로 알려지며 베트남 필하모닉오케스트라에서 연주하고, 피아
노와 바이올린 독주, 오페라와 뮤지컬에서도 연주하며 명성을
떨쳤다. 게다가 국적이 베트남이었으니, 베트남 국제적인 음악
연주회에 빠지지 않고 참여하게 되었다.

음악학교에서 음악을 배우며 파리 중고등학교 과정을 이수

한 쌍둥이는 1988년 파리 시앙스포(Sciencespo)대학에 입학했다. 시앙스포 대학은 프랑스 대학 중의 대학이라는 '그랑제콜'에 속하는 일류 대학이었다.

　레이는 쌍둥이가 대학에 들어가고부터 나, 장일도를 다시 그리워하기 시작했다고 말했다. 키엔은 자랄수록 아버지를 닮아 갔으니, 어찌 아이들의 아버지를 그리워하지 않을 수 있겠느냐고 회상했다. 그러나 쌍둥이에게 막대한 돈을 들여 공부시키는 남편에게는 속마음을 감추며 지극성성을 다해야 했다고 고난했던 심경을 토로하기도 했다. 당시 아잔에게서 낳은 아들 둘이 일곱 살 여섯 살로 한창 귀엽던 그 시절이 레이에게는 가장 행복했었다고 말했다.

　키엔과 디엔은 1992년에 시앙스포 대학을 졸업하고 베트남으로 돌아왔다. 당시 레이의 오빠 데오 타찐은 호찌민시 시경 국장으로 진급하였고, 장남 딴오는 육군 대장으로 예편하여 하노이시 시장이 되었다고 했다. 쌍둥이는 학교를 졸업하고 조국인 베트남으로 왔지만, 프랑스 필하모니 오케스트라 단원이었으므로 거의 프랑스에서 생활했다.

　내가 베트남에 온 지 사흘 되던 날 2월 6일 오후, 하노이에 있는 박대균에게서 전화가 왔다.

　"오늘 사이공에 갈려고 했는데 못 가게 생겼다."

"왜, 무슨 일이 일이 있어?"

"말두 마라, 내가 오기 이틀 전부터 공장 근로자들이 파업을 했어. 월급을 20% 올려달라는 거야. 내가 10%를 제시했는데 안 먹혀. 서울 본사에서 자재과 대리 한 놈이 원단을 빼먹어 해고 했는데, 이놈이 일주일 전에 베트남에 와서 근로자들을 선동하고 있었어. 오늘 아침에 월남 경찰이 들이닥치자 제 몸에 기름을 뒤집어쓰고 분신을 시도했다. 병원에 실려가 죽진 않았지만 골치 아프게 생겼다."

"아니, 베트남에서는 파업을 할 수 없다고 했잖아?"

"물론 불법이지. 근데 한국 놈이 와서 선동을 하니까 일이 벌어진 거야. 문제는 이놈이 분신을 하면서 사무직 여자직원 하나를 껴안아서 그 여직원도 화상을 입었다. 그게 더 골치 아프게 됐다."

"저런, 정말 야단났구나. 어떡하니?"

"어떻게든 해결해야지. 며칠 걸릴 것이다."

"그래, 사건 찬찬히 해결하구 올 수 있으면 와."

박대균에게 정말 큰 일이 벌어졌다. 파업이 지겨워 베트남에 공장을 설립했다고 했는데, 한국의 못된 인간들이 베트남까지 와서 파업을 선동하는 지경에 이르렀다. 게다가 분신을 하면서 베트남 여직원을 껴안아 화상을 입었다니 이건 보통 문제가 아니다.

레이도 내 말을 듣고 깜짝 놀라며 어찌 그런 일이 일어날 수 있느냐고 의아해했다. 나는 한국에서는 자주 있는 일이라고 했지만 박대균이 깜찌옹을 찾는데 차질이 생기지 않을까 걱정이 되었다.

어제 호찌민시 경찰국장인 레이의 오빠 타찐이 왔었다. 나와는 27년만의 만남이었다. 그동안 쌍둥이 남매를 타찐이 잘 돌봐주었다고 했었다. 이 집도 그가 주선하여 이태 전에 지었다고 했다.

나는 정중하게 고마움을 표했다.

"형님, 여러 가지로 정말 고맙습니다. 형님이 아니었으면 키엔과 디엔이 어떻게 사이공에 정착할 수 있었겠습니까."

"아이들 국적이 베트남이니 당연히 내가 해야지요. 국적이 브루나이로 바뀌었더라면 나도 어쩔 수 없었을 겁니다."

그랬을 것이다. 다토 알락 아잔은 세계적인 음악가가 된 쌍둥이가 자기 호적에 올라 있다면 절대 빼주지 않을 것이다. 하물며 엄청난 교육비를 대주었음에랴. 이는 브루나이 갑부가 아니면 못했을 일이었다. 나는 그에게도 감사해야 한다. 언젠가는 찾아가 감사를 표할 것이다.

처남인 타찐에게 궁금했던 것을 물었다. 시경 국장이면 사촌 동생이 되는 데오 깜찌옹을 찾을 수 있을지도 모를 일이다.

"형님, 사촌 동생이 되는 깜찌옹을 찾을 수 있을까요?"

그는 놀라는 얼굴로 되물었다.

"깜찌옹? 그래, 찌옹이 있었지. 맞아, 그 애가 따이한 군인과 결혼했었어. 결혼식에서 보고 지금까지 본 적이 없어요."

"그렇습니다. 제 친구 박대균과 결혼했었는데 아들이 태어났어요. 그러자 베트남이 통일되며 제 친구는 한국으로 오면서 헤어졌지요."

레이가 거들었다.

"그래요, 오빠. 박대균 씨가 찌옹 언니를 찾고 싶다고 해요. 아들이 있으니까요."

"뭐야, 아들이 있었어?"

"그럼요. 나도 보았어요. 아이가 첫돌이 지났을 무렵에 대균 씨는 보복이 두려워 한국으로 갔어요."

"그렇구나. 하지만 어려울 것 같다. 너무 오래전 일이고, 찌옹이 어려서 부모를 잃어 형제도 없다. 단신인 그 아이를 어떻게 찾겠니."

절망감이 들었다. 혈혈단신으로 어린애 하나만 데리고 사이공에 왔을 그녀를 어디서 찾는단 말인가. 아마 죽었을 것이다. 죽지 않았으면 박대균을 찾아 한국에 왔을 것이다.

그러나 에멜무지로 말했다.

"당시 제 친구는 한국으로 오면서 다시 올 테니 사이공에서 만나자고 했답니다. 찌옹이 사이공에 이모가 산다고 했답니다."

"그래요? 하지만 이렇게 변한 호찌민에서 어떻게 찾아."

그럴 것이다. 이건 내가 생각해도 불가능하다.

심각하게 듣고 난 레이가 거듭 당부했다.

"오빠, 그렇지만 할 수 있는 데까지 해봐."

"알았다. 시일이 좀 걸리겠지만 해보지."

"형님, 고맙습니다. 이런 일로 또 신경을 쓰시게 되었네요."

"내 사촌 동생을 찾는 일이야. 숙부가 참 좋은 분이었는데, 부부가 전염병으로 한꺼번에 죽었지. 찾아볼 테니 걱정 말아요."

그렇게 되어서 찌옹을 찾을 수 있게 될지도 모르는데 박대균에게 문제가 생겨 올 수 없다고 한다. 그러나 사건은 곧 해결될 것이다. 박대균은 돈도 있고 능력도 있으니 잘 해결할 것이다.

키엔과 디엔이 없는 오후였다. 점심을 먹고 거실에서 차를 마시며 레이가 나를 물끄러미 바라보다가 몸을 내밀며 조용한 목소리로 말했다. 레이는 가끔 저런 모습을 보이고는 했는데 상대방의 관심을 자기 쪽으로 기울게 하기 위한 의도적인 행위라는 것을 나는 안다. 속삭이는 듯한 목소리가 매력적으로 듣기 좋다고 생각했지만, 단둘이 마주 앉은 자리라서 좀 마음이 간지러운 느낌으로 귀를 기울이는 자세를 보였다.

"당신에게 해야 할 말이 있어요."

잠시 멍해졌다. 새삼스레 해야 할 말이 있다니! 행위나 말투로 보아 심각한 말은 아니겠다는 생각은 들지만 그래도 궁금해서 재촉했다.

"그 말이 뭐예요? 어서 해봐요."

레이는 마주 보며 배시시 웃다가 말했다.

"나, 사실은 당신을 만나지 않으려고 했어요."

순간적으로 머리가 화끈해졌다. 이게 대체 무슨 말인가! 결국 내 예감이 맞았구나 하는 생각을 하면서도 이제 와서 왜 이런 말을 하는지 이해가 되지 않아 그저 바라보기만 했다.

"말하지 않고는 당신을 대하기가 계속 미안할 것 같아서 말하겠어요. 베트남에서 탈출하여 말레이시아에 정착했을 때는 한국에 당신을 찾으러 갈려고 했어요. 그러나 당신 가정 사정을 알기에 많은 생각을 하다가 오빠와 상의했는데 가지 말라고 했어요. 오빠가 쌍둥이 잘 자라게 해준다고 해서 그만두었어요."

그것은 내 예상대로였다. 당시 우리 가정형편을 레이는 알고 있었다. 집안이 풍비박산하여 여동생이 내 전투수당으로 아버지를 모시고 있다는 것을 알고 있었다. 그런 상황에서 쌍둥이를 데리고 나를 찾아 한국에 온다면 그 생활이 눈에 보이는 듯했을 것이다. 나는 이미 그런 생각을 했었다. 데오 레이에게서 아이가 태어났더라도 내 사정을 아는 그녀가 나를 찾아 한국에 오지 않을 수도 있다고 생각했었다. 이미 예상했었기에 나는 오히려 미안하고 고마운 마음이 들면서도 가슴 한구석에 가라앉는 떨떠름한 기분은 지울 수 없어서 물었다.

"나도 사실은 그런 생각을 하기는 했어요. 그런데 왜 생각을 바꾸었어요?"

레이는 여전히 웃음을 머금은 얼굴로 나를 바라보며 대답했다.

"키엔이 자라면서 당신 모습으로 닮아가는 것을 보며 당신을 많이 그리워했어요. 그렇지만 이미 많은 세월이 흘러갔고, 당신도 결혼하여 가정이 있을 것이라는 생각으로 마음을 정리했어요. 생활에 여유가 있고 쌍둥이가 잘 자라고 있으니 잊혀 지기도 했어요. 그런데 박대균 씨를 만났어요. 당신 전화번호를 알고 많은 생각을 하며 혼자 울기도 했어요. 몇 번 전화를 했지만 차마 말할 수 없어 그냥 끊었지요."

슬픔이 어리는 레이의 얼굴을 차마 볼 수 없어 손을 잡았다. 손아귀에 꼭 잡히는 작고 보드라운 손을 어루만지며 슬픈 마음으로 위로했다. 잘 자라서 세계적인 음악가가 된 아들과 딸에게 얼굴도 모르는 한국의 가난한 아비를 만나게 하면 어떻게 될까? 게다가 세계적인 음악가인 쌍둥이가 라이따이한, 아버지가 한국 군인이었다는 것이 알려지면 남매의 앞길에 지장이 있을 것은 뻔하다. 레이는 참으로 많은 생각을 했을 것이다.

"그 마음 이제 알겠어요. 당신이 얼마나 괴로웠을까 생각하니 마음이 아파요. 그런 줄도 모르고 나는 당신을 원망했어요. 미안해요."

"당신이 미안하지 않아도 돼요. 나는 많은 생각을 하고 결정했으니까요. 박대균 씨에게서 당신이 소설가가 되었다는 말을 듣고 즉시 당신 소설책을 사서 읽었어요. 처음에는 한 권을 사서 읽고, 다음에는 한국 인터넷 서점에 주문해서 당신 소설 모두 읽었어요. 그래서 남편 아잔은 당신이 쌍둥이 아버지라는 것을 알게 되었어요. 그러다가 당신 소설이 프랑스어로 번역되었다는 것을 알고 디엔에게 사 오라고 해서 세 권을 읽었어요. 키엔은 왜 한국 소설을 읽는가를 물었지만 그냥 소설이 좋다고 말했어요. 그리고 나중에 그 책을 키엔과 디엔에게 읽으라고 했어요. 쌍둥이가 그 책을 읽고 참 좋다고 말한 것이 지난 1월 중순이었어요."

나는 그만 가슴이 벅차올랐다. 이 여자의 그 빈틈없는 치밀함! 뜨거운 가슴을 어찌할 수 없어 다탁을 돌아가 레이를 안았다. 고마운 말을 해준 아름다운 입술에 키스했다. 마주 안으며 입술을 열어준 레이가 이내 내 가슴을 밀었다.

"할 말 아직 있어요."

"그래, 어서 해봐요. 나도 궁금해."

"나는 그때까지도 쌍둥이가 라이따이한이라는 사실을 알리고 싶지 않았어요. 어려서부터 쌍둥이에게 아버지가 중국계라고 속였거든요.”

“그건 먼저도 말했잖아요.”

“그래요. 그렇지만 아무리 생각해도 진실을 말해야 할 것 같아서 쌍둥이에게 이 소설가가 너희 아버지라고 말했어요.”

나는 양손을 움켜잡으며 재촉했다.

“아, 그랬군요. 어서 말 해봐요.”

“쌍둥이는 깜짝 놀랐지요. 그리고 말했어요. 그것이 사실이냐고 기듭기듭 물었어요. 나도 사실이라고 대답했어요. 디엔이 책에 있는 사진을 보고 울면서 말했어요. 정말 오빠가 이 사람을 닮았다고, 아버지가 맞다고 말해서 우리 모두 울었어요. 그리고 디엔이 아버지를 만나야 한다고 말했어요. 키엔은 잠시 망설였지만 내가 만나야 한다고 거듭 말했어요.”

“당신, 고마워. 정말 미안하고 고마워.”

레이는 속삭이듯이 말을 이었다.

“다음날 키엔이 아버지를 만나겠다고 말했을 때, 나는 쌍둥이를 안고 너무 즐거워 고맙다고 말하며 눈물이 났어요. 당신을 만나게 되어 나도 기쁘다고 말했어요.”

가슴이 울컥하면서 눈시울이 화끈했다. 결국 내가 소설을 쓰지 않았다면 이들은 나를 만나지 않았을 것이다. 레이는 박대균을 만났더라도 쌍둥이에게도 속였을 것이다. 내가 애타게 찾아도 야야산 백화점 나오지 않았을 것이다. 그때 나는 데오 레이

가 백화점에 오지 않을 수도 있다는 생각을 했었다. 그리 생각
하면 섬뜩하다. 인간은 동서고금을 막론하고 참으로 치밀하게
계산적이다. 치밀하게 계산해서 나에게 손해가 될 일이라면 절
대 하지 않는다.

인간의 마음은 두 가지 유형으로 나뉘어 있다. 바른 마음과
욕심이다. 두 가지 마음이 다투기 때문에 하루에도 열두 번씩
마음의 갈등을 겪게 된다. 바른 마음이 이기면 올바른 행동을
하게 되고, 욕심이 이기면 실망스러운 행동을 하게 된다. 레이
의 마음 갈등에서 바른 마음이 이긴 결과였다. 그러나 나는 좀
언짢아진 마음을 정리하며 나도 좀 계산적이지 싶은 생각을 하
면서도 묻지 않을 수 없다.

"당신, 내 말 듣고 그냥 잊어버려요. 내 소설이 프랑스어로
번역되지 않았으면 쌍둥이에게 내 존재를 알리지 않을 생각이
었나요?"

레이는 의외로 당당하게 금방 대답했다.

"그리했을 겁니다. 먼 훗날에는 모르지만 그때는 그렇게 생
각했어요. 바로 그것이 당신에게 미안해요."

나도 이제 당당해졌다. 외국인 작가의 소설을 읽고, 그 작가
가 바로 아버지라는 어머니 말에 내 아들딸은 나를 만나기로 했
다. 나보다 열 배는 더 훌륭한 아들딸과 나보다 천 배도 넘게 돈
이 많은 첫사랑 여자가 나를 남편으로 받아들였다. 나는 그만큼

이들에게 당당하다.

"미안하지 않아도 돼요. 우리는 이미 식구가 되었어요. 식구는 같은 집에서 함께 밥을 먹는 관계를 말해요. 참 잘 생각했어요. 당신 지혜로 우리가 자연스레 만날 수 있었어요."

"당신이 그렇게 생각하니 나도 좋아요. 우리 이제부터 행복하게 살 수 있어요."

그러리라고 생각은 했으면서도 나는 레이의 애초 생각이, 그리고 아들 키엔이 선뜻 나를 만나기를 꺼렸다는 말이 마음 저변에 가라앉아 있음을 느꼈다. 나는 엄청나게 커다란 마음의 부담을 갖지 않을 수 없다. 이들에게 부끄럽지 않은 남편과 아버지가 되기 위해서 더 좋은 작품을 더 많이 내놓아야 한다는 부담을 짊어져야 한다. 그렇더라도 그것을 겉으로 드러낼 수는 없다. 애오라지 벗을 수 없는 내 짐이고 나 자신과의 싸움일 수밖에 없다.

요즈음 나는 꿈만 같은 황홀함 속에서 살고 있다. 젊어서 사랑했던 여자를 27년 만에 다시 만나 마음껏 사랑을 불태운다. 레이는 난숙하게 무르익은 여자다. 열다섯 살 더 먹은 남편 아잔은 예순네 살인데, 1년 전에 뇌졸중으로 쓰러져 투병 중이라고 했다. 그런 중환자의 아내를 내가 데리고 있다는 것이 마음에 걸리기는 하지만 이는 자연스럽게 이루어진 상황이다.

게다가 키엔과 디엔 쌍둥이 남매의 지극한 굄을 받고 있다. 두 녀석은 내 마음 갈피갈피를 들여다보듯이 알고 시중을 든다. 특히 디엔은 내 눈빛만 보고도 무엇을 원하는지 알아차린다. 하루에 한 번씩 쌍둥이의 세계적인 피아노연주와 바이올린, 첼로 연주를 듣고, 두 아이가 연주하는 오케스트라를 비디오로 본다. 음식도 그야말로 산해진미를 먹고, 고급 양주를 마신다. 때로는 내가 정말 이런 행복을 누려도 되는 것인지 불안해지기도 한다. 행복은 원하고자 하는 때에 이루어야 하는 목표가 아니라 현재에 존재하는 것이다. 행복은 찾아오는 것이 아니라 내 가슴에서 우러나오는 아름다운 느낌이다. 내게는 지금 분에 넘치는 르네상스시대가 도래한 것이다.

다시 찾은 행복

　사이공에 온 지 일주일이 되는 날 아침이었다. 레이가 찻잔을 놓고 마주 앉으며 좀 쭈뼛거리다가 말했다.

　"브루나이에 가야겠어요."

　짐작은 하고 있었지만 너무 갑자기 나온 말이라 잠시 당황했다. 투병 중인 남편에게 무슨 일이 있구나 싶었다.

　"무슨 일이 있어요?"

　"아잔 상태가 갑자기 나빠졌나 봐요. 쌍둥이도 데려가야겠어요."

　가슴이 형용할 수 없이 횡하며 머리가 멍해졌다. 지금까지 내 가족으로만 여겼는데 이들은 내 가족만은 아니었다. 레이는 브루나이 사람 다토 알락 아잔의 아내이며 쌍둥이도 그의 자식들이기도 하다. 더 분명한 것은 레이는 아잔의 정식 부인이고, 키엔과 디엔은 데오 레이의 성을 따르는 자식이다. 결국 나는 법적으로는 아무것도 아니다. 이들이 나를 버린다면 속절없이 끈 떨어진 뒤웅박 신세다.

"가야지. 암 가야하구말구."

우리 쌍둥이 남매를 훌륭하게 키워준 아버지다. 나는 이를 만류할 자격이 없다. 어느새 왔는지 쌍둥이가 앞에 앉아 있다. 디엔이 말했다.

"아버지, 미안해요."

나는 딸아이 손을 잡으며 받았다.

"디엔, 미안하지 않아. 당연히 가야지. 레이, 어서어서 준비를 서둘러야지요."

레이가 내 손을 모아 잡고는 말했다.

"나는 금방 올 수 없지만 쌍둥이는 곧 올 수 있어요. 도우미들에게 잘 말했어요. 불편함 없이 해드릴 겁니다."

"내 걱정 말아요. 난 혼자서도 뭐든지 할 수 있어요. 참 박대균이 내일 온다고 조금 전에 전화 왔어요."

"어머, 그래요. 일이 잘 해결되었군요. 잘 되었네요. 두 사람이 잘 지내세요."

두 남매가 차례로 나를 안아주고 떠났다. 브루나이까지 비행기로 한 시간 반쯤 걸릴 것이다. 아잔이 죽기 전에 만나고 싶었는데 만나지 못할 것 같은 예감이 든다. 미안한 생각이기는 하지만, 아잔이 죽으면 데오 레이는 완전히 내 아내가 될 수 있다는 생각으로 기분이 전환된다. 인간은 이기적이고 간사한 동물이다.

자책하며 또 머리가 멍해진다. 염치없이 나 또한 다른 여자의 남편이다. 아내를 두고 유부녀와 간통한 파렴치범이다. 나는 지금까지 그런 생각은 까마득히 하지 않았다. 따라서 양심의 가책도 없었다. 어찌 그럴 수 있었던가? 내 행위가 그렇게 정당했나? 그러나 다시 생각해보니 지금까지의 내 행위가 잘못되었다고 느껴지지는 않는다. 레이는 당연하게 내 품에 안겼고, 쌍둥이 남매 역시 당연하게 친아버지와 어머니가 한방을 쓰게 했다. 그러니까 간통은 아니다.

갑자기 못 먹을 것을 억지로 막은 듯이 속이 거북스럽다. 내 가족들로만 여겼던 아내와 아들딸이 남편과 아버지 곁으로 갔기 때문일 것이다. 가슴이 답답하다. 시간은 열한 시가 막 넘고 있다.

정원으로 나와 망고나무 밑에 있는 대나무 의자에 앉았다. 열대지방에서는 정원에 푹신한 의자를 놓을 수 없다. 수시로 스콜이 쏟아지기 때문이다. 대나무로 엮은 의자는 구멍이 숭숭 있고 매끄러워 물기가 금방 마른다. 그리고 시원하니 참 좋다. 열대지방은 특색이 있다. 햇볕은 따가워도 나무 그늘에 들어서면 시원하다. 더위가 피부에 들러붙는 끈적거림이 없다.

의자에 앉아 오롱조롱 열린 망고를 보니 온갖 잡념이 사라진다. 자연은 사람을 자연스럽게 동화시킨다. 자연에 묻히면 근심 걱정이 사라진다. 어렵게 생각할 것이 조금도 없다. 그저 현실이 중요하다. 나는 지금 이렇게 한없이 편안하고 즐겁고 행복하다. 다시 오지 않을지도 모를 이런 편안함과 행복을 마음껏 누리면 된다.

인간은 누구나 행복하게 살 의무가 있다. 인생은 누가 인도하는 대로 지시하는 대로 살아지는 게 아니다. 살아있는 동안 내가 할 수 있는 구체적인 행동이 내 인생이고, 그에 따르는 결과가 행복이라고 나는 늘 생각한다.

구름 한 점 없는 새파란 하늘에서 쏟아지는 눈부신 햇살이 짙푸른 열대림에 흡수되고 잔영이 파랗게 땅에 깔린다. 나는 녹색을 좋아한다. 녹음을 보면 마음이 안정되고 행복해진다. 예서제서 아름다운 새소리가 들린다. 새는 보이지 않지만 소리로 보아 네댓 종류의 새 소리다. 차츰 고음으로 길게 우는 새소리도 들리고, 짧게 신경질적으로 우는 새도 있다. 은방울을 굴리는 듯한 아름다운 새소리도 들린다. 울창한 정글 속에서 들리는 새소리 그대로다. 새들이 보고 싶지만 찾을 수 없다. 실체가 없어 소리가 더 곱게 들릴지도 모른다.

도우미가 조심스런 걸음으로 다가와 배꼽 손을 하고 말한다.

레이에게 배웠는지 우리말을 제법 하는 여자다.

"주스나 마실 것을 말하세요."

태도는 공손한데 말이 서툴러 벋버듬하지만 어감이 귀엽다. 나는 음료수를 별로 좋아하지 않는다. 마실 것이라면 물과 술이다. 머리가 잡념으로 복잡하고 속이 거북스러울 때는 특히 독한 술일수록 좋다.

"위스키를 주세요."

40대의 도우미는 머리를 숙여 인사를 하고는 종종종 걸어간다. 저 여자는 저녁 일곱 시면 집으로 퇴근을 했다가 아침 여섯 시에 출근한다. 위스키! 참 잘 생각해냈다. 나는 혼자 술 마시기를 좋아한다. 조용히 술을 마시면 잡념이 사라진다. 잡념이 사라지며 기분 좋게 취한다. 그 좋은 기분! 느끼지 못한 사람은 절대 모른다. 기분 좋게 취하기 위하여 간이식탁을 가져다 대나무 의자 앞에 놓고 기다린다. 술이 나오기를 기다리는 짧은 순간은 기분 좋은 기다림의 시간이다.

이윽고 따지도 않은 조니워커와 너트믹스, 육포가 식탁에 놓인다. 얼음통과 유리컵도 있다. 이 여자는 내가 양주를 스트레이트로 마신다는 것을 알고 있다.

"고맙습니다."

정중하게 인사를 하자 여자는 방긋 웃으며 깊숙이 허리를 꺾어 인사를 하고 돌아선다. 베트남 여자들 중에서도 잘생긴 얼굴이다. 하기는 이 집 안주인 내 딸 디엔이 어떤 여자던가! 이래저래 기분이 참 좋다. 기분이 좋으면 술맛도 좋다. 기분 나빠서 마시는 술은 몸에 독이 된다는 것을 나는 안다.

조니워커 블루는 맛이 깊고 향이 그윽하다. 따라서 목 넘김이 부드러워 기분이 좋아진다. 내게 지금 있는 것이라고는 시간뿐이므로 천천히 맛을 음미하며 위스키를 마신다. 위스키의 자극적인 뜨거운 향기가 온몸으로 스며든다. 기분 좋게 취하고 즐거운 시간이다. 주위에 아무도 없는 이런 시간도 일생에 자주 오지 않을 것이다. 나는 이렇게 며칠을 혼자 지낼 수 있다. 지금 이 시간은 내 일생에 있어서 다시는 오지 않을 시간이다. 그러니 잡념을 털어내고 즐겨야 한다.

그러나 생각은 마음 같지 않다. 레이와 아잔이 자꾸 생각난다. 아잔이 왜 쌍둥이까지 부른 것일까? 혹시 나를 만나지 못하게 하는 것일까? 그건 아닐 것이다. 아잔은 참 좋은 사람이라고 레이가 말했다. 그러리라고 나도 믿는다. 의붓자식 쌍둥이 남매를 막대한 돈을 들여 공부시킨 것만 봐도 그렇다. 아무리 돈이 많아도 그렇게 하기는 어렵다. 좋은 사람이 틀림없다. 그런 사람이 천륜을 어기고 부자지간의 인연을 끊으라고 말하지는 않을 것이다.

그게 아니면 아잔의 병이 위중해졌다는 결론이다. 1년 넘게 투병 중이던 사람이 털고 일어났을 리는 없다. 그동안 돈이 없어 병을 고치지 못한 것이 아니라고 보면 죽음이 분명하다. 그렇다면 그 뒤에는 어떻게 될까? 나는 끝내 머리를 흔들었다. 그건 생각하고 싶지 않다. 내 생각대로 될 일이 아니기 때문에 그렇다.

무의식적으로 떠끔 떠끔 마신 술이 꽤 여러 잔이다. 술병이 반나마 비었다. 깊게 생각했던 것으로 보아 지금껏 한 생각은 잡념이 아니었다. 잡념은 쓸데없는 생각이다. 이 문제는 더 깊게 생각해야 하겠지만 지금으로서는 앞이 막혀있다. 이루어질 수 없는 생각이 곧 잡념이다.

도우미가 종종걸음으로 와서 점심식사가 되었다고 말한다. 그새 열두 시가 넘었다. 집에서 나는 늘 새로 두 시가 넘어야 점심을 먹는다. 그런데 여기서는 일곱 시에 아침을 먹고 열두 시에 점심을 먹는다. 내 아들딸은 그렇게 규칙적인 생활을 하고 있다. 점심은 내가 좋아하는 베트남 넉맘 육수에 말은 쌀국수다. 선주후면先酒後麵이라고 했다. 술 마신 속에 따끈하고 담백한 국수는 제격이다. 말은 통하지 않지만 도우미 여자들은 내 식성을 알고 있음이 분명하다.

이튿날 열한 시, 탄손낫 공항에 내린 박대균을 키엔의 매니저가 운전하는 차로 태우고 왔다. 공항에서 집까지 30분이다. 박대균도 집을 보고는 벌어진 입을 다물지 못한다. 사이공에서 이런 집이라면 우리 돈으로 7, 80억은 될 것이라고 한다. 이 집을 레이가 지어주었다고 들었다.

이곳은 밀림지대였는데 집터로 적합한 자리에 나무를 제거하고 집을 지었다. 정원의 수목이 태초의 밀림 그대로다. 30만 제곱미터 면적의 마을에 집이 15채다. 완전무장한 경비원 6명이 밤낮으로 마을 경비를 선다고 한다. 아무리 돈이 많은 사람이라도 더 이상 이 마을에 들어올 수 없다고 키엔이 말했다.

박대균은 공장에서 일어난 일은 잘 해결되었다고 했다. 분신했던 전직 직원은 이튿날 죽었고, 2도 화상을 입었던 베트남 사무직 여직원은 괜찮다고 했다.

"그럼, 죽은 직원은 어떻게 되는 거야."

"그놈은 해먹은 게 들통이 나자 도망쳤어. 그게 열흘 전이었는데 하노이 공장에서는 해고된 줄 몰랐지. 그놈이 하노이에 네댓 번 출장을 왔었기 때문에 현지 직원들이 잘 알고 있었어. 그래서 일이 벌어진 게야."

"그랬구나. 그래도 사람이 죽었으니 문제잖아?"

"그 자식은 도둑질해 먹다가 짤린 놈이니까 이미 지명수배자야. 그런데다 법적으로 파업이 금지된 남의 나라에 와서 파업을 선동했으니 내 책임은 아니지. 알고 보니 아주 질적으로 나쁜 놈이었다. 집으로 연락을 했더니 형이라는 자가 와서 어제 화장을 하고는 유골을 배낭에 넣어 밤 비행기로 갔다."

"그럼 다 끝났구먼. 암튼 잘 됐다."

12시가 되자 점심으로 중국식 요리가 나왔다. 도우미 여자 둘 중의 하나는 정통 중국요리의 대가라고 한다. 동파육과 이름도 모르는 요리가 계속 나온다. 박대균은 술이 고프다고 재촉하여 월남 럼주를 마시며 식사를 했다. 베트남 정통 럼주는 독하고 위스키와 또 다른 독특한 맛이다. 박대균은 럼주를 즐겨 마신다.

웬만큼 식욕을 채운 그가 물었다.

"정말, 니 처남이 애써준다면 쫑을 찾을 수 있겠다."

공항에서 오는 차에서 대강 말을 했으므로 궁금했을 것이다.

"찾아보겠다고는 했는데 백사장에서 바늘 찾기잖아. 더구나 후라이 쫑은 가족이 하나도 없다. 그래서 더 어렵겠다고 하더라."

"내가 귀국할 때 쫑이 자기 이모네 주소를 적어주었어. 그런데 어떻게 없어지고 말았어."

"주소가 있었단 말이야?"

"그래, 한 데 없어졌다니까."

"그걸 왜 없애, 너 일부러 버렸지?"

"나두 몰라 인마, 어쩌다 없어졌는지. 하긴 내가 신경을 안 쓰고 있었던 건 사실이다. 이번에 올 때 월남전 사진첩을 샅샅이 찾았는데 없어."

"으이구 이 병신아, 주소만 있으면 찾을 수 있잖아. 잘 생각해 봐, 주소를 보았으면 지명이 생각날 게 아냐?"

그는 잠시 고개를 갸웃거리다가 대답했다.

"빈탄구는 생각이 난다. 퀴논 빈딘성과 발음이 비슷해서 기억이 나는데 거기 어디에 운하가 있다고 했어."

"그래, 그럼 됐다. 너 돌대가리니까 지금 그 말 메모해 둬. 레이가 오면 오빠를 만나 얘기해 보자."

우리는 럼주 한 병을 비우고 식사를 끝냈다. 차를 마신 박대균은 시아스타타임이라면서 정원의 대나무침상에 누워 잠이 들었다. 낮술이 과했으니 꿀잠일 것이다.

이튿날 박대균과 나는 매니저가 운전하는 차를 타고 사이공 시내 관광에 나섰다. 나는 사이공에 처음 왔기 때문에 엊그제와 그 전날에도 가족과 시내관광을 했었다. 운전을 하는 매니저 말에 의하면 지금 호찌민시는 월남 패망 이후 별로 변하지 않았다고 한다. 당시 워낙 번화한 국제도시였으니 이 나라 수도도 아닌 도시를 더 이상 개발하지 않았을 것이다. 프랑스가 식민 지배를 하던 코친차이나 시절, 프랑스가 베트남의 수도로 명명한 사이공의 면적이 우리나라 서울의 3배라고 한다.

3년 전에 왔었다는 박대균이 말했다.

"74년에 왔다가 20년만인 3년 전에 왔는데 정말 별로 변한 게 없더라. 오히려 그때가 더 풍성하고 흥청거렸어, 하긴 그러다가 월남이 망했지만 말이야."

나는 갑자기 생각이 나서 말했다.

"이봐, 박대균. 니가 말한 빈탄인가 빈딘인가 거기 한번 가보자."

그도 반색을 하며 맞받았다.

"그래, 빈탄구! 가보자."

운전을 하는 매니저에게 물었다. 그도 쉬운 한국말은 알아든는다.

"매니저, 빈탄구 알아요?"

"빈탄구, 알아요."

박대균이 나섰다.

"빈탄구에 무슨 운하가 있다고 했어요."

"있어요. 빈탄구 니우록에 티옹에 운하 있어요."

대균이 펄쩍 뛰었다.

"맞아요. 티옹에 운하라고 했어요. 근데 거기가 빈민촌이라고 했는데요."

"그래요. 그때는 빈민촌이었는데 운하를 정비해서 이제는 빈민촌이 아닙니다."

나는 다급히 물었다.

"그럼, 지금 거길 갈 수 있나요?"

"오늘은 못가겠어요. 거기 멀어요."

시계를 보니 오후 4시다. 이제 돌아가야 할 시간이다.

이튿날 아침, 매니저가 운전하는 차를 타고 박대균과 니우록 티옹에 운하에 갔다. 전쟁 당시 사이공 최악의 빈민촌이었다는 니우록은 27년이 지난 지금 사이공 제일의 관광도시로 변해 있었다. 운하는 시궁창이었고, 운하 양쪽 변으로는 깡통집과 판잣집이 들어차 있었는데 운하가 정비되며 새로운 모습으로 재탄생했다고 매니저가 말했다.

티옹에 운하는 과연 장관이었다. 물은 맑고 푸르게 깨끗하고, 운하를 중앙으로 주변에 열대수림이 조성되어 경관이 아름답다. 저런 곳 어디에 판자촌이 있었는지는 당시 살았던 사람도 모를 것이다. 우리는 암담했다. 이렇게 변한 도시에서 판자촌 어느 구석에 있었던 쫑의 이모네 집을 찾는다는 건 불가능이다.

박대균은 실망하여 탄식했다.

"쫑을 찾기는 애당초 틀렸다. 데오 깜찌옹과의 인연은 헤어지는 순간 끝났던 것이여. 이제는 깡그리 잊어버릴란다. 그러니 너도 더 이상 염장 지르지 마, 알아들었니?"

그럴지도 모른다. 인연이 있으면 천 리를 떨어져 있어도 자연스레 찾게 되고, 인연이 없으면 코앞에 두고도 서로 만나지 못한다. 내 경우가 그렇다. 박대균이 브루나이에서 그야말로 우연히 데오 레이를 만나지 않았으면 우리의 만남은 없었을 것이다. 이런 경우는 인연이 아니라 숙명적이라고밖에 말할 수 없다. 박대균도 아직 인연이 끝났다고 말할 수는 없다.

쓸쓸해지는 친구의 얼굴을 보며 안타까워 말했다.

"그렇다고 너, 아들을 잊을 수 있어?"

"아들, 얼굴도 모를 아들인데 어디 가서 찾냐? 염장 지르지 말라고 했잖아. 너처럼 운 좋은 놈이나 세계적인 음악가 쌍둥이 남매를 하늘에서 뚝 떨어지듯 찾게 되지, 나 같이 복살머리 없는 놈한테 그런 행운이 오겠냐."

나는 괜스레 미안스러워 주눅이 들었다. 내가 아니었으면 깜찌웅과 박대균의 관계는 이루어지지 않았을 것이다. 그래서 더욱 미안한 마음이 든다. 그렇더라도 나를 빗대서 빈정거리듯이 제 신세를 한탄하는 녀석이 괘씸하기도 하다.

"거기다 왜 또 그렇게 갖다 붙이냐. 소갈머리 하구는……."

"심통이 나서 한 말이다. 너는 호박이 넝쿨째 굴러왔는데 난 이게 뭐냐? 가자, 어디 가서 술이나 마시자."

"이게 아주 차차 더하네. 호박이 넝쿨째 굴러와? 꼭 고따위로 말을 해야 속이 풀리냐?"

"내가 아닌 말 했니? 그만 가자니까."

하릴없이 녀석의 뒤를 따라 주차장으로 갔다.

저녁 여덟 시에 우리가 집에 돌아왔을 때 레이의 전화가 왔다. 남편 아잔이 한 시간 전에 죽었다고 했다. 나는 정신이 멍해졌다. 왜 하필이면 이런 때에 죽는단 말인가. 무언지도 모르게 가슴 속에 언짢은 것들이 잔뜩 끼인 듯이 속이 답답하고 무슨 말을 해야 할지 마음이 번조롭다.

"저런, 왜 하필 이럴 때에……! 내가 당신에게 무슨 말을 해줘야 하나?"

레이는 잠시 침묵하다가 말했다. 목소리가 눈물에 젖었다. 나는 어쩔 수 없이 가슴이 찡하다.

"당신 말 들으려고 전화한 거 아니에요. 당분간 못 갈 것 같아서……."

끝내 울음을 참는 기척이 느껴진다. 그래, 울어야 한다. 20년 넘게 살 비비며 살아온 남편이 죽었다. 울지 않으면 여자가 아니다. 그렇더라도 내 마음은 또 이게 뭐란 말인가. 어서 전화를 끊어야 한다.

"알았어요. 여기 생각 말고 차분하게 일 치러요. 당신이 중심이 되어야 할 일이잖아. 쌍둥이도 잘 하라고 말해줘요."

"그럴게요. 미안해요."

끊어진 전화기를 들고 멍했다. 참 대책 없는 여자다. 나한테 미안하다니……. 미안한 건 나다. 쥐구멍에라도 들어가고 싶도록 미안하다. 레이에게 있어서는 참 얄궂은 운명이고, 내게는 정말 감당 못 할 부담의 버거움이다. 그렇더라도 안간힘으로 들고 있던, 부릴 곳이 마땅찮은 짐을 벗어버린 듯이 홀가분해지는 기분은 또 어쩔 수 없다. 이럴 때는 누가 옆에 없는 것이 천만다행이다. 참지 못하고 저절로 빙긋 웃음이 나오고 말았다.

온갖 생각으로 우두커니 앉아있을 때 키엔이 전화를 했다.

"아버지, 브루나이 아버지가 죽었어요."

나는 참을 수 없이 또 피식 웃어야 했다. 한마디 말에 두 나라 아버지가 있고, 한 아버지는 죽었단다.

"그래, 어머니가 전화했었다. 키엔, 많이 슬프겠구나. 아버지를 추모하며 많이 울고 정성껏 모셔라."

추모니, 모시느니 키엔이 알아들을 리가 없지만 나는 예의상 그렇게 말해야 한다.

"좋은 아버지였어요. 많이 울었어요."

옆에서 디엔 목소리가 들리더니 전화를 바꾸었다.

"아버지, 디엔요. 금방 갈 수 없어졌어요."

"그래, 우리 디엔 많이 슬프겠구나. 난 괜찮다. 걱정 말고 어머니 잘 보살펴라. 마음 약한 어머니 상심이 클 것이다."

"알았어요. 아버지 잘 있으세요."

디엔 목소리가 키엔 보다 밝다. 의붓아버지를 두고 느끼는 감정이 아들과 딸이 다르기 때문일 것이다. 마음이 하뭇해진다.

어머니도 두 아이도 참 착하다. 이런 사람들을 내게 점지하신 조물주가 너무 고맙다. 내가 과연 이런 행복을 심적으로 육체적으로 감당할 자격이 있기나 한 것인지 두렵다. 두려움은 삶의 한 부분이다. 두려움을 느끼는 것만으로도 자기 앞의 생을 조금은 아는 사람일 것이다. 내게도 이제 한 발 앞의 생은 보인다. 지난날들에는 행복 해보지 못했으니 두려움이 없었다. 그러나 지금 행복을 알고 보니 두렵다.

침대에 앉아 턱을 괴고 한참 생각하다가 거실로 나왔다. 박대균이 혼자 앉아 술을 마시고 있다가 빈정댄다. 녀석은 술만 좀 들어가면 늘 부와 하고 심통이 잔뜩 꼬인다.

"초저녁부터 뻗어 자는 줄 알았더니 아니었네."

"왜, 혼자 계속 마시고 싶었냐 툴툴대게?"

"쥔 놈을 두구 내가 왜 혼자 마서. 방으로 쳐들어갈 참이었다."

따라놓은 위스키를 한 잔 마시고 생각해 보았다. 낮부터 배 배꼬인 녀석에게 레이 남편이 죽었다고 말하면 또 씩둑각둑 물고 늘어질 것은 뻔하다. 브루나이의 장례절차가 어떤지는 모르지만 돈 많은 유명인사의 장례식이니 며칠 걸릴 것이다. 적어도 일주일이 넘을 긴 나날을 녀석과 아웅다웅할 일이 아득하다. 아무리 친한 친구라도 동거는 하루 이틀이 한계점이라는 것을 오늘 알았다. 그렇다면 녀석을 내일 보내야 한다.

"이게 왜 갑자기 심각해졌어? 그새 레이가 보고 싶어 심통이 나냐?"

한 대 쥐어박고 싶지만 진심이 아님을 알기에 그러려니 여기며 대꾸했다.

"넌 생각하는 게 왜 그 모양이냐. 브루나이에 뭔 일이 생겨서 레이가 금방 올 수 없다고 한다."

녀석은 눈을 지릅뜨며 다그친다.

"갑자기 뭔 일이 생겨?"

"뭔 일이 있어서 갔는데 일이 잘 안 풀리나 봐. 자세한 건 나두 몰라."

녀석은 자작으로 술을 따라 마시고는 시무룩하게 투덜댔다.

"난 도대체 뭔 일이 이렇게 되는 게 없냐? 레이 오빠가 호찌민시 시경 국장이라기에 실낱같은 희망이나마 걸었는데 또 삐그러졌잖아. 재수 없는 놈은 뒤로 자빠져도 코가 깨진다더니 내가 꼭 그 짝이 난다니까?"

"갖다 붙이는 건 이골이 났다니까. 이게 코 깨질 일이냐. 시경 국장이 어딜 갔냐? 며칠 늦어지는 것뿐인데 안달을 하구 지랄이야. 그동안은 어떻게 참았냐?"

"이를테면 그렇다는 말이지, 뭘 깐족거리니."

"니가 지껄이는 말은 정상이구, 내가 하는 말은 깐족이냐?"

"그게 손님한테 하는 말이냐? 이게 제집도 아니면서 유세쓰구 지랄이여. 술이나 마셔 인마."

"대체 넌 언제 철 들래? 주둥이에다 들기름을 바르든가 해야지 원, 하는 말마다 배배 꼬아서 사람 염장을 지른다니까?"

녀석은 낄낄 웃으며 대꾸했다.

"들기름, 그거 내가 엄청 좋아하는데 아무리 먹어도 너만 만나면 말이 꼬여 나오는 걸 낸들 어쩌란 말이냐? 이제 그만 하구 술이나 먹자. 오늘 안 취하면 잠을 못 잘 것 같다."

그건 나도 그렇다. 우리는 조니워커 한 병을 비우고 와인을 마시기 시작했다. 녀석에게 레이 남편이 죽었다는 말을 하지 않은 건 생각할수록 잘한 짓이다. 술이 취한 녀석은 나를 잡아 앉히고는 고꾸라질 때까지 씩둑거렸을 것이다.

이튿날 박대균은 귀국했다. 박대균이 매니저의 차로 떠나고 나자 기다렸다는 듯이 레이가 전화를 했다.

"장례가 끝났어요. 지금 막 돌아왔어요."

나는 깜짝 놀랐다. 유명인사 장례라서 적어도 5일장은 할 것으로 알았다.

"아니, 어떻게 그리 빠르게 끝냈어요?"

"이슬람식 장례는 그래요. 24시간 이내에 끝내야 돼요."

시계를 보니 오후 4시다. 이슬람식 장례는 참 간편하다고 생각하며 위로했다.

"레이 얼마나 애통했어요? 이제 조용히 마음을 안정해요."

"알았어요. 당신도 잘 지내요."

심신이 많이 지쳤을 사람에게 긴말을 할 수도 없지만 할 이야기도 마땅찮다.

이내 디엔이 전화를 했다.

"아버지, 장례식 잘 끝났어요. 그래도 금방 갈 수는 없어요. 미안해요?"

"미안하긴, 괜찮아. 며칠 걸릴 줄 알았는데 빨리 끝났으니 다행이야."

얼결에 한 말이지만 다행은 아니다. 딸이 말귀를 못 알아듣는 게 더 다행이다.

"이슬람 장례는 그렇게 한다고 해요. 나도 처음 보았어요."

"그래, 아버지 걱정 말고 잘 있다가 와."

전화를 끊고 나니 마음이 짠하다. 죽은 가족을 24시간 내로 묻어야 하다니! 야박하다는 생각도 들지만 그것이 죽은 사람에 대한 예의일지도 모른다는 생각도 든다. 이미 생명이 없는 물체에 지나지 않는데 살아있는 가족 곁에 며칠 더 있은들 그게 무슨 의미가 있는가. 장례문화는 이슬람교의 의식이 가장 이상적이라는 생각이 든다.

집안에 일하는 사람이 넷이지만 워낙 넓은 집이라 휑하다.

도우미 두 여자가 손발처럼 움직여주지만 허전하고 불편하다. 그들은 맘대로 부려먹어 주기를 바라는 눈치지만 나는 그러지 못하는 성격이다. 서재와 주방만 들락거리는 옹색한 집이지만 내 집이 편하다는 생각을 지울 수 없다.

한국 아내가 전화를 했다. 마침 내가 하려던 참이었다.

"잘 지내요?"

"그럼, 집에 별일 없지?"

"있을 턱이 없잖아요. 언제 와요?"

"왜, 보고 싶어?"

"피—이, 그럼 아닐까!"

"나두 그래. 하지만 며칠 더 있어야 할 것 같아."

"어련하실까. 내 걱정 말구 실컷 즐기다 와요."

말에 뿌다구니가 있다. 실컷 즐기라니……! 레이의 남편이 죽었다는 말을 해야 하나 말아야 하나 잠시 생각을 궁굴렸다. 안 하기로 했다. 하다보면 말이 많아지고 서로의 마음에 이물질로 남을 것 같다. 우리는 이제 시쳇말로 삼각관계가 되는 것이다. 그렇다고 두 여자 틈바구니에서 내가 어찌 처신해야 할지를 벌써부터 고민할 필요는 없다.

"미안해, 곧 갈게. 몸조심하구 잘 있어."

얼굴 맞대고 살아도 하루에 네댓 마디 말이 고작이지만 전화로는 더욱 할 말이 없다. 그래도 전화를 끊고 나니 정말 미안하고 마음도 허전하다. 생각해보면 저 여자 하정수를 15년 동안 내가 너무 함부로 다루었다. 나를 만나지 않았으면 아들딸 낳고 행복하게 살았을 것이다. 그리 생각하면 가엽다.

장례를 치른 지 나흘만인데 레이가 전화를 했다. 쌍둥이는 매일 번갈아 전화를 했었다. 장례 후 사흘간은 낮에는 하루 세 번, 밤에는 밤새 코란을 낭송하며 고인을 추모한다고 키엔이 말했다. 어제는 가족과 지인들이 무덤에 가서 코란을 닝송하며 추모제를 했다고 디엔이 알려주었다. 우리나라 삼우제와 비슷한 상례喪禮이지 싶다.

"당신, 잘 있지요?"

목소리가 힘없이 애잔하여 콧잔등이 시큰해진다. 죽은 남편 삼우제를 지내고 와서 나더러 '당신'이라니! 죽은 사람에게 미안하다는 생각이 불쑥 든다. 말과 뜻을 가릴 줄 모르는 이국인과의 대화 탓이라고 여기지만 미안한 마음이 드는 것이 정상이다.

"나야 잘 있지만 당신 힘들겠어요. 어떡해요?"

"나는 괜찮아요. 쌍둥이는 내일 가요."

"내일, 그래도 되는 거야?"

"그럼요. 그렇지만 나는 아무래도 바로 갈 수 없어요."

금방 많은 생각을 정리하고는 대답했다.

"당연하지. 걱정 말고 건강 돌보면서 의식 마무리해요."

전화를 끊고 나니 정신이 멍하다. 레이 심정이 이해가 되어 마음이 아프면서도 묘한 감정이 생기는 것 또한 인지상정일 것이다. 조금 전 아내와 통화할 때와 비슷한 감정이다. 앞으로 이런 경우가 자주 있을 것 같아 두렵다.

어느새 오후 여섯 시가 되었다. 천지간에 나 혼자인 듯이 허전하고 쓸쓸하다. 여자를 둘이나 두고 쓸쓸해야 하는 남자! 혼자 있으면 즐거울 것 같았는데 쓸쓸하다. 외로움과 쓸쓸함은 비슷하겠지만 감정은 많이 다르다. 외로움은 슬프다. 이런 감정은 술을 마시고 싶다는 중독증적인 충동의 발로임을 스스로 안다. 습관적으로 술 마시고 싶은 정신적 분위기를 뇌의 전두엽에서 조성한다던가? 그렇더라도 지금은 감정도 그럴뿐더러 시간도 술이 고플 시간이다.

이튿날 10시였다. 매니저가 키엔이 온다면서 공항에 나간다고 했다. 나도 바람을 쐴 겸 차를 탔다. 매니저는 운전을 하며 몇 번이나 누군가와 전화통화를 하고 있었다. 주차장에 차를 대고 공항 출구 앞에 섰다. 마침내 출구에 키엔과 디엔이 나타나자 그들을 알아본 사람들이 우루루 달려들었다. 나는 깜짝 놀라 달려가려 했는데 매니저가 내 팔을 잡고 웃으며 말했다.

"그냥 있어도 좋아요."

그래도 겁이 나서 그쪽을 보니 어느새 정복을 한 경찰 대여섯 명이 달려드는 사람들을 정리하고 있었다. 키엔과 디엔은 팬들에게 사인을 해주는 듯싶었고 경찰이 둘러싸며 경호를 한다. 나는 비로소 안심이 되어 웃음이 저절로 나왔다. 쌍둥이가 공항에 나올 수 없다고 하던 레이의 말이 비로소 이해가 되었다.

이윽고 내 아들과 딸이 다가와 나를 가볍게 포옹하고는 공항을 나서는데 매니저가 보이지 않는다. 내가 머뭇거리자 키엔이 내 손을 잡아 이끌었다. 공항 밖으로 나가자 매니저가 어느새 차를 끌고 와서 뒷문을 열고 서 있었다. 아들이 앞자리에 타고 나와 딸이 뒷자리에 탔다. 차가 출발했는데 앞뒤에 경찰차가 칸보이를 한다. 저절로 웃음이 나고 고개가 끄덕여졌다. 과연 내 아들과 딸은 대단하다. 말이 하고 싶어 입이 간지럽지만 두 아이도 매니저도 말을 제대로 알아들을 수 없을 것이니 그저 답답하다.

디엔이 내 손을 잡으며 물었다.

"아버지, 잘 있었어요?"

"그럼, 잘 있었지. 너희들이 힘들었겠구나."

키엔이 대답했다.

"힘들지 않았어요. 아버지한테 미안했어요."

"저런, 미안하지 않았어도 되는데. 암튼 잘 끝내고 와서 고맙다."

경찰차는 집 앞에서 돌아가고 우리는 집 안으로 들어갔다.

"거실에 들어가자 딸이 팔을 벌리고 다가선다. 마주 안고 서로 등을 다독였다.

"아버지, 보고 싶었어요."

나는 또 어쩔 수 없이 콧잔등이 시큰하다. 그래, 내 딸이다. 아비를 보고 싶어 하는 딸! 그런데 말이 목에 걸려 금방 나오지 못한다.

"그래, 아버지도 디엔이 보고 싶었다."

딸이 내 손을 잡고 소파로 이끈다. 자리에 앉으며 알아듣거나 말거나 키엔을 보며 물었다.

"장례 잘 모셨니?"

쌍둥이가 서로 마주 보다가 디엔이 대답했다. 역시 여자가 더 예민하다.

"아버지, 잘 했어요. 어머니는 금방 못 와요."

"알고 있다. 그야 당연하지."

매니저가 들어와 소파에 앉았다. 나는 손짓을 섞어가며 세 사람에게 물었다.

"아까 공항에서 너희가 다치는 줄 알고 깜짝 놀랐다. 외출 시에 항상 그러느냐?"

셋이 말을 맞추고 디엔이 대답했다.

"우리가 비행기에서 내리면 경찰이 경호해요."

매니저가 더듬거리며 말했다.

"경호팀과 미리 통화를 해서 출동합니다."

공항으로 가며 계속 전화를 해서 궁금했었는데 경호팀과의
통화였던 모양이었다.

두 여자의 남자

이튿날 아침, 나는 레이에게 전화를 걸었다.

"나, 아무래도 돌아가야겠어요."

"왜, 무슨 일 있어요?"

"일이 아니라 당신이 없으니 애들과 말도 통하지 않고 서로 불편해서……. 게다가 내일 쌍둥이는 프랑스로 가잖아요. 당신이 애들한테 잘 말해줘요."

레이는 잠시 생각하는 듯하더니 대답했다.

"그렇겠네요, 알았어요. 당신, 미안해요."

"미안하기는 내가 여러 가지로 많이 미안해."

"그런 말 하지 말아요. 애들에게 잘 말할게요."

키엔을 불러 전화를 바꾸었다. 디엔도 옆에 와있다.

모자가 한참 대화를 하고, 디엔도 통화를 하는데 간간이 내가 알아들을 말도 있다. 전화를 끊고 키엔이 말했다.

"아버지, 그렇게 해요. 어머니는 40일 넘어야 올 수 있어요."

"그래, 알았다. 디엔, 내일 비행기 시간을 알아봐 주면 좋겠다."

"아버지, 더 있어도 좋아요. 왜 가요?"

"아니다. 아버지가 할 일도 있어서 가야 해요."

"일았어요. 비행기 예약해요."

쌍둥이가 거실에서 나갔다. 마음이 횅해진다. 당연히 가야 하는데 왜 마음이 허해질까? 두 애들은 내가 어디 있으나 내 자식이다. 하지만 우리는 영원히 한집에 살 수는 없을지도 모른다. 그래서 마음이 허한가? 내 욕심이 너무 과하다. 26년간 잘 자란 아들과 딸이 하루아침에 불쑥 앞에 나타났다. 여기서 더 욕심을 낸다면 나는 벌을 받을 것이다. 욕심은 곧 화의 근원이다. 소파에 기대앉아 과욕으로 더러워진 내 양심을 닦는데 디엔이 옆에 앉으며 말했다.

"아버지, 내일 오전 10시 20분 비행기요."

"그래, 잘 됐구나. 너희는 10시 비행기라고 했지?"

"그래요. 우리 같이 나가면 돼요."

쌍둥이는 내일 프랑스 파리에 간다. 프랑스 필하모닉오케스트라와 프랑스 뮤지컬단의 합동공연단으로 북유럽 노르딕 국가

스웨덴을 비롯한 8개국을 순회공연할 예정이라고 한다. 자랑스러운 내 아들과 딸이다.

나는 열사흘 만에 집에 돌아왔다. 아내가 퇴근하지 않았으니 당연히 빈 집이다. 주인이 집을 비우면 집안은 휑하니 썰렁하게 마련이다. 집은 늘 비어있었을 것이다. 아내는 주말에 여행을 갔을 터이고, 밤에도 더러 집을 비웠을 것이다. 전에도 홀어머니 집에서 자는 적이 많았다.

보일러를 가동하고 전기난로도 피웠다. 아직 2월이라 날씨가 워낙 춥기도 하지만, 더운 나라에 있다가 와서인지 집안에서도 콧등이 시리다. 갈증이 나서 냉장고를 열어보니 텅 비었다. 아내에게 전화를 걸어 집에 왔다고 보고했다. 그래야 퇴근길에 시장을 봐올 것이다.

먼지가 보얗게 앉은 책상과 컴퓨터를 닦고 청소기로 거실과 내 방을 밀었다. 열흘 남짓 빈방인데 곰팡이 냄새가 난다. 코가 매캐한 책 곰팡이 냄새다. 사람이 없어도 먼지는 내려앉는다.

박대균에게 집에 왔다고 알렸다. 말이 통할 사람은 그래도 친구뿐이다. 녀석은 당장 만나자고 설치지만 나는 그럴 수 없다. 마음 같아서는 만나고 싶지만 그건 아내에 대해 못 할 짓이다. 내일 만나기로 약속했다.

아내가 끓인 얼큰한 돼지고기 김치찌개를 안주로 소주를 마신다. 꿀맛이다. 산해진미도 며칠이지 된장찌개와 김치찌개가 그리워 혼났다. 아내도 오늘따라 소주를 곧잘 마시면서 궁금했던 것을 묻는다. 남편이 첫사랑 여자를 만나고 왔으니 궁금하지 않으면 부처님일 것이다. 낳은 아이가 이란성 쌍둥이라는 말에 아내는 매우 놀라는 눈치였지만 차분하게 말한다.

"어머나, 그래요? 잘 되었네요. 아들딸이 한꺼번에 생겼잖아요."

"그래, 아주 잘 됐지. 게다가 두 남매가 아주 대단해. 아들 키엔은 피아노를 치고, 딸은 바이올린과 첼로를 배웠는데 둘 다 프랑스 필하모닉오케스트라 단원이야."

"어머, 어머나! 그게 정말이에요?"

"그렇다니까. 나두 사실 믿어지지 않았어."

모든 상황을 비교적 상세하게 말해주었다. 중언부언했다가는 나중에 오해를 살만한 여지가 있는 사안들이었다. 그러나 레이의 남편이 죽었다는 사실은 말하지 않았다. 답변할 말이 아직 준비되지 않았다. 서로 마음에 부담이 될 사안인데 미리 가슴에 담고 고민할 필요가 없겠다고 생각했다.

오랜만에 아내를 안았다. 레이를 안았던 황홀한 순간을 떠올리며 이 여자에게 미안한 생각도 들어 레이에게 하듯이 정성을 들였다. 아내는 마침내 뜨겁게 달아올라 내 몸을 옥죄었다. 15년간 살아온 내 여자지만 이렇게 열정적인 정사는 없었다.

아내가 가슴으로 파고들며 촉촉하게 속삭였다.

"보고 싶었어요. 왜 그런지 밤마다 보고 싶었어요."

다시 안아보니 품에 꼭 맞는다. 늘 안았던 여자 같지 않게 새로운 느낌으로 그렇다. 왜 아니랴, 보고 싶었을 것이다. 남편이 첫사랑 여인을 안아주는 상상을 하며 보고 싶었을 것이다. 질투도 났을 것이다. 그런데 이 여자는 갈 때도 그랬거니 왔는데도 겉으로는 아무렇지도 않은 듯하다. 하지만 그 속은 시퍼렇게 멍이 들었을 것이다. 참 무던한 여자다.

미안해서 꼭 안아주며 달랬다.

"늘 미안했어. 이해해줘서 고마워."

"고맙긴, 내가 달리할 짓이 없잖아요. 앙탈을 하고 잡는다고 잡힐 사람도 아닌데…… 선생님께는 하정수라는 여자도 있다는 것만 생각해 주면 돼요."

마음이 짠해진다. 내 앞에 있는 두 여자가 어찌 이리도 착하단 말인가. 나는 참 여복이 있는 사내다. 하지만 두 여자를 어떻게 해야 할지는 어이없게도 어려운 일이다. 두 여자가 과연 복이 될지 화가 될지는 짐작도 할 수 없다. 부담스러운 생각을 잠이 밀어낸다. 잠은 참 좋은 것이다. 잡념을 털고 편안하게 잘 수 있을 것 같아 행복하다. 레이와의 잠자리보다 더 편안한 느낌이 드는 것은 역시 오래 길들여진 내 집이기 때문일 것이다.

봄이 한창 무르익는 4월 초순이었다. 레이에게서 전화가 왔
다. 열흘 만에 온 전화라서 반갑다.

"당신, 잘 있어요?"

"아무렴, 당신도 건강하지요? 레이, 보고 싶어."

"나두 그래요. 우리 이제 만날 수 있어요. 4월 20일 사이공에
가요."

아내 하정수 얼굴이 눈앞에 커다랗게 떠오른다. 눈을 질끈
감고 받았다.

"그래요? 우리 쌍둥이도 그 무렵 북유럽 공연이 끝난다고 하
던데……."

"4월 15일 사이공에 온다고 해요. 그래서 쌍둥이 보러 가요.
당신 올 수 있어요?"

왜 아니랴! 아무리 예법이 중해도 죽은 남편보다 산 자식이
더 중하다.

"그래, 갈게요."

기쁘다. 기분이 좋아지지만 베트남에서 돌아온 뒤부터 부쩍
살가워지고 강아지처럼 부니는 아내가 신경 쓰인다. 그렇다고
가지 않을 수는 없다. 박대균의 성화에 지쳐서라도 가야 한다.
녀석은 가게 되면 같이 가겠다고 보채던 참이다. 그렇더라도 아

내에게는 언제 말해야 할까? 미리 말하면 피차 껄끄러울 것 같다. 아직 열흘 넘게 남았으니 기회를 보아 말할 것이다.

4월 22일 오후 다섯 시, 박대균과 호찌민시 탄손낫 공항에 내렸다. 레이와 매니저가 마중 나왔다. 레이와 박대균은 1년 반 전에 브루나이에서 만났었다. 그때 이들 두 사람의 만남이 없었다면 나는 레이와 쌍둥이를 찾지 못했을 것이다. 내가 지금 녀석에게 덜미가 잡혀 끌려다녀야 하는 원인이 바로 그거다. 녀석 때문에 레이와 쌍둥이를 찾았으니 나도 녀석의 전처와 자식을 찾아 주어야 한다. 녀석은 데오 깜찌웅과는 정식 결혼식을 올렸으니 분명 전처가 맞다.

집에서 기다리던 쌍둥이는 아비를 안고 반가워한다. 지켜보는 박대균 눈이 실기죽 돌아간다. 자기는 아들만 셋인데 내게 자식이 없다고 늘 안타까워하던 녀석이다. 부러움과 약 오름이 한꺼번에 오는 탯거리가 볼만하다. 자리에 앉아 박대균에게 쌍둥이를 인사시키고 같이 오게 된 동기를 말해주었다. 키엔은 어머니에게서 이미 말을 들었다면서 찌웅 이모를 찾을 수 있을 것이라고 위로했다.

이튿날 저녁, 레이의 오빠 시경 국장이 집으로 왔다. 쌍둥이에게 외삼촌인 이 사람은 두 아이의 은인이다. 이 사람이 말레이시아에서 귀국하여 호찌민시 중심가의 경찰파출소 소장이 된 뒤부터 쌍둥이는 외삼촌의 보살핌을 받았다. 교육비는 의붓아버지가 대주었지만 아직 어리던 두 아이는 외삼촌에게 더 의지했다. 어머니는 이미 두 아들의 어머니가 되었으니 어쩔 수 없는 상황이기도 했다. 아무리 세계적인 음악가라도 시경 국장인 외삼촌이 아니었으면 경호가 그토록 철저하지 않았을 것이다.

박대균과 데오 타쩐은 깜찌옹과 결혼 할 때부터 알고 있었다. 빈갑게 인사를 나눈 대균은 찌옹과 헤어지던 당시를 설명하고, 니에룩 티옹에 운하 빈민촌에 살았던 찌옹의 이모네 이야기를 들려주었다.

듣고 난 타쩐은 난감한 표정으로 말했다. 당시 티옹에 운하 빈민촌에 살던 사람들은 호적 정리가 되지 않아 인구파악을 할 수 없었고 전쟁 중이라 기록도 없다고 했다. 그러나 수소문해서 찾아보고 신문에도 내보겠다고 약속했다. 다행으로 레이에게는 그 시절의 깜찌옹 사진도 있었고, 박대균에게는 아들은 안고 찍은 사진도 있었다.

이튿날 박대균은 자기 공장이 있는 하노이로 갔다. 객이 없어 집안이 조용하자 나는 레이를 위로했다. 남편을 저세상에 보낸 미망인이다.

"레이, 많이 상심했지? 잘 견뎌주어서 고마워."

레이는 쓸쓸하게 웃으며 대답했다.

"이슬람식 장례를 보기는 했었지만 직접 당해보니 많이 당황했어요. 하지만 사람들이 많이 도와주어서 힘들지는 않았어요. 아잔이 평소에 많은 사람들을 도와주었거든요. 장례가 끝날 때까지는 어쩔 수 없이 히잡을 쓰고 있어야 했어요. 정부 사람들도 많이 오는데 맨얼굴로 손님을 대할 수는 없거든요."

그랬을 것이다. 이슬람국가 브루나이 상류급 인사가 죽었는데 그 부인이 맨얼굴로 문상객을 맞을 수는 없을 것이다. 레이가 낳은 두 아들은 아버지 뒤를 이을 브루나이 귀족이다.

그렇게 생각하면 걱정이 된다. 미망인이 된 레이의 행동이 자유롭지 못할 것이다. 이슬람교의 미망인들은 함부로 재혼할 수 없다는 것을 최근에 박대균에게서 들었다. 과연 어찌 될 것인지 마음이 무거워진다.

궁금해서 묻지 않을 수 없다.

"당신, 이제 어떻게 해야 되는 거야."

일부러 무겁게 물었는데 대답 역시 잠시 뒤에 무겁게 돌아왔다.

"자유로울 수는 없어요. 장례법적으로 미망인은 1년간 남자를 만날 수 없고 외출할 수도 없어요."

끝내 가슴이 서늘해진다. 전처의 두 딸은 쌍둥이가 어려서부터 못 살게 구박했다고 들었다. 40대가 되어갈 그들이 의붓어미를 자유롭게 내버려 두지 않을 것이다. 하지만 나로서는 레이를 위하여 터럭만큼도 힘이 되어줄 수는 없다.

"그럼, 이제 어떻게 해야 되지?"

"두 딸과 아들은 아직 당신 존재를 몰라요. 아잔은 알았지만 아이들에게 말하지 않고 죽었어요. 1년간은 자주 나올 수 없지만 그 후에는 어떻게 해보아야지요. 너무 걱정 말아요."

비로소 안심이 되었다. 아잔은 참 좋은 사람이다. 양심을 숨길 수 없이 고심하던 레이가 쌍둥이 아버지를 찾았다고 말했을 때, 아잔은 만나도 좋다고 허락했었다. 자신의 생이 머지않았음을 알고 있는 사람으로서 참으로 어려운 결단이었을 것이라고 고맙게 생각했던 사람이다. 그런데다 죽으면서도 자식들에게 그것을 말하지 않았다. 성인군자가 바로 이 사람이었구나 싶다.

숙연한 마음으로 위로했다.

"당신은 참 복이 많은 사람이야. 그런 사람을 만난다는 것은 어렵거든. 당신이 평소 그 사람에게 잘 대해주었기에 그렇겠지만 심성이 곱지 않으면 그렇게 할 수 없어요."

레이도 숙연하게 받았다.

"그래요. 나도 두 딸에게 모진 냉대를 받으면서도 최선을 다했고, 내가 낳은 두 아들을 잘 키웠어요. 그래서 아버지와 딸들이 나를 믿었을 겁니다."

그랬을 것이다. 동서양을 막론하고 인간사에서 의붓자식과

의붓아비 어미 간에 화해와 화합을 이루며 살기란 어려운 일이
다. 아비 없는 쌍둥이 남매를 데리고 전처의 두 딸이 있는 홀아
비에게 시집간 레이의 비참했을 상황이 눈에 선하다. 참 잘도
견디며 살아온 레이가 고맙고, 의붓자식 남매를 훌륭하게 키위
준 남편도 고맙다.

나는 레이와 한 침대에서 잠자기 어려워 다른 방을 쓰겠다고
말했다. 어젯밤에도 박대균과 늦도록 술을 마시고 함께 잤었다.
이슬람 장례문화는 미망인이 4개월 10일간 외간 남자와의 접촉
을 엄격히 금하고 있다는 것을 알고 있다. 침대에서 레이를 안
고 그냥 밤을 지새울 용기가 나지 않는다.
"몸도 마음도 피곤할 테니 편히 자요. 난 저쪽 방으로 갈게."
쌍둥이는 각기 자기들 방으로 가고 집안은 조용하다. 레이는
잠시 당황하는 듯 얼굴이 붉어지더니 해사하게 웃으며 다가와
옆에 앉으며 말했다.
"당신도 나도 이슬람 아니잖아요."
여자를 와락 안았다. 그건 그렇다! 그렇더라도 남편이 죽은
지 두 달 남짓한 미망인을 안아줘도 되는지는 잘 모르겠다. 하
기는 이 여자는 죽은 남편의 아내이기 전에 내 여자였다. 망설
일 일이 아니다.
침실에 들어오자마자 레이는 내 품으로 달려들었다. 이 여자

는 참으로 신비로운 여자다. 몸도 아름답거니와 온몸으로 남자를 다루는 테크닉이 황홀하다. 좀 찜찜한 생각이지만 열다섯 살이나 더 먹은 남편을 다루며 터득한 노하우일 것이다.

레이가 내 품으로 파고들며 귀가 간지럽게 속삭였다.

"장일도 병장님, 사랑해요! 오랜 세월 동안 너무 보고 싶었어요."

그래, 장일도 병장이다! 스물셋 혈기왕성한 남자로서 이 여자를 처음 안았다. 나는 그렇게 이국의 여자에게 첫 순정을 바쳤었다. 군 입대 전에 많은 여자를 대했지만 사랑의 행위를 하지 않았다. 동생 장여정이 이복형에게 성폭행당했다는 사실을 알고부터 차마 여자를 안을 수 없었다. 하지만 데오 레이를 알고부터 나는 남자가 되었다.

나는 장일도 병장으로 되돌아가 스물두 살 데오 레이를 으스러지게 안았다. 그때처럼 달디 단 입맞춤을 오래도록 했다. 레이가 팔베개를 하고 바로 누우며 신비로운 음성으로 말했다. 레이에게서 이런 음성의 말을 들은 적이 없었다.

"데오 레이, 이제 비로소 행복을 찾았어요. 속절없이 잃어버렸던 행복! 당신과 내가 만나 창조한 우리 쌍둥이 잘 자라주었고, 건강한 장일도 병장을 다시 만나 마음껏 즐기고 있으니 행복해요."

신비로운 말이 끝나기를 기다리던 나는 사랑하는 여자의 풍만한 가슴에 얼굴을 묻고 감격에 겨워 몸이 떨렸다. 지난 세월이 물결처럼 머릿속에 흐른다. 즐거움보다 아프고 괴로운 날이 더 많았던 세월이 빠른 물살처럼 흐른다. 등을 어루만지는 사랑하는 여자의 손길이 깃털처럼 부드럽다. 콧잔등이 시큰해지며 눈물이 난다. 행복에 겨운 눈물일 게다. 괴로웠던 과거의 기억에서 벗어난 내 마음 깊은 곳에서 꽃향기처럼 짙은 행복이 우러난다. 행복은 거창한 것이 아니고 소소한 즐거움이 합쳐진 것이다.

눈물에 젖은 얼굴을 들고 속삭였다.

"데오 레이, 나도 행복해! 당신을 다시 만나 행복해. 쌍둥이를 잘 키워줘서 고맙고 행복해요. 우리 이제 헤어지지 말아요."

여자가 내 얼굴을 감싸 잡고 가볍게 입맞춤을 하고는 말했다.

"그래요. 그렇지만 1년은 기다려야 해요."

"그건 알고 있어요."

손을 잡고 바로 누웠다. 오늘 밤은 행복한 잠이 올 것이다. 꿈도 아름다울 것이다.

꿈만 같은 일주일이 지났다. 레이도 돌아가야 하고 나도 가야 한다. 자식의 집을 떠나 아비어미는 각기 자기 집으로 돌아가는 것이다. 나는 문득 이런 삶도 잠시는 해볼 만 하다는 엉뚱한 생각이 든다. 그래, 썩 좋은 삶은 아니지만 다시 만나는 즐거움도 그렇거니와 언제든 다시 만날 수 있는 이별도 행복하다. 부부간의, 부모자식 간의 행복한 이별! 세상에 아마 우리 가족 같은 만남과 이별은 없을 것이라는 생각이 들며 기분이 좋아진다. 행복은 눈으로 볼 수 없고 만질 수도 없다. 그저 마음속에 있는 느낌일 뿐이다. 사람은 선하게 생각하고 즐겁게 살면 행복하다는 것을 요즈음에 알게 되었다. 나는 지금부터 언제든지 행복해질 수 있다. 그래서 즐겁다. 즐거우면 저절로 선해지고 행복해진다.

이튿날, 우리 가족은 모두 탄손낫 공항에 나왔다. 나는 대한민국 내 집으로 가고, 레이는 브루나이 자기 집으로 간다. 우리 쌍둥이도 프랑스에 있는 자기들 집으로 간다. 파리에도 우리 자식들의 집이 있다. 아파트인데 베트남 가사도우미가 집을 지킨다고 한다. 우리는 명실공히 국제가족이다.

쌍둥이는 경호원들의 경호를 받으며 출국장으로 올라가고 우리 부부는 시간이 남아 공항 카페에 앉아 커피를 마신다. 레이는 한 달 후에 브루나이에서 만자고 했다. 자기가 나올 수 없으므로 에멜무지로 한 말이겠지만 나도 부담스럽다. 나는 호텔에 머물러야 하는데, 레이가 매일 호텔에 드나들다가 아는 사람들 눈에 띄면 큰 낭패다. 그 말은 레이의 본심이 아니라 나를 위로하는 말일 것이다.

"브루나이에 가는 것은 아무래도 불안해. 우리 좀 참아요."

레이의 볼이 발그레해진다. 참 순진한 여자다.

"그래요. 내가 기회 보아서 다시 오겠어요."

"무리하지 말아요. 나도 더 좋은 날들을 위하여 기다릴게요."

"그렇게 해요. 자주 전화할게요."

레이도 이제 출국장으로 가야 한다. 나는 20분 뒤인 4시 20분 비행기다. 레이는 출국장으로 가며 손을 흔들었다. 웃는 모습이 마냥 행복해 보인다. 우리는 또 한 번 행복한 만남을 위하여 즐거운 이별을 한다.

국제가족

이태가 흘러 2002년이다. 나는 거의 2년 동안 구상만 하고 메모하며 쓰지 못했던 장편 소설을 탈고하여 출간하였고, 짬짬이 발표했던 중단편을 모아 작품집을 냈다. 한해에 두 권의 단행본을 출간했다. 4년 만에 낸 책이다. 작품집 『남녘형님 북녘형님』과 장편소설 『사랑의 모습』은 출간되자마자 프랑스, 미국, 영국, 독일, 일본에서 번역되어 팔리고 있다.

그동안 지난겨울에 사이공 우리 아이들 집에서 네 식구가 만났었다. 딸 디엔이 같은 오케스트라 단원인 피아니스트와 결혼을 한다고 발표했다. 그리고 사흘 뒤에 디엔의 애인이 사이공에 왔다. 프랑스 청년인데 훤칠하게 잘 생겼다. 키엔은 6개월 전에 베트남 국립심포니오케스트라가 창설되며 창설멤버로 초빙되어 단장을 맡았다. 키엔은 망설였지만 국적이 베트남이라 어쩔 수 없었다고 말했다. 공산국가라서 아무래도 처신이 자유롭지 못했을 것이다.

그리고 사흘 뒤에 우리 가족은 모두 프랑스 파리에 가서 디엔의 결혼식에 참석했다. 프랑스 결혼식을 처음 보기도 하지만 내가 신부 혼주라 당황했다. 예식은 많은 하객들과 그 분위기가 과연 대단했다. 사회자가 나를 소개했는데, 대한민국의 소설가로서 단행본 7권이 세계 20개 국어로 번역되었다고 소개하자 하객들이 모두 박수를 보냈다.

나는 그 자리에서 레이가 낳은 두 아들을 보았다. 22세와 21세인데, 두 형제가 영국 옥스퍼드 대학에 재학 중이라 한다. 천만다행으로 전처의 딸들이 참석하지 않아 내 행동이 자유로웠다.

5월 초순, 레이와 사이공 집에서 만났다. 남편 1주기를 넘긴 레이는 행동이 자유롭지만 드러내놓고 남자를 만날 수 없다. 이슬람의 관례에 따라 1년 뒤에 재혼은 할 수 있으나 근친이나 족내 결혼이 허용된다. 미망인이 다른 가문이나 다른 남자와 결혼하는 경우 집안의 수치로 여겨 가문에서 축출될 수도 있다고 한다.

아나 다르랴, 남편 1주기가 지나자 사촌 동생이 청혼을 했다고 한다. 레이와 동갑인데 이혼을 했다는 사람이었다. 당연히 레이는 펄쩍 뛰었고 두 아들도 적극 반대를 하여 위기를 넘겼지만 가문에서는 긍정적으로 받아들여 계속 압력을 넣고 있다고 한다.

그러나 레이는 걱정하지 않아도 된다고 말했다. 만약에 법적인 문제가 생기면 내가 쌍둥이의 친부임을 밝히고, 레이가 쌍둥이를 데리고 아잔과 국제결혼 했음을 밝히면 된다는 말이었다. 그러나 그리되면 복잡하고 어지럽다.

레이는 또 말했다. 가문에서 축출이 되더라도 이제는 두려울 게 없다. 두 아들이 이미 성인이 되어 상속권이 있으니 걱정할 일이 아니고, 전처의 딸들은 결혼하고 재산을 분배받아 잘살고 있으니 그 또한 상관이 없다. 게다가 레이는 남편 아잔에게서 막대한 현금과 건물, 귀중품을 유산으로 받았다고 했다. 나는 비로소 마음이 놓였다. 데오 레이는 이제 완전히 내 여자가 되었다.

내일이면 내가 서울로 돌아가야 하는 날이다. 술상을 차려준 레이가 전에 없이 잔뜩 긴장된 얼굴로 쭈뼛거리다가 말을 꺼냈다.

"해야 할 말이 있어요."

굳은 표정이며 말에 무게가 실렸다. 가슴이 서늘해진다. 이 여자가 이렇게 무게를 잡으며 하는 말은 모두 충격적이었다.

'해야 할 말!' 과연 무슨 말일까?

"우리가 못할 말이 어디 있어요. 어서 해봐요."

"당신, 부인과는 어떻게 할 건가요?"

나는 끝내 가슴이 철렁했다. 레이가 마주 앉아 이렇게 말할 줄은 몰랐다. 그 문제를 어떻게든 해결해야 한다는 생각은 하고 있었지만 절벽처럼 코앞에 확 닥치니 난감하다. 어쩔 수 없이 힐금 눈치를 살폈다. 여전히 얼굴이 굳어 있다. 그럴 것이다. 참 하기 어려울 말이 아니던가. 후처가 될 여자가 전처를 어떻게 할 것이냐고 대놓고 묻는다. 참 묘한 관계지만 나는 하정수와 정식 결혼을 했으니 레이는 분명 후처다. 빠르게 생각을 정리하고 대답했다.

"당신은 어떻게 하면 좋겠어요?"

"그걸 왜 나에게 물어요? 내가 그걸 물었잖아요."

레이는 눈썹을 찡그리며 바라본다. 참 그렇다. 나는 가끔 이렇게 맹해진다. 그러나 달리 또 말하기가 거북스럽다. 내가 일방적으로 어떻게 하겠다고 잘라 말하기는 솔직히 어렵다. 눈썹을 찡그리는 레이의 모습을 처음 본다고 생각하니 15년을 같이 산 여자 하정수가 너무 불쌍하다. 그러나 결심을 해야 한다. 나는 앞에 앉은 여자를 사랑하고 더 중요하니까.

"이혼을 해야겠지. 하지만 좀 기다려줘요."

들어야 할 말을 들어서인지 얼굴이 금방 화사해진다. 목소리

또한 그렇다. 감정을 숨기지 못하는 순박한 여자다.

"그 여자에게는 참 미안하지만 당신은 이제 내 남자이기를 바라요."

듣던 중 반가운 말이다. 나도 이 여자가 내 여자이기만을 얼마나 바랐던가! 나는 이제 하정수의 남편으로 살 수는 없다. 우리 쌍둥이를 보아서라도 당연하다. 이제 비로소 용기가 생긴다.

"당연하지, 나는 데오 레이의 남자야. 빠른 시일 내로 해결할 거야."

"고마워요. 기다릴게요."

나는 사랑하는 여자를 안아주었다. 하루 종일 안고 있어도 싫어지지 않을 여자다.

베트남에서 돌아온 지 열흘이 되던 날 토요일 오후였다. 나와 아내가 좋아하는 얼큰한 두부찌개를 끓여놓고 마주 앉아 소주를 마신다. 중대한 이야기를 하려고 마음을 다져 먹었지만 차마 입이 떨어지지 않는다. 분위기를 눈치챘는지 아내가 전에 없이 쓸데없는 말을 계속 주절거려 김을 빼서 더욱 움츠러들게 한다.

마침내 용기를 내서 운을 떼었다.

"우리, 얘기 좀 해요."

아내는 얼굴이 금방 굳어지며 눈이 커진다. 커진 눈으로 내 표정을 살피며 물었다.

"우리가 할 얘기! 그게 뭔데요?"

마음이 짠하지만 궁리했던 말을 차분한 마음으로 시작했다.

"우리 언제까지 이렇게 살 수는 없잖아."

"그럼, 어떻게 살아요?"

궁리했던 대로 말이 풀린다.

"미안하지만, 우리 이혼하자!"

예상했던 대로 얼굴이 하얘진다. 고개를 툭 떨어트린다. 눈물이 흐를 것이다. 이윽고 젖은 눈을 들어 말한다.

"우리가 왜 그래야 되는데요?"

조금은 잔인하지만 나는 대답해야 한다.

"당신한테 너무 미안해서……. 허깨비로 당신을 대하기가 너무 괴로워서 그래."

젖은 얼굴에 눈이 반짝 빛난다.

"당신! 처음 들어보는 그 말, 참 듣기 좋네요. 그런데 마음은 아프네요. 15년 넘게 살다가 이혼을 하자면서 처음으로 당신이라고 부르니 화도 나네요. 우리 정말 왜 그 말을 여적 하지 못했을까요?"

가슴이 서늘하게 식는다. 놀란 눈을 크게 뜨고 마주 보는 얼굴이 달덩이만 하게 커 보인다. 저런 얼굴은 처음이라서 당황스럽다.

"그러게 말이야! 당연히 했어야 하는 말이었는데 왜 그걸 못했을까?"

이건 예상하지 못했던 대화다. 내 입에서 왜 느닷없이 '당신'이 튀어나왔는지 그걸 모르겠다. 한 가지 안다면 레이와의 대화에서 익숙해진 탓이었을 것이다.

이혼당해야 할 여자가 분노와 슬픔이 밴 표정으로 대든다.

"나를 당신이라고 부르니 나도 당신이라고 부르겠어요. 우리가 왜 이혼을 해야 돼요? 그냥 이렇게 살아요. 당신 가고 싶으면 언제든지 베트남에 가고, 오고 싶을 때 언제든지 오면 되잖아요. 지금까지 그랬잖아요. 앞으로도 그렇게 살아요. 나 절대 질투 같은 거 하지 않아요."

당연히 예상했던 말이지만 목이 꽉 막힌다. 그래도 말해야 한다. 술로 목을 축이니 말이 나온다.

"그건 내가 못 하겠어. 두 여자에게 너무 큰 죄를 짓는 것 같아서 차마 못하겠어. 당신이 나를 좀 이해해줘요."

"죄를 짓다니, 그렇게 생각할 필요 없어요. 내가 이해하면 되잖아요. 당신이 1년간 오지 않아도 난 괜찮아요. 기다리며 사는 재미, 그것도 꽤 쏠쏠하던데요. 그러니 내 걱정 안 해도 돼요."

이제는 얼굴도 목소리도 당당해졌다. 내가 궁지에 몰리는 느낌이 완연하다. 그래도 기죽지 말고 아퀴를 지어야 한다.

"난 그렇게 살 수 없어. 난 이미 당신에게는 허깨비에 불과해. 당신도 바람처럼 오가는 허깨비를 잡아둬서 뭘 할 거야? 당신 이제 마흔다섯이야. 좋은 남자 얼마든지 만날 수 있어. 제발, 나를 놓아줘요."

당당하던 태도가 시나브로 누그러진다. 목소리도 그렇다.

"그건 그렇군요. 벌써 마흔다섯이 아니라 이제 마흔다섯이네요. 하지만 난 당신이 좋아요. 다른 남자 품에 안겨 당신을 생각하는 거, 난 그걸 못할 것 같아요."

"그런 감정은 잠시야. 금방 잊을 수 있어. 내 결심은 변할 수 없어요."

금방 눈이 쌩그래지고 얼굴에 독이 오른다. 예상했던 순서다.

"그럼 난 뭐예요? 꽃다운 청춘 당신한테 다 바친 나는 뭐냐구요? 당신 아니었으면 다른 남자 만나 아들딸 낳고 행복하게 살았을 난 뭐냐구요? 자식이라도 있었으면 보고 살지……."

가장 아픈 곳을 정곡으로 찌르고 끝내 울음을 터트린다. 지금까지 단 한 번도 본 적이 없던 모습이다. 가슴이 황량해지며 불현듯 여준석 대위가 떠오른다. 레이를 두고 생각하면 고맙기만 하던 여준석이 이 여자를 두고 생각하면 철천지원수다. 한 여자에게 자식을 갖지 못하게 한 원수! 그러나 여기서 물러날 수는 없다.

"미안해, 그래서 당신에게 더 미안해. 내게 있는 모든 것 다 줄게. 아파트도 주고 현금도 다 줄게."

방배동 40평 아파트는 10억쯤 갈 것이고, 증권사 계좌에 현금 3억5천이 있는 것을 아내도 안다. 다 주고 나면 나는 그야말로 알거지다. 현금은 줄 생각이 아니었지만 얼결에 말이 나오고 말았다. 그러나 그것은 내 진심이다. 더 있다면 더 줄 것이다.

"돈, 참 편리하군요. 하지만 난 돈보다 당신이 더 좋아요. 그래서 이혼은 못 해요. 미안해요."

살얼음이 지게 말하고는 벌떡 일어선다. 방으로 들어가며 문을 미어 박는다. 어찌 아니랴마는 지런 행위도 처음 본다. 착한 여자를 화나게 했다. 이래저래 나는 참 나쁜 놈이다. 술 마시는 것도 잊은 채 상황에 몰두했다. 온몸으로 몰두하지 않으면 해결하지 못할 일이었지만 결말은 내지 못했다. 그러나 나는 물러설 수 없다. 술은 마시고 싶은데 이런 분위기에서는 마실 수 없다. 박대균을 불러내는 수밖에 없다. 녀석은 나를 위로해 줄 것이다. 더구나 이런 분위기로 한 침대에서 잘 수도 없다.

닷새째 냉전이 계속되고 있다. 말을 붙일 틈을 주지 않는다. 오늘 퇴근하면 잡아 앉히고 결말을 보겠다고 작정했다. 아내가 퇴근해서 샤워를 하는 동안 나는 저녁상을 차렸다. 늘 하는 일이다. 찌개도 내 입맛에 맞게 끓이지만 저녁 설거지는 안 한다.

말없이 먹기만 하니 식사시간이 빠르다. 설거지를 하려고 일어서는 아내 손을 잡아 앉혔다.

"잠깐 좀 앉아요."

저절로 존댓말이 나온다. 해놓고 보니 좀 어색하다. 엉거주춤 앉으며 내 얼굴을 정면으로 보다가 고개를 돌리며 말한다.

"그 얘기라면 듣고 싶지 않아요. 난 더할 말도 없어요. 마지막으로 분명히 말하겠어요. 난 이혼 못 해요. 법적으로 하든 어떻게 하든 그건 당신 맘대로 하세요."

이렇게 나오면 나는 할 말이 없다. 기어이 법정에 서야 하나! 참으로 암담하다. 순하디순한 여잔 줄 알았더니 대책 없이 당찬 여자다. 있으나 마나 한 남편이 무슨 소용이 있다고 저렇게 나오는 것일까? 지금의 나로서는 이해할 수 없다.

이튿날 레이에게 전화를 넣었다. 그동안 말은 안 하지만 통화를 할 때마다 이쪽의 결과를 기다리는 기척이 역력했었다.

"이혼은 못 하겠다고 하네요. 다시 협의해 보겠지만 안되면 법적으로 해야 할 것 같아요. 당신이 좀 이해해줘요."

레이는 의외로 차분하게 받았다.

"그러겠지요. 그래도 이혼은 해야 하니까 시간을 두고 잘 설득해 보아요. 돈을 요구하면 준다고 해요. 내가 도와주겠어요."

나는 레이가 이렇게 단적으로 말할 줄은 몰랐다. 마음이 넓고 착한 여자로만 알았더니 사랑에 있어서는 강한 여자였다. 사랑하는 사람을 혼자만 차지하겠다는 강한 욕망! 그래서 나는 즐겁고 행복하다. 그렇다고 레이의 돈으로 이혼을 할 수는 없다. 이제 몸뚱이뿐일 나를 받아주는 것만으로도 고맙다.

"그렇게 하지 않아도 돼요. 집과 현금을 다 준다고 해도 거절하고 있어요. 내가 어떻게든 해결할 테니 기다려줘요."

"당신을 믿어요. 당신, 나 보고 싶으면 사이공에서 만나요."

"시간을 내볼게요. 한데, 당신에게 청혼했다는 그 사람 어떻게 되었어요?"

레이는 까르르 웃고는 대답했다.

"왜요. 걱정되어요? 아들과 딸들이 강력히 반대해서 해결됐어요. 그 사람 두 번이나 이혼한 나쁜 사람입니다."

"저런, 그런 사람이 더 끈질길 수 있으니 조심해요. 아주 사이공 키엔 집으로 가는 게 어때요."

"나도 그러고 싶지만 여기 집을 비워둘 수 없어요. 관리도 해야 하지만 내가 주인이잖아요. 아들이 영국에서 돌아오면 그렇게 할 수 있어요. 1년만 기다리면 돼요."

그건 그럴 것이다. 집도 집이지만 그 많다는 재산을 관리해야 한다.

"그렇게 되었군요. 여름 휴가철에 사이공에서 만나요."

지금 쓰고 있는 장편소설이 두어 달이면 끝난다. 작업을 끝내고 홀가분하게 여름을 즐길 것이다. 그동안 이혼 문제도 결말을 내야 한다.

사랑의 결실

한 달 뒤인 6월 중순, 레이가 전화를 했다.

"우리 한국에 가게 되었어요."

나는 순간적으로 깜짝 놀랐다. 한국에 오다니? 뭔 말인지 금방 이해가 되지 않아 물었다.

"그게 무슨 말이에요. 당신이 한국에 온다는 거예요?"

레이는 쿡쿡 웃다가 대답했다.

"나만 가는 거 아니고, 키엔은 애인과 디엔 부부도 함께 간다니까요."

나는 가슴이 화끈하도록 놀라고 말았다. 대체 이게 어떻게 된 노릇인가! 나를 보러 온 식구가 일부러 올 리는 없다. 게다가 키엔이 애인을 데리고 온다니, 키엔이 결혼을 하게 될지도 모른다는 전화를 두어 달 전에 받기는 했지만 성사가 된 모양이다.
너무 놀랍고 즐거워 내가 멍해지자 레이가 말을 이었다.

"6월 20일 디엔 부부가 프랑스에서 먼저 한국에 가요. 서울
에서 프랑스 필하모닉오케스트라 연주회가 있어서 디엔 부부가
가고 나는 키엔 부부와 21일에 가요."

"그래요! 그런데 키엔 부부라니 그 애가 결혼을 했다는 거예
요?"

레이는 까르르 웃으며 말했다. 저런 웃음은 슬거울 때 웃는
웃음임을 나는 안다.

"당신 참, 결혼을 어떻게 아버지 몰래해요. 그러나 사이공 집
에서 동거하다시피 해요. 내가 가서 다 말할게요."

나는 감격했다. 나도 며느리를 보게 되었다. 이제 손자 손녀
도 태어날 것이다. 너무 즐겁고 행복해서 눈물이 날 지경이다.

"레이, 참 잘되었네요. 그러잖아도 보고 싶었는데 며느리까
지 모두 함께 온다니 거참 잘되었네요. 키엔도 오케스트라 연주
하는 거야?"

"아니, 키엔 부부와 나는 당신 보러 가요. 우리 모두 한국에
서 만나는 거 즐겁잖아요. 그래서 내가 가자고 했어요."

"참 잘했어요. 다시없을 좋은 기회야. 기다릴게요."

전화를 끊고 나니 생각난다. 며느리가 어느 나라 사람인지
물어보지 못했다. 다시 걸까 하다가 참았다. 이미 정해진 며느

릿감이 어느 나라 사람인들 아비가 참견할 일이 아니다. 그러나 궁금하다. 프랑스 아니면 베트남? 아니, 제3국 사람일 수도 있다. 아들은 세계적인 음악가다.

즐거운 일이다. 며느리에 사위까지 여섯 식구가 서울에서 만난다. 20일이면 닷새 뒤다. 내가 무엇을 준비해야 할까를 생각해보지만 아무것도 할 것이 없다. 모두 호텔에 여장을 풀 것이고 나도 호텔로 가면 된다. 살다 보니 이런 즐거움도 있구나 싶어 마음이 들뜬다. 이번 기회에 이혼을 거부하는 한국 아내에게 내 가족들을 보게 하는 것도 좋을 것이다. 보고 나면 마음이 달라질지도 모른다.

6월 20일 오후 5시, 디엔 부부가 플라자호텔에 여장을 풀고 전화를 했다. 기다리던 참이라 택시를 타고 호텔에 갔다. 딸은 호텔커피숍에서 기다리고 있다. 파리에서 결혼식 날 보고 처음이다. 커피숍에 들어서자 딸과 사위가 달려와 한꺼번에 안긴다.

느닷없는 요란한 박수 소리에 놀라 주변을 둘러보았다. 대여섯 다탁에 앉았던 사람들이 일어나 우리를 향해 박수를 치고 있었는데 모두 외국인들이다. 너무 놀라 어리벙벙한데 디엔이 그들을 향해 인사를 하고는 내 손을 잡아 이끌었다. 자리에 앉자 네댓 사람이 다가와 악수를 청하며 우리말로 인사를 했다.

"안녕하십니까?"

"반갑습니다."

디엔이 소개를 했다.

"아버지, 우리 오케스트라 단원들입니다."

다섯 사람을 소개했는데 두 사람은 단장과 지휘자였고, 세 사람은 디엔과 사위의 동료들이라고 했다. 이들은 이미 내가 프랑스 문단에 알려진 한국 소설가라는 것을 알고 있다. 디엔은 한국이 아버지의 나라라고 자랑을 했다면서 즐거워했다. 그렇다. 한국은 니엔에서는 아버지의 나라다. 나도 어깨가 으쓱해지고 즐겁다. 디엔은 오라비 키엔 보다 우리말을 더 잘한다. 내 소설을 읽을 만큼 한글도 깨우쳤다. 아버지의 나라말을 잘하는 내 딸이 대견하고 자랑스럽다.

디엔은 이번에 내한한 오케스트라와 뮤지컬 단원이 120명이라고 했다. 6월 23, 25, 27일까지 3회 서울 예술의전당에서 연주하고 대전과 대구, 부산에서 하루씩 연주하는데 20일간 머무른다고 한다.

디엔은 베트남에 있는 어머니와 통화를 했다. 레이와 키엔 부부는 내일 오후 2시 반에 인천공항에 도착한다고 한다. 그들도 플라자호텔에 예약이 되어있다.

딸에게 궁금했던 것을 물었다.

"디엔, 오빠 애인이 어느 나라 사람이냐?"

"아버지, 오빠가 말 안 했어요? 베트남 사람이지요."

왠지 마음이 놓여 하뭇하게 웃으며 받았다.

"그래? 그거 잘됐구나."

나는 며느리가 어느 나라 사람이든 상관없다고 생각했지만 내심은 서양 여자가 아니기를 바라고 있었음이 분명하다. 디엔이 이상하다는 표정으로 말했다.

"아버지, 난 싫다고 했어요. 프랑스 애인도 있었거든요. 그런데 오빠는 베트남 여자를 택했어요. 난 지금도 좋지 않아요."

나는 좀 당황했다. 나와는 상관없다고 생각했는데 딸은 그게 아니라고 말한다. 아비가 가족관계 개념이 딸만도 못하다는 자괴감이 든다. 그렇지만 나는 며느릿감으로 서양 여자보다는 베트남 여자가 더 좋을 것이라는 생각에는 변함이 없다.

이튿날 21일 오후 7시, 우리 가족은 더플라자호텔 투스카나 레스토랑 중국식 식당 특실에서 저녁을 먹기로 했다. 동생 여정이도 불렀다. 동생은 2년 전부터 어린이집을 운영하고 있다. 바람처럼 떠돌던 여정이는 아이들을 돌보며 비로소 안정됐다. 쉰살 노처녀로 아이를 낳아보지 않은 여정이는 어린아이들을 사랑하여 뒤늦게 적성에 맞는 일을 하고 있다며 즐거워한다.

아내 하정수에게도 함께 가자고 했지만 거절했다. 만나기는 해야겠지만 다음에 만나겠다고 한다. 그 말이 옳다. 그 여자 역시 아직은 나에게 가족이기는 하지만 이쪽 가족과 어울리기에는 무리다. 완전한 남남이니까 그렇다. 그것도 몹시 껄끄러운 남남이다.

동생 여정이는 쌍둥이에게는 고모다. 일곱 가족이 이렇게 오 붓하게 만나기는 난생처음이다. 며느리와는 공항에서 인사를 했는데 베트남 여자치고는 훤칠한 키에 용모가 빼어난 여자였 다. 디엔이 베트남 여자라서 싫다고 해서 은근히 걱정을 했었는 데 역시 내 아들이 택한 며느리다.

동생 여정이 특실에 들이섰다. 첫 상면이라 레이를 비롯한 가족들이 모두 일어섰다. 레이가 다가가서 여정의 손을 잡으며 그러안았다. 시누이올케의 첫 만남이고 포옹이다. 가슴이 뜨거 워졌다. 어려서부터 정을 모르고 살아온 동생이다. 정이라고는 받을 줄도 줄 줄도 모르며 여태껏 홀로 살고 있다. 동생의 볼에 눈물이 흐른다. 올케가 눈물을 닦아준다. 마침내 내 가슴도 울 컥한다. 참으로 아름다운 광경이다. 게다가 두 여자가 닮아도 너무 닮았다. 레이를 처음 보는 순간부터 그렇게 생각하기는 했 지만 실제로 보니 얼굴뿐만 아니라 서 있는 두 여자의 몸매도 닮았다. 전혀 다른 나라 사람이 저렇게 비슷한 경우는 별로 없 을 것이다.

여정이 눈물 젖은 얼굴로 레이를 보며 말했다.

"언니, 반가워요. 너무 반갑고 고마워요."

레이가 다시 안으며 받았다.

"고모, 나두 반가워요. 우리 이제 행복하게 살아요."

여정이 활짝 웃으며 말했다.

"언니, 우리말 너무 잘해서 좋아요."

내가 끼어들었다. 뒤에 네 사람이 서 있다.

"자, 이제 그만하고 아이들 인사를 시켜야지."

키엔이 고모를 안으며 인사를 했다.

"고모, 키엔입니다. 만나서 반가워요."

여정은 조카를 안고 울먹이며 말을 하지 못한다. 오라비나
자신도 자식이 없어 '천지간에 남매뿐'이라며, 남자가 어쩌다
애도 못 낳는 병신이 되었느냐고 푸념을 하던 동생이었다.

"키엔, 고마워. 내게 조카가 있다니……! 고모는 너무 행복하
다."

디엔이 달려들었다.

"고모 디엔입니다. 사랑해요."

"그래, 그래! 디엔. 우리 조카! 만나서 너무 행복하다."

사위와 며느리도 서로 안아주며 인사를 마치고 모두 자리에
앉았다.

디엔이 놀란 눈으로 고모와 어머니를 둘러보며 말했다.

"정말, 어머니와 고모가 너무 닮았어요! 이상해요."

내가 웃으며 대답했다.

"너희들이 보기에도 그렇지? 그래서 내가 너희 어머니에게

첫눈에 반한 거란다. 30년 전, 데오 레이라는 월남 처녀를 처음 보았을 때 동생의 모습과 너무 비슷해 넋을 잃었다. 분명 이국 사람인데 어찌 저리도 닮을 수 있는지 나는 그저 황홀했었지."

레이가 받아 말했다.

"나도 그랬다. 따이한 군인이 뜨거운 눈으로 나를 바라보기에 나도 마주 보았는데 전신으로 짜릿한 느낌이 오고 얼굴이 화끈해지는 거야. 우리는 그렇게 한참 마주 보고 있었지."

"정말 그랬었다. 그때 이미 우리는 이렇게 가족이 될 숙명이었다. 키엔과 디엔 쌍둥이가 태어날 숙명이고 운명이었다. 어머니에게는 전에 말했지만 내 아버지가 이란성 쌍둥이였다. 그러나 예전에는 어린아이들에게 먹일 것이 부족해서 둘 중의 하나는 죽는다. 동서양을 막론하고 쌍둥이는 유전이란다."

관심 있는 표정으로 듣고 난 키엔이 물었다.

"아버지, 그럼 우리도 쌍둥이를 낳을지도 모르겠네요."

"너희가 쌍둥이니까 그럴 수도 있지만 아마 다음 대에서 쌍둥이가 태어날 확률이 높지. 너희 자식들 중에서 말이다."

레이가 까르르 웃으며 말가리 들었다.

"쌍둥이 좋아요. 한 번에 둘 낳아서 기르면 좋아요. 별로 힘들지 않아요. 키엔이 쌍둥이 낳았으면 좋겠어요."

모두 한바탕 웃자 사위와 며느리가 어리둥절했는데 디엔이 프랑스 말로 통역을 하는 모양이었다. 베트남 며느리도 프랑스 캉트룸 음악학교에서 6년간 공부했다. 설명을 들은 며느리는 기겁을 하는 시늉으로 손을 내저었지만 사위는 엄지손가락을 세우며 오케이를 연발했다.

여정이 즐거워 죽겠다는 얼굴로 옆에 앉은 올케의 손을 잡으며 말했다.

"언니, 정말 즐겁고 행복해요. 제 평생 이렇게 웃고 즐거운 적은 없었어요. 언니, 고마워요. 내 조카들을 이렇게 잘 키워줘서 너무 기뻐요."

레이가 시누이를 안고 등을 다독이며 말했다.

"그래요. 나도 고마워요. 우리 서로 닮아서 고맙고 만나서 즐거워요. 우리 가족 이제부터 행복하게 살아요."

내가 나서서 과열되는 분위기를 잡았다. 이제 배도 고프다. 금강산도 식후경이다.

"자, 이제 우리 식사하자."

우리가 오늘 먹을 음식은 북경요리라고 레이가 말했다. 베이징요리는 중국의 4대 요리 중 하나로 한족과 만주족, 몽골족, 후이족의 전통요리법과 궁중요리 기법이 전수되어 최고의 요리라고 한다. 모계가 중국인 레이와 쌍둥이는 어려서부터 중국요리를 먹어서 잘 알고 있다.

메인 요리 중 먼저 베이징코야라는 북경오리구이가 나오고 뒤이어 양고기 요리 쏴양러우라는 것이 나왔다. 당근, 우엉 등

야채를 찌고 삶은 요리 인얼수훠이가 차례로 나온다. 뒤이어 황먼위츠라는 황어 지느러미 요리가 나오고, 청나라 황실 요리로 유명한 루룽산전이 나오는데 재료가 녹용, 상어지느러미, 해삼과 조개 등이라고 레이가 일일이 설명하며 먹었다. 재료를 모르고 먹는 것보다 알고 먹으니 더 맛있다는 것을 나는 처음 알았다. 술은 북경요리에 잘 어울린다는 마오타이주가 나왔다.

우리는 두 시간에 걸쳐 식사를 하고 술을 마셨다. 내가 난생처음 즐거운 식사였다고 말하자 레이를 비롯하여 모두 즐거웠다고 화답했다. 가족 모임이 오늘 처음이지만 어찌 오늘뿐이랴. 우리 가족은 앞으로 이보다 더 즐거운 자리도 많을 것이다.

6월 23일 오후 3시, 예술의전당 오페라하우스에서 프랑스 필하모닉오케스트라의 제1차 연주회가 있었다. 나는 특석 티켓 20만 원짜리 20장을 사서 지인들에게 나누어 주고, 아내 하정수와 나란히 앉아 연주를 감상했다. 내 앞자리에는 레이와 키엔 부부가 앉았다. 나는 국내 오케스트라 공연은 두세 번 보았지만 국제적인 대형 오케스트라 연주는 처음 본다. 120명의 단원들이 모두 세계적인 음악가들이라고 한다.

디엔이 어제 연주 순서를 알려주었다. 오케스트라 서곡에 이어 먼저 피아노가 주인공인 피아노 협주곡을 연주하고, 바이올린이 주인공인 바이올린 협주곡을 연주한다. 다음에 첼로 협주곡이 있고 마지막으로 베토벤이 작곡한 피아노, 바이올린, 첼로 삼중 협주곡이 연주된다고 했다. 바이올린은 딸 디엔이 연주하고 피아노는 사위가 연주한다고 했다. 디엔의 바이올린 협주곡이 끝나면 디엔이 남편의 피아노에 가서 함께 연주를 하는데 이것을 '연탄(한 대의 피아노에서 두 사람이 연주하는 것)'이라고 한다.

협주곡은 주인공 악기와 전체 오케스트라 악기와의 단체 구도를 말하는데, 주 연주자와 오케스트라의 싸움이라고도 할 만큼 연주에 박진감이 넘친다. 협주곡 전체에서 진정한 하이라이트는 주인공 악기의 독주 파트라고 하는데 이것을 '카덴차'라고 부른다. 독주자와 함께 연주하던 오케스트라가 모두 연주를 멈추고 주인공 악기 혼자서 역량을 발휘하여 화려한 기교로 무대를 장악한다.

피아노가 주인공인 피아노 협주곡의 제1악장 끝부분에서 피아노 독주연주가 있었다. 모든 악기가 숨죽인 속에 피아노의 웅장한 독주가 무대를 장악했다. 이어 바이올린이 주인공인 바이올린 협주곡이 연주되고, 바이올린 카덴차가 연주되며 드넓은 장내를 장악했다. 카덴차 연주가 끝나자 디엔은 피아노에 가서 남편과 연탄으로 브람스의 '헝거리 무곡'을 연주했다. 뒤이어 첼로 협주곡에 이어 피아노, 바이올린, 첼로 삼중 협주곡이 연주되고 삼중주의 카덴차가 연주되었다. 넓은 무대와 객석, 장내의 높은 공간이 장중한 음악과 열정으로 가득하여 숨이 멎을 지경이었다. 오케스트라 연주는 2시간에 걸쳐 진행되었다. 숨 막히는 긴장 속에 연주가 끝나자 관객들은 기립박수를 치기 시작했다.

모든 음악은 연주가 끝나면 흔적도 없이 사라진다. 그저 공허하고 허무하다. 그러나 훌륭한 음악은 감상한 이의 가슴을 기쁨과 환희로 가득 채운다. 그 즐거움이 가슴에 오래 남을수록 명곡이고, 명연주일 것이다. 내 딸과 사위의 연주라서가 아니라 난생처음 명곡과 명연주를 알았다.

디엔부부의 공연이 없는 이튿날 오후 1시, 우리 가족은 플라자호텔 투스카니 레스토랑 양식 식당에서 만났다. 아내 하정수와 첫 대면이다. 어제 예술의전당에서 레이와는 잠깐 인사를 했었다. 동생 여정이도 불렀지만 계획된 자리라서 입장이 난처하다며 사양했다. 모두 자리에 앉자 나는 두 여자의 남자로서 참 어색하지만 정식으로 인사를 시켰다.

"이쪽은 하정수, 이쪽은 데오 레이. 두 사람 모두 내가 사랑하는 사람입니다. 서로 인사를 하시지요."

두 여자는 말로 표현 못 할 묘한 표정으로 손을 잡았고 한국아내가 말했다.

"말씀 많이 들었습니다. 반갑습니다."

레이가 또렷한 우리말로 인사를 받았다.

"고맙습니다. 나도 반갑습니다."

한국 아내 눈이 커졌다. 우리말 실력에 놀란 표정으로 자리
에 앉았다.

자식들 넷을 일어나게 하고 인사를 시켰다.

"소개를 뭐라고 해야 할지는 모르지만 아버지와 결혼하여 15
년을 함께 산 아내다. 그리고 당신, 아들 키엔과 며느리, 이쪽은
딸 디엔과 사위야."

네 사람이 머리를 숙여 인사를 하자 아내도 일어나 인사를 받
으며 말했다.

"반가워요. 모두 훌륭한 사람들이네요. 아버지 잘 모시세요."

한국 아내는 주눅 들지 않고 당당한데 베트남 아내와 자식들
은 왠지 시무룩하다. 이쪽은 손님이고 저쪽은 주인이라는 인식
의 발로일 것이다. 좋게 생각해서 낯선 환경 탓이라고 여기지만
내 마음은 영 개운치 않다.

레이가 비로소 화사하게 웃으며 말했다.

"그동안 신경 많이 쓰게 하여 미안합니다. 보다시피 네 사람
은 장일도 선생님 자식들입니다. 아버지가 자식들 만나는 것은
당연합니다. 이해해주세요."

레이가 말하는 동안 쌍둥이를 찬찬히 살펴본 한국 아내가 숙
연한 얼굴이 되어 말했다. 조금 전까지 당당하던 얼굴이 아니다.

"쌍둥이 남매를 잘 기르셨네요. 고맙습니다. 남편의 자식이면 제게도 자식입니다. 앞으로 남편이 어떻게 하든 저는 상관하지 않고 지켜만 보겠습니다. 제 마음도 헤아려 주시면 고맙겠습니다."

나는 가슴이 서늘하여 베트남 아내를 보았다. 그리고 빠르게 자식들 눈치도 살폈다. 레이는 빙긋이 웃고 있었고, 말귀를 알 아들은 아들딸은 뚱한 표정으로 어른들 눈치를 살핀다.

분위기가 금방 버석버석해졌다. 내가 나서야 한다.

"그래요, 오늘은 첫 만남이니까 나중에 다시 얘기해 봅시다. 디엔 식사를 시켜라."

인사가 끝날 때까지 종업원 접근을 막았었기에 음식을 시킨 것이다.

한국 아내가 밝은 얼굴로 말했다.

"키엔이 아버지를 많이 닮았네요. 디엔은 어머니를 더 많이 닮았지만 아버지 얼굴도 있어요. 제가 부럽네요."

아내 하정수는 금방 슬픈 얼굴이 되어 고개를 숙인다. 나는 그 뜻을 알기에 마음이 아프다. 베트남 아내가 어색해진 분위기를 잡았다.

"아이를 임신했을 때 장일도 병장이 베트남에 다시 못 올 것 같아 매일 배를 만지며 생각했어요. 장일도 병장님을 닮은 아들이 태어나기를 바랐어요. 그런데 정말 아버지를 닮은 쌍둥이가 태어났어요."

쌍둥이가 소리 내어 웃었고 한국 아내도 배시시 웃으며 말했다.

"그랬었군요. 참 대단하십니다. 그 전쟁 통에 쌍둥이를 잘 키우셨으니……."

마침 식사가 나오기 시작했다. 메인 메뉴는 티본스테이크였다.

식사를 끝내고 우리는 경복궁과 창경궁 관람에 나섰다. 한국 아내도 같이 가자고 했지만 바쁘다고 사양하며 직장으로 갔다. 네 시간에 걸쳐 고궁을 관람하고 호텔에 들어가 잠시 쉬었다. 일곱 시부터 박대군의 초대로 플라자호텔 뷔페식당에서 저녁을 먹기로 약속이 되었다.

호텔 룸에서 샤워를 하고 나온 레이가 말했다.

"당신 아내 예뻐요. 말도 잘 하고……. 아무래도 이혼하기 쉽지 않을 것 같아요."

"나도 그렇게 생각해요. 법적 소송을 하게 되면 나와 쌍둥이 디엔에이 검사를 해야 될 것 같아요."

레이는 놀라는 표정으로 물었다.

"디엔에이라니, 그렇게까지 해야 돼요?"

"소송을 하면 친자 확인을 거쳐야 해요. 그러면 쉽게 이혼할 수 있어요."

"참 어렵군요. 그 여자, 그냥 물러나면 되는데……. 하기는 당신 같은 남자 버리기는 힘들겠지요. 생각하면 가엽기도 해요."

"그래요. 나 때문에 자식도 낳아보지 못하고 혼자 늙어 죽어야 하잖아요. 그래서 불쌍해요."

레이는 처연한 표정으로 말했다.

"같은 여자로서 가엽지만 어쩔 수 없어요. 돈을 원하는 대로 준다고 해요. 그 방법밖에는 없어요."

나는 정신이 산만하다. 평소 예의 바르고 고상한 여자인 줄 알았는데 사랑을 돈으로 계산한다. 결국 나도 돈에 팔려 레이에게로 가는 것인가! 그건 아니다. 레이도 그런 뜻으로 말한 것은 아닐 것이다. 하지만 마음이 찜찜한 것은 어쩔 수 없다.

"돈이라면 나도 그만큼은 있어요. 신경 쓰지 말아요. 시간이 좀 걸리더라도 내가 알아서 해결해요."

"당신을 믿어요. 우리 그 이야기 그만 해요. 우리 며느리 어때요?"

"참, 그게 궁금했어요. 프랑스 애인도 있었다고 하던데 어떻게 베트남 여자를 택했어요?"

"프랑스 여자는 같은 단원이었는데 서로 사랑하지는 않았어요. 그러다가 키엔이 베트남 국립오케스트라가 창단되면서 베

트남에 오게 되자 헤어졌어요. 며느리는 호찌민국립대학 총장
딸입니다."

나는 깜짝 놀랐다. 키엔이 베트남 오케스트라 단장이 된 것
은 1년이 못 되었다. 그런데 어느 틈에 국립대 총장 딸과 사귀
게 되었는지 궁금하다.

"아니, 어떻게 그리되었어요?"

"응웬 지 꾸옥이 호찌민대학 음대교수에요. 그 애도 파리 캉
트룸 음악학교에서 피아노와 성악을 6년간 배웠어요. 그때 키
엔과 함께 공부했는데 베트남에서 다시 만나게 되었지요."

"그랬군요. 그러고 보면 천생연분이네요. 잘 됐어요."

"그럼요. 나도 기뻐요."

"이런, 식사시간 되었네요. 갑시다."

뷔페식당에는 이미 박대균이 와있었고 키엔과 디엔 부부도
내려왔다. 우리는 예약된 별실로 안내되었다. 사위와 며느리는
박대균을 모른다. 내가 인사를 시키고 소개했다.

식사를 하면서 자연스레 레이의 사촌 언니 얘기가 나왔다.
그동안 레이 오빠가 신문에 데오 깜찌옹의 사진을 내고 수소
문하여 추적을 했지만 아직 행방을 찾지 못했다. 그러나 한 가
지 단서를 잡았는데, 신문광고를 본 어떤 여자가 전화를 했다.
1978년에 깜찌옹이 사이공에서 나트랑으로 갔다는 것이다. 당

시 찌옹은 남편과 아들, 막 걸음마를 하는 딸이 있었다고 했다. 그렇다면 결혼을 한 것은 틀림없다. 전화를 한 여자는 신문에 난 대로 사례금을 달라고 했다. 그러나 정확한 정보가 아니므로 예시 금액의 절반인 5천 달러를 박대균이 지불했다.

박대균이 시무룩한 얼굴로 레이의 말을 듣고는 말했다.

"당연히 결혼이야 했겠지만 어떻게 나트랑까지 갔을까? 나트 랑은 한국군 백마부대와 청룡이 주둔했던 지역이야. 위험한데 왜 하필이면 그리 갔는지 모르겠네."

내가 받아 위로했다.

"당시 베트남이 통일되어 한창 혼란하던 시기야. 먹고 살기 위해 어디는 못 가겠어. 나트랑이 남편 고향일 수도 있잖아. 나 트랑지역 신문에도 광고를 냈다니까 기다려 보자구."

"기다려야지, 달리 뭘 할 수도 없지. 레이, 오빠에게 고맙다 고 전해줘요."

박대균은 그동안 신문에 광고 낼 돈을 레이를 통해 전해주었 었다.

아름다운 이혼

식사를 끝내고 레이에게 말했다.

"오늘은 집에 가야겠어요. 조금 전에 전화가 왔는데 할 말이 있다고 하네요."

"그렇겠지요. 어서 가요."

아내는 전화를 걸어서 하고 싶은 말이 있으니 집에 왔으면 좋겠다고 했었다. 어젯밤에 나는 호텔에서 레이와 있었다. 눈에 불을 켜고 악을 써야 할 아내가 집에 들어와 달라고 간청을 한다. 나는 아직 하정수 남편이 분명하다. 나도 사실 오늘은 집에 가려던 생각이었다.

박대균이 남의 속도 모르고 한 잔 더 하자고 잡아끈다.

"가서 소주 마시자. 양주 홀짝거리자니 감질만 나서 말이야."

그건 나도 그렇다. 녀석을 만났으니 그냥 헤어질 수는 없다.

열두 시가 넘어 집에 들어왔다. 눈이 빠지게 기다렸을 여자가 밝게 웃으며 맞이한다. 평소 같으면 한밤중이었을 것이다. 중대한 얘기가 나올 것 같은 예감이 든다. 벗은 옷을 받는 아내를 물끄러미 보다가 말했다.

"미안해, 박 사장과 한 잔 더했어."

"알고 있어요. 많이 취하진 않았네요."

"나, 씻고 나올게."

"그러세요. 나두 술 마시던 중이에요. 주방으로 오세요."

자리옷을 입고 주방으로 갔다. 아내는 와인을 마시고 있었다.

"한잔하시겠어요."

"그럼, 어서 따라요."

오늘따라 와인 빛깔이 핏빛처럼 진하다. '쨍!' 맞댄 와인 컵 소리가 명징하다. 와인 맛도 부드럽다. 나도 부드럽고 그윽하게 말해야 한다.

"미안해, 오늘 당신한테 너무 미안했어. 만나지 말았어야 했는데……."

이제는 당신이라는 말이 자연스럽게 나온다. 이렇게 좋은 말을 왜 여태껏 못하고 살았는지 그걸 모르겠다. 아내도 그렇게 느꼈는지 말끄러미 바라보다가 대꾸했다. 기분도 어감도 좋다고 생각된다. 이런 상황이 벌어지리라고는 예상치 못했다. 밤이 늦었으니 잘 줄 알았다.

"왜 그런 생각을 했어요? 난 만나고 싶었는데……. 만나길 잘 했어요. 당신 베트남 아내 좋은 여자더군요. 얼굴도 예쁘고 마음도 예쁜 거 같아요. 당신이 첫눈에 반했다는 말 이해했어요. 정말 장여정과 너무 닮았더군요."

"그래요. 게다가 착한 여자야. 녹슬지 않는 조개껍데기 같은 여자라고 나는 늘 생각했어."

"사실 착한 여자가 속은 더 무서워요. 욕심은 많거든요."

나는 섬뜩하다. 한 번 보고 성격을 알아낸다. 나는 이 여자도 그 여자와 성격이 비슷하다고 여겨왔었다.

"잘 보았어요. 야무지기도 한 그런 여자야."

"당신 자식들 잘 낳았더군요. 당신 닮아 잘생기고 훌륭하게 컸더군요. 그래서 기분이 좋았고 그 여자가 고마웠어요."

가슴이 뜨거워진다. 염치없이 둘 다 데리고 살았으면 싶다는 엉뚱한 생각이 문득 들어 찔끔하여 대꾸했다.

"그렇게 보았다니 고마워. 아이들이 잘 자랐고 좋은 배필들을 데리고 와서 나도 기뻤어요."

다시 잔을 맞대고 비웠다. 아내는 내가 따라놓은 와인을 한 모금 마시고는 물끄러미 보다가 말했다.

"그래서 말인데요. 당신이 그 가족을 떠나서는 살 수 없을 것 같아 내가 당신을 포기하기로 작정했어요.”

나는 가슴이 화끈하도록 놀랐다. 이내 열기가 머리로 치솟았다가 서서히 스러진다. 금방 말이 나오지 않아 손을 뻗어 아내의 손을 감싸 잡았다.

“당신, 고마워! 그리고 미안해. 사실은 나도 당신 같은 여자에게서 떠나기 싫은데…… 어쩌다 이렇게 돼버렸어. 내가 의도적으로 행한 일은 아니었어.”

“그거 알아요. 당신이 바람을 피워서 애를 낳고 이혼을 원한다면 난 당신을 내 남편인 채로 죽였을 것예요. 그랬는데 당신이 스스로를 허깨비라고 말한 뜻을 비로소 알았어요. 난 진짜 허깨비를 안고 살고 싶지 않아요. 그래서 당신 가족들에게 보내기로 작정했어요.”

아내의 눈에서 먼저 눈물이 흐르고 나도 너무 고마워 그렇게 눈물이 흐른다.

아내는 울면서도 웃으며 말했다. 겉으로 웃는 웃음은 입 모양만 변하지만, 저 웃음은 눈이 작아지며 입귀가 위로 당겨지며 온 얼굴이 웃는 참 웃음이 분명하다. 인간은 웃을 때 15개의 근육을 쓰고 찡그릴 때는 80여 개의 근육이 움직인다고 한다. 아내의 웃음이 절대 비웃음이 아니라서 나는 마음이 짠하다. 비웃음은 눈이 작아지지 않고 커지며 입만 시니컬하게 웃는다.

“나는 사랑하는 사람을 포기하며 슬퍼서 울지만 당신은 왜 울어요."

순간적으로 가슴이 박하사탕을 먹은 듯이 화하다. '포기!' 삭막하게 느껴지던 명사 낱말에 부드러운 정서가 함축되어있다.

"나는 당신을 포기해야 하는 처지가 너무 안타까워서 슬퍼요. 그리고 너무 고마워서 눈물이 나요."

"그래요. 사람은 슬퍼서 울고, 기뻐도 울고, 행복해도 울고, 억울하고 화가 나서 울고, 석양 하늘이 아름다워도 울어요. 그런데 우리는 15년 넘게 한 이불 속에 살 섞고 살면서 단 한 번도 마주 앉아 마음 터놓고 운 적이 없었네요. 우린 왜 그랬을까요?"

애잔한 목소리로 묻는 얼굴에 짙은 슬픔의 그림자가 드리운다. 내 감정도 그래지려고 한다. 분위기가 이상해진다. 인간의 감정은 조석변이 아니라 순간순간에 변한다. 대화가 길어지면 생각지 못한 변수가 생긴다. 야속하지만 어서 자리를 마무리해야 한다. 밤도 이미 깊었다. 너무나 이기적면서 이율배반적인 나 자신이 싫어지지만 마음이 약해지면 일을 그르친다.

"그러게, 왜 그랬을까? 너무 무미건조하게 살았다는 걸 이제 알겠네. 하지만 흘러간 세월을 어찌하겠어요. 밤이 깊었구먼."

와인 병이 비었다. 아내는 그동안 짬짬이 혼자 와인을 따라 마셨다. 잔에 남은 술을 마시고 일어섰다.

"그만 잡시다."

아내도 남은 술을 마시고 일어서서 묘한 표정으로 배시시 웃다가 말했다. 와인 한 병을 혼자 거의 마셔서 술이 약간 올랐다.

"오늘 밤이 마지막은 아니겠죠?"

잠시 멍하다가 나도 아내처럼 그렇게 웃으며 대답했다.

"왜 그렇게 생각해? 우린 아직 부부잖아."

"그건 그렇지만 당신이 매일 호텔에서 자면 난 어쩔 수 없잖아요."

금방 말이 나온 것으로 보아 속으로 그걸 생각하고 있었던 깃이 분명하다. 레이가 일주일 뒤에 간다는 것을 알고 있다.

"그러지 않을 거야."

"알았어요. 나두 그냥 해본 말이야."

침대에 눕자마자 아내가 품으로 파고들었다. 내키지 않았지만 의무방어를 해야 한다. 여자의 입에서 달콤한 와인 냄새가 난다. 여자가 서두르지만 나는 여유롭게 다루었다. 나는 지금 육체적인 행위에 정서가 따르지 않는다. 그러니 몸과 마음이 화합할 수 없다. 여자는 온몸으로 나를 받아들이며 희열을 삼킨다. 여자가 때로는 가짜 오르가즘으로 남자를 속인다더니, 나는 지금 반대로 여자를 속이고 있다.

여자는 이내 내 팔을 베고 행복한 잠 속으로 빠져든다. 조용한 숨소리로 보아서 그렇게 느껴진다. 이내 고양이처럼 가르릉 가르릉 가늘게 코를 곤다. 팔이 불편해 살며시 빼고 바로 눕지만 잠이 오지 않는다. 온갖 잡념이 머릿속에 고여 흩어지지 않는다. 내일 이 여자의 마음이 변하지는 않을까? 술기분에 한 말이 아니었을까? 모를 일이다. 누군가가 여자의 마음은 갈대라고 했다. 야박하지만 내일부터 이혼서류를 준비할 것이다.

아내는 여느 날처럼 아침에 일어나 조반상을 차리고 나를 불렀다. 내가 좋아하는 된장찌개에 계란찜이 있다. 그러나 입맛이 쓰다. 간밤에 하던 말의 진위를 묻고 싶지만 입이 떨어지지 않는다. 아내는 식사가 끝나면 바로 출근한다. 설거지는 늘 내 차지다. 아내가 직장에 나가면서부터 내가 그렇게 하자고 했다. 하루 종일 집에 있는 내가 그것은 해야 할 것 같아서 그랬다.

묵묵히 밥을 먹던 아내가 말했다.

"왜 먹는 게 그래요? 북엇국을 끓일 걸 그랬나?"

"그게 아냐. 아직은 밥 생각이 없어. 속이 좀 가라앉으면 먹을게."

"그래요, 그럼. 이혼서류 준비해야죠? 내 맘 변하기 전에 서두르세요."

속이 뻥 뚫리는 느낌이다. 애타게 바라던 말이 아닌가! 술김에 한 말이라고 잡아떼면 난 속수무책이다. 다시 생각해도 참 좋은 현명한 여자다.

아내가 출근하고 나는 레이에게 전화를 걸었다. 저쪽 여자에게 이쪽 여자를 지칭하기가 좀 그렇다. 서너 번이기는 하지만 늘 그랬다. 다행으로 저쪽 여자가 먼저 물었다.

"당신 여자가 할 말이 있다고 했잖아요."

거두절미하고 묻는다. 그렇더라도 당신 여자라니……. 우리 말에 능하지 못하기도 하지만 성격이 그렇기도 하다. 또한 가장 중요한 일이기도 하다.

"이야기가 잘 되었어요. 자기가 먼저 나를 포기하겠다고 하더군."

잠시 기척이 없다가 물었다.

"포기? 그 포기의 뜻이 뭐지요?"

"여러 가지 뜻이 있지만 이 경우는 당신 아내로서 당신을 버리겠다, 뭐 이런 뜻이라고 생각하면 돼요."

"그럼, 이혼을 하겠다는 말이네요. 그냥 이혼이 아니라 그 여자가 당신을 버리는 이혼이군요. 난 그 여자가 버린 남자를 갖는 거네요."

정신이 멍해졌다. 여자들의 감정은 참 예민하다. 소설을 쓰는 나도 거기까지는 깨닫지 못했다. 버림받은 남자를 줍는 여자! 하정수도 그런 생각을 하고 포기라고 말했을까? 아니라고 믿고 싶다.

"그런 뜻은 아니었을 거야. 자기가 잡는다고 가지 않을 사람이 아니라는 걸 알았다고 했어요. 조금 전에도 출근하면서 이혼서류 준비 서두르라고 했어요."

무슨 생각을 하는지 잠시 뜸을 들이다가 말했다.

"생각보다 일이 쉽게 풀려 다행이네요. 지금 올 수 있어요?"

"변호사 사무실에 가서 이혼순서 알아보고 갈게요. 박대균에게 서울 근교 관광지 안내하라고 부탁했어요."

박대균에게 오늘 남산과 남한산성을 안내하라고 부탁했다. 내일부터 3박 4일은 경주 불국사와 통도사에 가기로 했다. 레이는 우리나라 불교사찰에 관심이 많다. 오늘 내가 할 수 있는 일은 모두 해야 한다.

이혼절차 모든 것을 변호사사무실에 위임했다. 변호사가 고등학교 동기동창이기도 하지만 합의이혼이므로 어려울 게 없기도 하다. 이혼절차는 일주일이면 끝난다고 한다.

한국 아내와 이혼이 되었지만 나는 베트남 아내 데오 레이와 재혼은 할 수 없게 되었다. 레이가 한국으로 시집올 수 없기 때문이다. 데오 레이가 나와 결혼하여 한국국적이 되면 쌍둥이는 당연히 내 호적에 입적이 되어 한국인이 된다. 그것이 호적법상 맞다. 그렇게 되면 키엔은 베트남 국적이 아니라서 음악활동에 지장이 많다. 뿐만 아니라 브루나이에 있는 레이의 재산을 한국으로 가져올 수 없기도 하지만, 레이의 두 아들이 반대한다. 그렇다면 내가 레이와 국제결혼으로 국적을 브루나이로 바꾸면 된다. 그리되면 나는 한국어로 소설을 쓸 수 없다. 브루나이 국민으로서 말레이어로 소설을 쓰면 되겠지만 그것은 불가능하다.

명실공히 국제가족이 된 우리 여섯 식구는 머리를 맞대고 논의했다. 결론은 우리 부부는 법적으로 부부관계는 될 수 없으므로 그냥 현재의 상태를 유지하기로 했다. 나는 서울에 아파트를 사고, 사이공 키엔의 집을 오가며 살게 된다. 레이는 다토 알릭 아잔의 미망인으로서 브루나이와 서울, 베트남을 오가며 살기로 했다. 참으로 묘한 관계가 되어버린 우리 부부는 한 해에 두서너 번씩 여행 비자를 받아야 하는 불편을 감수해야 한다.

그해 11월, 박대균은 베트남 전처 데오 깜찌웅을 찾았다. 찌웅은 나트랑시에 살고 있었다. 호찌민시 시경 국장인 레이 오빠가 아니었으면 어림없을 일이었다. 박대균과 우리 부부는 나트랑으로 갔다. 미리 연락을 했던 터라 데오 깜찌웅은 박대균을 보자마자 달려들어 품에 안겨 서럽게 울었다. 남편과 아이들이 보고 있다. 남편 얼굴이 참 묘하게 일그러진다.

내가 보기 민망하여 두 사람을 떼어놓았더니 사촌 동생 레이를 그러안고 어린애처럼 소리 내어 운다. 찌웅은 아직도 그때처럼 순진하다. 오랫동안 울던 아이는 울음을 멈추었다가도 문득 생각난 듯이 다시 서럽게 운다. 찌옹이 지금 꼭 그렇게 운다. 그 동안의 신산했던 삶이 한이 되어 울음에 녹아있다.

자리가 안정되자 박대균은 아들이 어떻게 되었는지 물었다. 당시 아들 이름을 집안 돌림자를 따서 박찬호로 지었다고 내게 말했었다. 찌옹은 밝게 웃으며 어떻게 되었겠느냐고 되물었다. 나도 그도 그녀의 밝은 웃음에서 아들이 살아 있음을 알았다.

레이가 찌옹의 말을 전했다. 아들은 잘 자라서 대학을 나와 좋은 직장에 들어갔고 작년에 결혼을 하여 분가했다고 한다. 찌옹의 남편은 상황을 알고는 즉시 아들에게 전화를 걸었고, 찌옹이 받아 아들을 어서 오라고 재촉했다. 찌옹의 남편은 자기도 68년부터 72년까지 따이한 백마부대에서 목수로 일했다면서 우리를 반겼다. 우리말을 곧잘 하는 남편도 찌옹만큼 착해 보였다.

찌옹은 사이공 이모네 집에서 더부살이를 할 때, 이모의 소개로 나트랑 출신 남자를 만나 결혼하여 아들 하나와 딸 둘을 두었다. 이들 부부는 나트랑시 중심가에서 제법 큰 식당을 경영하고 있었다.

마침 저녁때가 되어 박대균의 아들이 왔다. 첫눈에도 아비를 닮았다. 대균은 아들을 안고 등을 두드리며 눈물을 흘린다. 어찌 아니랴, 첫돌이 갓 지났을 때 안아본 아들이다. 키가 비슷한 아비와 아들이 서로 부둥켜안고 운다. 나도 저랬다. 아름다운 광경이다.

아들은 직장에서 바로 왔다고 했는데 잠시 뒤에 배가 만삭이된 며느리가 왔다. 아들의 말에 며느리도 시아버지에 달려들어 반갑다며 눈물을 흘린다. 시아버지가 민망하여 엉거주춤하게 만삭의 며느리를 안고 등을 두드리며 고맙고 반갑다고 말한다.

이윽고 저녁 만찬이 시작되었다. 찌웅은 사촌 오빠가 호찌민시 경찰국장이 되었다는 말에 잔뜩 들떠 대접이 융숭하다. 베트남 전통음식점이라 중국요리처럼 차례로 나오는 데 맛이 좋다. 박대균은 식사를 하면서 아들의 근황을 묻는다. 의붓아비 성을 따라 이름이 판반 쿠이라는 아들은 초급대학을 졸업하고 2년 전에 건설업체에 취업이 되었다고 했다.

박대균은 하노이에 자기 공장이 있다는 것을 말하고 아들에게 거기에서 일할 수 있는가를 물었다. 이모가 되는 레이로부터 자세한 내용을 알게 된 아들과 며느리는 기꺼이 가겠다고 했다. 집도 사주고 회사 일을 배우면 공장의 운영을 맡기겠다는 말에 아들은 물론 찌웅 부부까지 잔뜩 들떴다.

박대균은 아들만 셋이지만, 장남인 베트남 아들이 똑똑하다면 나중에 공장을 넘겨 줄 수도 있을 것이다. 아들이 아비를 닮았으면 충분히 가능성이 있다. 의붓아비 밑에서 자라며 대학을 졸업했다면 능력이 있다.

이래저래 나는 기분이 좋다. 1972년부터 시작된 이러한 상황들은 모두 나로 인해 이루어졌다. 그런데 30년이 지난 지금 좋은 결실이 맺어졌다. 그동안은 서로 괴롭고 애달팠지만 지금은 이렇게 행복하다. 지금부터 우리 가족은 물론 내게 하나뿐인 친구 박대균의 가족에게도 르네상스시대가 열릴 것이다.

박대균이 설립한 섬유 봉제업 YM은 5년 전에 주식시장에 상장되었고, 가격 대비 성능이 탁월한 9만 원대의 신사복 '맨' 브랜드를 출시하여 저렴한 양복 시대를 열었다. 그는 베트남 하노이와 방글라데시 다카에 대규모 공장을 세워 자회사 4개사를 거느린 그룹 회장이다. 신사복 '멘'은 국내에 20여 개의 매장이 있고, 세계 15개국에 수출하여 세계적인 브랜드로 인정받고 있다.

■ 에필로그

르네상스, 그 화려한 부활

누가 세월을 두고 유수流水같다고 했던가? 좋은 말이다. 세월
은 정말 유수와 같아서 15년이 흘러 2016년이다. 물은 높은 곳
에서 낮은 곳으로 흐른다. 빗물이 모여 흐르면서 골짜기나 작은
웅덩이, 소 발자국까지 골고루 물을 채우고는 개울이 되고 냇물
이 되고 강이 되어 마침내 바다로 흘러든다. 물은 흐르면서 어
느 장애물과도 다투지 않는다. 언덕이 가로막으면 옆으로 흐르
고 바위에 막히면 타고 넘는다. 나무가 있으면 부드럽게 비켜
흐르며 세상 어느 존재와도 싸우거나 경쟁을 하지 않는다. 그러
나 인위적으로 가로막으면 물은 무서운 재앙이 된다. 세월이 아
래로 흐르듯 물이 낮은 곳으로 흘러든 바다는 더 이상 흐를 곳
이 없을 뿐 결코 낮을 수 없다. 빗물이 흘러든 바다는 다시 비의

원천으로 지구를 지배하는 위대한 존재다.

우리 부부는 비록 재혼을 못 해 법적으로 부부는 아니지만 15년 동안 누가 보아도 행복한 부부였다. 나는 한국국적이므로 1년에 4~5개월은 서울에 머문다. 그러나 아내는 다토 알릭 아잔의 미망인으로 두 아들이 브루나이 귀족 다토가의 상속자였으므로 1년에 두 달쯤은 브루나이에 본가에 기거하고, 열 달은 나와 함께 호찌민시 아들 집이나 서울에 머무르며 여행도 한다.

나는 1980년 D일보 신춘문예로 등단한 이후 40여 권의 소설 단행본을 출간하였다. 그중에 2000년부터 2016년까지 16년간 쓴 소설이 15권이다. 매년 한 권씩 출간한 셈이다. 등단하면서부터 전업 작가를 선언하며 소설을 쓴 37년 중의 2000년부터 16년이 내 작품세계에 있어서 명실공히 르네상스시대였다.

그동안 출간한 내 소설은 대하역사소설『대왕세종』을 비롯하여 장편소설『사랑의 모습』단편집『흐르는 강물처럼』『남녘형님 북녘형님』등 10권이 프랑스, 미국, 중국, 등 8개 국어로 번역되어 심심찮게 팔리며 소설가로서의 위상을 굳혔다.

혹자들은 말한다. '작가는 배부르고 등 따시면 작품을 쓰지 못한다.' 그러나 나는 아니었다. 매년 단행본을 한 권씩 써서 출간하겠다는 것은 나와의 약속이었다. 아내 레이는 솔직한 마음이었다는 것을 전제로 말했는데, 내가 소설가가 아니었으면 만나지 않았다고 실토했다. 또한 두 아이에게도 내 존재를 숨기려

했다고 말했다.

결국 그나마 내가 소설가가 아니었으면 데오 레이는 나를 만나지 않았고, 쌍둥이에게도 아비가 살아 있음을 숨겼을 것이다. 그리하여 나는 소설을 쓰지 않을 수 없는 절박한 사태에 이르고 말았다. 당시 소설 3권이 프랑스와 미국 등 5국에서 번역되었지만 나는 국내에서는 별로 드러나지 못한 소설가였다. 그러나 소설로 인하여 첫사랑 여인과 이란성 쌍둥이 남매를 찾게 되었으니, 소설가로서의 아비를 보여주기 위해 더 좋은 소설을 쓰기에 안간힘으로 최선을 다했다.

내게는 그때부터 제2의 인생이 시작되었다. 새롭게 펼쳐지는 내 생활이 즐겁고 행복했다. 그러나 신천지처럼 펼쳐지는 제2의 인생이 거저 얻어지는 것이 아니라 많은 대가를 치러야 하고, 그것을 위하여 많은 고행을 감내하지 않으면 새로운 행복을 영위할 수 없음을 알게 되었다. 그러므로 그것은 내게 있어서 새로운 시작이었다. 그 시작은 소설가로서의 내가 서서히 갱생되어가는 과정이기도 했다. 그때부터 나는 내 소설에서 희망을 보았다. 그러나 노력 없는 희망은 허구라는 것도 알았다.

하지만 솔직히 말해서 나 자신은 괴로웠다. 나이 예순이 넘은 중늙은이가 고루하게 책상 앞에 앉아 자신과의 싸움을 매일 해야 하는 것이 고통스럽고 지겨웠다. 결국 내 정신은 육신을 이겼다. 컴퓨터 앞에서 무시로 일어서는 육신을 정신이 거머잡아 주저앉혔다. 내 정신의 승리는 곧 열등의식에서 비롯되었음을 나는 안다. 세계적 음악가인 아들딸과 자기 재산이 얼마인지 가늠도 할 수 없다는 아내에게 인정받는 길은 오직 소설가로서의 명성뿐이었다.

나는 마침내 나와의 약속을 지켰고, 내 노력의 대가만큼 결실도 보았다. 머리에 쥐가 나도록 소설을 쓰며 항상 스스로 다짐했다. '오늘은 단 한 번밖에 없다.' 일생에 단 한 번밖에 없는 오늘을 허투로 보낼 수 없어 쓰고 또 쓰다 보니 소설가 장일도가 세상에 드러나기 시작했다. 그 노력의 대가로 나는 자식들에게 부끄럽지 않은 아비가 되었고 자랑스러운 남편이 되었다. 그러면서 어느새 67세의 늙은이가 되었다. 머리는 반백이 되었고 이마에 주름이 늘었다. 눈 밑이 처지고 얼굴에 저승꽃이 피기 시작한다. 아내와 자식들은 이제 몸매를 다듬으라고 성화지만 나는 거절한다. 얼굴 주름을 펴고 검버섯을 뺀다고 젊음이 되돌아오지 않는다. 편안하게 늙어감이 늙지 않으려고 아등바등 대는 것보다 아름답다는 것을 나는 안다.

그러나 이제 나는 작품 저술에서 떠나 좀 더 인생을 즐기며살 것이다. 아내와 자식들도 이제는 제발 그만하라고 성화다. 나는 17년간 많은 돈을 벌었다. 돈을 벌면서 명예도 얻었다. 윌리엄 서머셋 모옴이 말했다던가. '문학은 내가 남이 되어보는 연습이다.' 그렇다. 나는 그동안 많은 사람의 남이 되어 내 모습을 보았다. 이제부터는 참된 내 모습으로 살아볼 것이다.

나는 2007년부터 아동복지 전문 NGO 어린이재단에 매년 1억 원씩 후원하고, 2010년부터 장애 어린이재단에도 1억 원씩 후원한다. 몇 년 동안 몇 단체에 현금을 지원하지만, 그렇다고 나를 희생하면서까지 이타적으로 베풀지는 못했다. 늘 안타깝던 중 점차 생활에 여유가 생기자 아내 레이와 동생 여정에게 그동안 내가 구상했던 계획을 상의했다.

어머니는 마흔둘 젊은 나이에 어린 삼 남매를 두고 남편에게 버림받아 돈이 없어 죽었다. 아버지보다 세 살이 더 많은 본처는 여덟 살 어린 첩에게 처절하도록 가혹했다. 본처는 쌀 몇 말과 돈 몇 푼을 줄 때마다 어머니 머리채를 잡아 흔들었다고, 형은 치를 떨며 분노했었다. 우리말이 서툴고 조선 사람들이 철천지원수로 여기던 일본인 어머니는 한 푼 벌이도 할 수 없어 결국 영양실조와 복막염으로 죽었다.

어머니의 죽음을 목격한 형은 그 한을 품고 사랑과 정에 굶주려 스물여덟에 요절했다. 나는 어머니의 죽음이 기억에 없지만 아홉 살이던 형은 어머니의 처절한 죽음을 생생하게 기억했다. 어머니 한을 품은 형은 숨이 넘어가면서도 아버지 본처와 이복형제들을 저주하며 주먹을 부르쥐고 죽었다.

우리는 어머니와 형의 한을 기리는 뜻으로, 우리 남매가 자라온 유년을 돌아보며 버려지는 사람들을 위한 사회사업을 하기로 의견을 모았다. 아내도 베트남 농촌에서 어린 시절을 보냈고, 짧지만 난민생활을 했음으로 나와 동생의 제의를 쾌히 받아들였다.

내게 있어서 돈이란 죽을 때까지 먹고 살 만큼만 있으면 된다. 나는 월남전 참전자이므로 죽으면 국립호국원에 안장된다. 묘지를 자손이 관리할 필요도 없으므로 돈이 들지 않는다. 쌍둥이 아들딸은 내 유산을 바라지도 않을뿐더러 줄 수도 없다. 동생 장여정도 그 한 몸뚱이 죽으면 그것으로 끝이다.

경기도 포천시에 보육원과 양로원 부지 3천여 평은 아내 데오 레이가 지원하였고 건물은 내가 지었다. 2년여의 공사 끝에 마침내 정부의 인가를 얻어 2010년에 개원한 〈사랑이 가득한 집〉은 동생 장여정이 운영한다. 보육원에 140여 명의 영유아가 있고, 양로원에는 무의탁 노인 150여 명이 생활한다. 정부의 지원금이 있지만 전체 운영비의 절반에도 미치지 못한다. 나머지는 우리 부부가 부담한다.

아들 키엔은 44세가 되었는데, 베트남 국립필하모닉오케스트라 지휘자가 되어 한창 활약 중이다. 키엔은 베트남 국립오케스트라를 세계적 수준으로 격상시킨 주역이었다. 아들과 동갑내기인 며느리는 호찌민 국립대학 음대학장이다.

딸 디엔 역시 44세로 2년 전부터 모교인 프랑스 파리의 라 스콜라 캉트룸 음악학교 교장으로 취임하여 후진양성에 전력하고 있다. 딸과 캉트룸 음악학교에서 같이 공부한 사위는 프랑스 필하모닉오케스트라 상임지휘자로 활약한다.

키엔은 아들딸 남매를 두었고, 디엔은 아들만 둘을 두었다. 나는 한국과 일본계의 아들이고, 데오 레이는 베트남과 중국계의 딸이다. 아들 키엔과 딸 디엔에게는 한국, 일본, 베트남, 중국 4개국의 피가 흐른다. 딸 디엔이 낳은 외손자 둘은 4개국에 프랑스를 더하여 5개국 혼혈이다.

거기에다 데오 레이가 브루나이 원주민 다토 일릭 아잔과 결혼하여 낳은 아들이 둘 있다. 내 아들딸과 이들 형제는 동복 남매간이다. 그러므로 이들도 결국은 내 아들이다. 아잔이 내 쌍둥이 자식을 잘 키웠으니, 나도 그의 두 아들을 친아들처럼 사랑한다. 두 아들도 결혼하여 각각 남매를 두었다. 우리 가족은 명실상부한 국제가족이다. 세상에서 우리 같은 다민족 혈연의 가족은 또 없을 것이다.

우리 부부의 생일이나 집안의 경사에는 온 가족이 모인다. 식구가 다 모이면 어른이 열 명에 손자손녀가 여덟인 대가족이다. 아내와 상의하여 우리 부모님과 레이 부모님 제사를 우리나라 제례 법으로 모신다. 나와 아내의 어머니는 첩이었기 때문에 본가에서 기일을 챙길 리가 없다. 설날과 추석은 물론 양가 부모님 기일에도 아들딸은 물론 가능하면 손자들까지 참례케 한다.

우리 부부는 그동안 르네상스 발상지인 이탈리아 피렌체를 다섯 번 여행했었다. 피렌체는 14~15세기 이탈리아 르네상스 중심지로 미켈란젤로, 레오나르도 다 빈치, 지오토 등 당시 예술가들의 걸작이 도시 곳곳에 남아있다. 꽃의 도시라 일컫는 피렌체는 이탈리아어인 'Fiore'가 꽃이라는 뜻의 어원이기도 하지만, 15세기 이 도시를 지배했던 메데치 가문의 문장이 백합꽃이었기 때문에 지금까지 꽃의 도시라고 부른다.

우리 부부가 피렌체에 가면 언제나 가장 먼저 찾는 곳이 산타마리아 델 피오레 대성당이다. 피렌체의 장려함을 가슴으로 느끼며 볼 수 있는 건축물이다. 1296년 건축가 아르놀포 디 캄비오가 설계하여 공사가 시작된 성당은 120여 년 동안 계속되었다. 그동안 건축가도 조반니 디 라포기니를 비롯하여 조반니 담브로조, 네리 디 피오라 반테 등 다섯 명의 건축가를 거치며 설계가 몇 번이나 바뀌고 1418년에 완공되었다. 미켈란젤로는 이 성당을 보고, '보다 크게는 지을 수 있으나 이처럼 아름답게 만들 수는 없다'고 감탄했다고 한다. 또한 피렌체 오르 상 미케레 성당 외벽에 있는 '그리스도와 성토마스' 청동상도 기억에 남는다. 1480년경 조각가 베로키오의 작품이다. 피렌체는 유네스코에 의해 도시 전체가 문화재 보호구역으로 지정되었을 만큼 곳곳에 르네상스시대 걸작품들이 산재해 있다.

우리나라 역사상 르네상스시대인 조선조 4대 임금 세종대왕이 창제한 「훈민정음」은 동양적 르네상스시대의 위대한 창작이다. 세계에는 글자도 많고 그에 따른 언어도 많지만, 대한민국 글자 훈민정음처럼 그 창제과정과 역사적 기록이 뚜렷한 경우는 세계적으로 유례가 없다.

훈민정음 한글은 특징이 있다. 세종대왕은 훈민정음을 반포하며 말했다. "똑똑한 자는 사흘이면 익히고, 무식한 자도 열흘이면 익힌다." 그 말이 21세기에 이르러 전 세계에 선포되며 한글은 세계 4대 공통어가 되고 있다.

유네스코 국제상에 '세종대왕 문해상'이 있다. 세종대왕 문해상(King Sejong Literacy Pirze)은 한국정부 지원으로 1989년에 제정되어 1990년부터 시상하는 상으로 개발도상국의 문맹퇴치사업에 공이 있는 단체나 개인에게 시상하는 국제상이다. 후보는 유네스코 회원국 정부, 유네스코와 공식 관계를 맺고 있는 국제기구에서 추천하며 유네스코 사무총장이 선정한다. 조선민족의 문맹 퇴치를 위해 훈민정음을 창제한 세종대왕은 이제 세계적인 문맹 퇴치의 선구자로 자리매김 되었다. 따라서 대한민국에 21세기 르네상스시대가 도래했다고 나는 믿는다.

르네상스, 그 화려한 부활!

아, 순식간에 변하는 청춘이여,
어째서 이리도 아름다운가!
사람들이여,
행복한 때는 지금이다.
내일은 무엇이 올지 아직 모르므로…….

이탈리아 피란체공화국 정치가이며 시인이던 로렌초 데 메디치(1449~1492)의 시 한 구절이다. 시는 지금 읽어도 어제 쓴 시처럼 따뜻하게 생동감이 온다. 인간의 본성은 크게 변하지 않는다. 어느 시대 누구나 맛난 음식을 즐기고 평화를 갈구하며 가족을 부양한다. 항상 평화를 원하면서도 전쟁을 되풀이하고, 찬란한 예술을 창조하면서도 엄청난 죄악을 저질러왔다. 인간의 본성은 이렇듯이 예나 지금이나 변하지 않지만 세상은 여전히 눈이 돌아가게 변한다. 만일 인간의 본성이 변한다면 지구상에서 인류는 멸종되고 말 것이다.

르네상스, 그 화려한 부활

초판 1쇄인쇄 2018년 6월 12일
초판 1쇄발행 2018년 6월 15일

저   자 박충훈
발행인 박지연
발행처 도서출판 도화
등   록 2013년 11월 19일 제2013－000124호
주   소 서울시 송파구 중대로34길 9－3
전   화 02) 3012－1030
팩   스 02) 3012－1031
전자우편 dohwa1030@daum.net
인   쇄 (주)상현디앤피

ISBN | 979－11－86644－57－7 *03810
정가 13,000원

도화道化, fool는

고정적인 질서에 대한 익살맞은 비판자,
고정화된 사고의 틀을 해체한다는 뜻입니다.